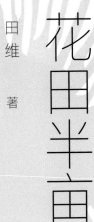

田维 著

花田半亩

北 京 出 版 集 团
北京十月文艺出版社

献给一个仙子般的少女

田维

2007年5月1日，永丰公路旁

2007年8月13日，田维离开了我们

美丽的少女留下花田半亩

化蝶而去

2005年，北京植物园

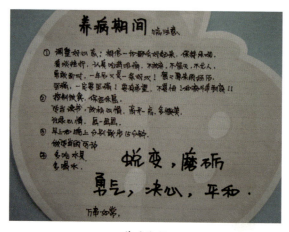

养病期间

当我们还能够读一本书，想念一段往事，疼痛一种伤心

要用力去珍惜，不遗余力

2005年，北语校园

2006年，颐和园

我在口袋里摸索。每个人都分到不同的糖果

有些丢失了，有些遗落了，有些没有被发觉

田维的字和画

这一晚，你说有雪

我于是等候着

仿佛等候着另外的自己，在天地间纷落

我们将田维的文字结集成册，纪念这个美丽的生命。这也是田维为我们留下的最珍贵的礼物。

目录

我是四月的孩子

关于田

突然发现田是个可爱的字。

《说文解字》上说：田，陈也。树谷曰田。象四口。十，阡陌之制也。

田，原本就是一块地，种上庄稼，一天天日出而作，日落而息。田，是农耕生活的形象图形。一幅俯瞰的劳动画面。这四口之间，好像可以望见农人头戴斗笠的身影，可以想象禾苗稻谷的青翠模样，一派生机盎然。

有一种生活，叫作晴耕雨读，在我的理解便是晴天耕种，雨天读书，不知是否有偏差。这一种生活，有田园的青草气息，又饱含了书卷的墨香。与世无争的隐者一般，躬耕于田，却又洞悉着天地奥妙，体味着人间悲喜。或许会种一丛菊花，在黄昏的斜晖里与同道的好友把酒推杯，让暗香流泻在柴扉篱门，浸满就要初升的月色。

田，又是古诗里那清丽单纯的一句：莲叶何田田。

千年前，水畔的女子吟唱着，采满一船的莲子，满载而归。千年前，莲叶间的小鱼，自由嬉戏，鱼戏莲叶东，鱼戏莲叶西，鱼戏莲叶南，鱼戏莲叶北。

天是澄碧的，水是澄碧的，人的心是含着相思，惆怅而甜蜜的，鱼是自得其乐，不知烦忧的。

田田，是莲叶的姿态，是舒展的神情。

田，还是一扇窗。小时候画画，小白兔们住的房子上总会开这样一扇窗。它很简单，却是最形象的表达。它很朴素，却是孩子们眼里的真实。现在的儿童画上，还是开着这样的窗子吧？我们心中的小白兔，都是住在有田字窗口的房间。

田，是四个格。是学写字的时候，我们作业本的图案。那种叫作田字格的本子，你已经多久没有用过了？为了写端正的字，我们握住铅笔，一笔一画地，在田字格里描画。

田，发音时用舌尖轻触上腭，田，便有了轻巧晶亮的滋味，像一颗水果糖。

于是，我愿意有这样一个名字，只这一个可爱的字，田。

我喜欢被朋友们这样叫着，喜欢在信的结尾，署上这样一个字。

田，是横横竖竖组成的图形，却又是一张画，一首诗，一种淡远的生活，一个甜蜜的声响。

田，还是我。一个爱写字的女孩子。

时光的三个碎片

鸟儿斜光里的侧翼。季节散失的温度。我们，忘记了，又拾起的昨日。

像鸟儿在冬天的余晖下抖落季节的余温，我们将时间投入漫长而虚假的记忆。

冬天，是冰凉的，鸟儿高飞。时间，是冰凉的，我记录它的痕迹。

虽然，这从来是一件荒唐的事。

夜晚是一位高明的魔法师。他制造我的睡眠，又塞入记忆的袋子里，令我迷失。

很多次，我回到旧家的院子，我透过那熟悉的窗子，看到里面的自己。

我认得那半明半暗的光线，认得空气里的气味。是一个雨后的傍晚。

天空澄碧得如一汪湖水。远天依旧飘浮着刚刚逝去的灰云。

去看彩虹吧。那一道七彩的桥梁，架上了我们的屋顶。

蜻蜓飞过奶奶的月季花丛。我看它们轻捷的薄翅，快乐地飞舞。

生命是这样一场雨水，是这样一场狂欢。

很多次，我就躲在那童年的院子里，望着从前的自己。静静地，一言不发。

我看到她的哭，她的笑，她的怯懦和顽皮。

我看到奶奶对着那面老镜子梳起花白的头发。看到年轻的母亲，在阳光充满的下午，擦一扇玻璃窗。

叫贝贝的小黑狗，还是卧在门口。西房前的石榴，开满一树红艳艳的花朵。

很多次，我是这样近地，仿佛触摸到那已不再的时光。但是，它们终于是遥远的。

我只能够这样安静地望着，却不能够喊你们的姓名。

只任一树绯红的石榴花，默默飘零，坠入夜晚的深谷，寂然无声。

后来，一队穿红裙子的女孩向我走来。

她们在齐膝的青草中穿行，一路的欢声和笑语。是夏天，让草木这样丰茂地生长。

我知道，我也走在她们中间。却无法辨认出。

十四岁的六月，穿制服的我们，走过圆明园荒芜了又草木丛生的土地。

你曾为我拍下照片。那年，我们的笑是纯白色的，一尘不染。

谁会和我一样，在昏昏的睡眠里，遇见那个夏天的青草。

谁会在醒来时，想起一位失去联络的朋友，想起少女们的天真梦想。

那是一个丢失在时间里的人形了，那是一个陌生的名字了。

现在的你，是否坐在王子的马车上。

现在的你，是否还保有着少女那水晶似的心，期待着许多糖果一样的幸福，闯进你的生活。

我们都该是永远的小女孩。

更加智慧，却不失梦想，不失天真地生活。

失去联络的你，大概也会做这样的梦。会在城市的某个角落想起那一个穿红裙子的自己。

然而，我们是如此轻易地失散了。

好像我们同回忆的失散一般。只有凭借着残存的片段和画面，来填补，来完全。

搬家时，红色的裙子丢失了。

我再不愿穿起，那样一片鲜明的颜色。

很久，没有一起骑自行车。很久，我总是孤单地奔波在路上。

一个人倚住一扇窗，看夜色吞噬城市，看霓虹亮起，人们的神色匆忙。

有时，我在梦里又和你一道骑车。还是天光微蒙的早上。我们相约着一起去学校。

我总是在出发前给你打电话。

"我出来了，你过一会也出来吧。"每天，重复一样的话。

骑到你家的路口，总会看到你那纤弱的身影，停在路边等候着。

然后，我们一起向前骑。然后，我们把车子放在一起，让它们也像两个好朋友那样肩并肩地站立。

我们是这样的好朋友。

现在想起来，感觉不可思议。我们可以每天一起上下学，一起吃饭，一起上课，一起买零食，而不觉得厌烦。

晚上回家后，还往往要打一个小时的电话。

如今说起来的时候，我们都笑了。这一份友情，令我们引以为豪。

很久，我没有骑自行车。你的自行车也不见了踪迹。

那骑车的日子，这样远了，远了，像一片淡粉红的海，澎湃着细小的浪花，抚摸过我们的记忆。

人们说，记忆是我们心灵的捏造。

发生过的一切，在时间的拉扯中，早已面目全非。

记忆呈现出的，不过是人们一厢情愿的谎言。它却因此是美的。

美得比一场五彩缤纷的梦，更令人着迷。

我在许多个夜晚，被困入记忆的口袋。

我知道，我是一只冬天的鸟儿。我知道，我是时间的指缝间，那漏掉的光芒。

我记录它们。

却终于是徒劳的。

耽于回忆的人，总是同样地耽于遗忘。

于是，鸟儿高飞。

于是，我伸开空无的双手。

这一切，都无比美好。

旧时

在一个人的时候，偶尔会翻出旧照片来，一张张细看。面对它们，是与时空的一种对峙。你会不相信，那一种种表情，曾经鲜活地在这世间出现。其实，也不过是十余年的长度，就已是遥远得恍若隔世一般。

我看见自己，看见母亲。看见她怀抱着年幼的我，立在初春的花树下。那是母亲，年轻的母亲。柔美的神情，乌黑的发髻，透出满足与希望的眼神。阳光很好，空气里能闻到棉布衣裳被轻轻炽烤的香味。我在笑，如此天真无染的笑。谁还会记得，那一个春日，当冬天一夜融化，当年轻的母亲怀抱着她的宝贝走进这复苏的世界，花树下留下了多少幸福，多少目光里的温柔。

很远很远了，那一个母亲，那一个自己。这一刻，我抚摩着母亲的发，母亲终究是老去了。不会伤感，只是轻轻地叹息一声罢了。生命的全部真相，便是不断地告别和失去吧。看镜中的自己，也微微抹上一丝笑意。总是要微笑着向前。好像母亲说的，顺其自然。无可改变的，又何须执着。

上高中时，写过这样的话：

我只想，在一个遥远的黄昏，当你翻开已发黄的照片，指着年轻的我，对什么人说起"她是个可爱的人"。

现在想来，会心一笑。许多个无力的画面会发黄，会退去，会在一场场夏雨和冬雪里被淡化再淡化。于是有了失去的滋味。含在口中，微苦的滋味涌起。涌向舌间，却竟成甘美。那些失去呀，是时光的礼物，而不是惩罚。因这失去，我倍加珍惜。多少个晚上，为它失眠，为它成梦。

春日里的梦，栽满花树的梦。

多少幸福，又多少目光里的温柔。

幻觉

一直，都喜欢陷在幻觉里的感觉。

似梦又非梦地停留在现实与妄想的缝隙间，赖着不走，就任心绪乱了又乱了。

就任一种种绚烂和夺目将我融化了，化成一摊澄静静的清水。

那，是幻觉的境界，无所谓了现实与虚妄的境界。于是可成澄净，可成清水。

由于对现实的全然漠视与忘却。

好像蝴蝶，翩翩飞舞了，美妙自由至极了，却迷惑了梦里的庄周，蝶不是蝶，蝶成了梦外的自己。还是幻觉，蝶的，或者庄子的，游离了尘世纷纷的幻觉，绝美的幻觉。

我于是惊讶，惊讶于幻觉的神奇。在千年之前迷惑了洞悉天地的大哲，在千万次月光里迷惑了芸芸众生，在每一个不失约的阳春迷惑了嫩草与花树。分不清的，不只是蝶与庄周，不只是月影与传说，不只是南风与暖香，更是心灵最底层的渴望与偏执。

我就是这样的孩子。在缝隙里，在影影绰绰的幻觉里，追寻着最初的那一次感动，最朴素的那一种快慰。

你永远不会忘却的，祖母把花瓣捣成颜料轻涂在你指间的午后，永远不会忘却那一种淡红色的绚丽。满指的醉人与香艳呀，滞留在午后被炽烤出清香的日光里，停泊童年那一处小小的河湾。似乎那才是生活本来的模样：单纯而无杂质的喜悦，祖母纤弱而熟悉的身影，好像永远不会离去的时光。

长长的这一种幻觉，埋在我的枕下很久很久了。关于童年，花，和祖母的一切，从遥远的现实里脱离出来，终于皆成幻觉，皆成这一个我此时的幻觉。

好几个梦里，我分明看见她，依旧清癯的面容，慈爱的眼。分明觉得她拉着我冰冷的手，分明听得她对我说：他们都说我死了，其实没有。分明，我深深地信了，深深地喜悦了。我以为，真的如祖母说的，"其实没有"。

而随之而来的是惊起，是沉沉的失望。然而，不是分明的么？分明的。

只是幻觉吗？在潜意识里，我总觉得祖母还是在这人间，还是住在对街那扇窗子的背后。我分不清，什么是真，什么又是幻。

喜欢陷在幻觉里，化作澄净，化作清水一摊。却不是忘却了现实，超脱了凡尘的境界。是想念，是怀想吧，是无止境的那一个亦幻亦真的梦吧。

这一个秋天，我上了大学，走出教室的一刻看见蓝空下满树金黄的灿烂。在午后被炽烤出清香的日光里，我坐在那一棵树下，突然觉得虚幻。我似乎是嗅见了那一种淡红色的气味，似乎是见到了满指醉人的色彩。好像要睡着了一样。

我明白，是幻觉了，原来，只是幻觉。那一种色彩永远永远地被封存了，同那朵朵睡了的花一同，同祖母微笑的侧脸一同，再不相见。

怎么突然想起，十五岁的夏天，对祖母说的那一句：您要看我考了大学，长了出息，给您买好吃的！其实，不过是玩笑的吧。

怎么，怎么却在瞬息里就离去得这般远了。

怎么，怎么就这样生生地成了空，只剩幻觉。

婴的回想

当我初来这纷纷人世。

你总是怀抱着幼小的我，在心中许着幸福的祝愿，升起大大小小，晶亮的希望。

也许，你也曾淡淡感伤，望着我的成长。你的目光，是慈爱，是担忧，是无以复加的爱。

我想象着，那些时刻。

夏天的夜晚，带着爽身粉气味的风，吹入小小的家，沉在你哄我入睡的低声吟哦。你低垂着疲惫的眼，看我瓷白的脸颊，疏淡的眉头和发梢，浮现着满足的笑意。后来，你说，你曾惊奇，你可以在怀中抱着如此完整的孩子，你创造了她。你体会着作为母亲的快乐，和艰辛。我是好动的孩子，睡眠很少，总要你吃力地抱着，一放下，便无休止地哭。你笑着回忆，佯装着抱怨，却又在补充中泄露了你的骄傲，"老人都说，觉少的孩子聪明。"你相信我的聪明，你拿了满月的照片给我看。"你瞧，那双眼睛，多机灵呢。"

远去的，如隔群山的那些时刻，你在昏黄的灯下踱着步，久久凝视你的孩子。如此纯净，如此完整的孩子。仿佛是神的赐予一般，不可思议。你大约却没有想过她的长大，竟然是这样匆忙，不留余地的。

这个六月的某天午后，百无聊赖地平卧在纱帐里。听新下的歌曲，名叫王筝的女歌手，有清淡的歌声。按下重复键，让一首《对你说》反复播放。

如果明天你就长大很多
我会不会觉得不知所措
你不再想让我牵你的手
每天盼望从我掌心挣脱

长大的我，在离开的母亲视线的地方，默默安享着孤独。我不再依赖她。不再要她抱着，才肯入睡。不再需要她为我讲小兔子的故事。母亲的手，松开，在空中挥着，她与我道别，不显露丝毫的忧伤。而我，终于知道，她心中那深深浅浅的失落。她的孩子，仿佛只在一夜，便长大很多。王筝的歌声，在早已远去的夏夜里徘徊，从那里出发，垂直下落，直至今日眼前。

你也会爱上一个人付出很多很多
你也会守着秘密不肯告诉我
在一个夜晚依着我的肩

泪水止不住地流了一整夜

每个女人，大约都是这样长大。在母亲防卫的目光里，懂得爱情，拥有或者丧失。她不愿她的孩子受伤，但她只是无可奈何的局外者。在一个访谈节目里看到，一位母亲说，她最大的悲伤是发现了自己女儿上了锁的日记。她有秘密了。

而你，从不会刺探我的心事。你说：你若愿意讲自然会讲。你好像知道，在感情中你的女儿，永远采取着自我保护的姿态，非常安全。但我也会受伤。只是，我不曾倚住你的肩头哭泣整夜。我的坚强，没有你想象的勇敢。

你总是相信我会幸福，你的女儿，会被好好疼爱。你说，要找一个好男人，不要抽烟喝酒，要顾家。我点头，我在期望和憧憬。

终于有一天，我会拉着那个人的手，站在你的面前。你会安心，你会伤感。我恐惧那个时刻的到来，那一天，你的小女孩，便真的，无可挽回地长大了。我却依旧喜欢歪在你的怀里，一起看无聊的综艺节目，一起哈哈地笑。小时候，你玩笑着问我结婚的年龄，我说，我不要结婚，要一直陪着妈妈。你说：那不行，你长大了，我就不要你了。为这，我难过了很久。

我躲在纱帐里听着歌发呆。夏天，不遗余力地把回忆的网织得紧密。花露水，爽身粉的气味，在我的床单。是同母亲一起挑选的花色，淡紫色的花。母亲的爱，令我疼痛。

几天前，你路过学校，便带了些水果给我。艳阳下，你站在树荫里，戴着白色的遮阳帽。我跑过去，你絮絮地叮嘱，要多喝水，天气热，一定要吃东西，不许多吃冷饮……这些话，重复了许多年，显得无趣而琐碎。你却不厌其烦地重复重复，唯恐我忘记。你从提包里拿出水果，几只散发着香气的桃子。然后，你蹬上自行车离开了，在白花花的日光里。我站在原地，抱着那几只桃子，任思绪淹没了知觉。

我照镜子的时候，你喜欢安静地坐在旁边。你看我无声息地长大了。你是不是也像那歌声中唱的：

　　和你一样我也不懂未来还有什么

　　我好想替你阻挡风雨和迷惑

　　让你的天空只看见彩虹

　　直到有一天你也变成了我

轮回一样。你是否在这镜子前，看到了自己的青春。而年华，在你的面庞上雕刻，那痕迹，留在眼角额头，留在鬓角的发丝。我为你染发，你感叹着时光。人的一生，是这样匆忙得不堪一击。整理衣柜时，你找出原来的连衣裙，明黄的颜色。我问着曾经的故事，你就笑了。你的心底，也藏了心事吧，不肯告诉我。

想到另一首歌曲。叶蓓的《孩子》。去年的自己，在日记本上抄录着最爱的两句歌词：

　　春天的花开

　　开在冬天的雪上

好多时候，感觉我好像那花朵，在母亲的雪地上绽开。一样的纯白，却带着生命的苍凉意味。一年年，我们的日子，这样平凡，又充满惊奇地过去。而女人的生命，总是多情婉转。她望着我的长

大，就望见失去的自己，我看着她的光阴，就体会到经过的甜美和
残忍。

> 风吹过的过去　我们从没有忘记
> 想和你分享
> 可是你已经老了
> 孩子孩子　我还是孩子

这歌声持续。

我在纱帐里，想起母亲的怀抱。我们小小的家，那夜风的芳
香，窗外散碎的星光荒凉。

我回去了一个婴孩的状态。睡在没有安抚的梦里。

她

他们都说，我们长得像，只是，她年轻时没有我漂亮。她于是
微笑，几分得意与骄傲。

她也是小女孩。她住在砖墙四合的院落。门外是枣树林子，更
远些的地方，有一块块碧翠的菜园，和弥漫着草秆味的玉米地。

她穿素色的布衣裳，挎着竹篮子从田野阡陌间走过，篮子里装
满喂猪的野菜。她有点沉默，有点安静，不像别的孩子吵闹，清高
或者孤独的样子。

她喜欢和守院的小黄狗玩，她喜欢看爸爸粉刷着碎砖块砌成的
围墙，又画上漂亮的图案。她和哥哥们一起收获枣子，一起挑到工

厂门口去卖。她站在粉刷一新的院子里，阳光洒满，小黄狗追着尾巴转圈，她觉得生活崭新明亮，充满了莫名的希望。

她不爱打扮，却也喜欢穿上连衣裙，挎上白色的小包，和几个好姐妹一起去上班。她们做一样的工，吃一样的午餐，怀着一样的简单的幸福。田野渐渐消失，枣树林子也不见了踪迹，成为了马路和各种各样的工厂。

流行起墨镜的时候，就一起买了墨镜，又借了相机拍下照片，学着时髦女郎的模样。她们坐在展览馆的水池边聊天，被新时代的光芒照耀着。她们尝试着一切的新鲜，喝了味道怪怪的可乐，穿上格子布的衬衫，牛仔裤。

一群女孩子，嬉笑打闹着，她喜欢这属于年轻的热闹。

二哥哥给她介绍了几个对象，有作曲的，写诗的。她嫌他们不踏实，都一一回绝。

她却织了毛衣，送给同厂的一个男孩，粗线的纯毛毛衣，清新的青蓝色。

她坐在他的车后，任他飞快地蹬着车，穿过闹市和小街。他不曾作曲，不会写诗，他单眼皮，他抽烟喝酒，爱打架，他仿佛一无是处。

他却是正义凛然的人，真正的年轻人，一脸热情，一脸勇气和自信。

他们就这么有点莽撞和草率地相爱了，没什么波澜，又领了结婚证，她成了他的妻子，在一个和暖的五月。

结婚旅行，他们到上海，他们在黄浦江畔留影，两个人笑得甜美。

她住进他家的院子，院里种满月季花，婆婆是爱花的人，善良和善，公公做得一手好菜，喜欢写几笔书法，是退休的老干部。生活安宁平和地开始。

她对我说，是从那个时候开始，她不再为很小就失去母亲而悲戚，因为她有了完整的家，完整的明天。

她穿着牛仔裙，拿着大皮管子为花坛浇水，她在阳光充沛的日子晾晒被褥，一通拍拍打打扬起细小的尘埃，在空气里旋转飞舞，亮晶晶的。

初夏的晚上，星星的碎片散落一地，她抱着小小的我，从房间的这一头走去那一头，口里嗷嗷哼哼的，湿热的空气充满花露水的香味。他跑遍北京城买回红色的塑料浴盆，为我洗澡，又涂上洁白的爽身粉。等我终于在她怀抱里睡熟，她小心翼翼地剪着我稀疏的头发，她满是慈爱与幸福地看着。

她悉心在本子上记录，用她娟秀的字迹："梦中会出现微笑……会侧着睡觉，会吃大拇指……九个月会叫爸爸，十个月会叫妈妈……一九八七年五月二十二日会自己走了……"这些用蓝色圆珠笔写上的文字，依旧清晰美丽，读起的我，心底总是盈满了甜若花蜜，又净若清流的液体。

她为我梳头发，用彩色的皮筋扎着小辫子，她也为我剪头发，效果却不好。

她买许多花裙子给我。

春天带我去动物园看熊猫，夏天到景山看荷花展览，国庆节时去游乐园玩蜗牛车，被她抱着坐在屋顶看远处的烟花，大雪后在院子里堆三个雪人，两大一小。

圆明园办灯会，他们又欣然前往，我骑在他脖子上，越过人群看惊险的杂技表演。

许多次，我们在湖上划船，夕阳照着，一切都成迷人的橘红。

我还那么那么幼小，小的手掌，小的脚丫。在北戴河的海滩一路跌跌撞撞地跑去，留下精致的脚印。艳阳高照，她坐在太阳伞的阴影里，穿着红色的泳衣，皮肤烫烫的。

她骑车送我去幼儿园，骑车带我去学美术，我的出行都是坐在那小小的车座后，刮风时蒙一件红纱巾，下雨时躲进她的大雨衣。

她坐在沙发里打毛衣，看我一天天长大，戴了红领巾，戴了三杠，蹦跳着放学回来。

她曾经的姐妹们大多失散不见，偶尔，她取了高柜子上的相册翻看着。我会缠在一旁，问这问那，她一一解答：这是她最好的朋友，那是她最喜欢的一条裙子。有一年冬天，我看到她悄悄烧掉一些照片。

她把织好的毛衣在我身上比了又比，是清新的青蓝色。她有点严厉，不准我放学后在外边逗留。她要我准时回家。而孩子总是贪玩的，好几次她生气了，让我罚站。已经记不得了，但我似乎是哭了。

过几天，她买了苹果样子的转笔刀给我，让我知道她的生气是因为对我的担心，让我明白她爱我。

后来，我开始为她梳头发，为她染头发。

她听别人夸我懂事聪明，欣然笑着。她仿佛很满足，又好像不怎么在意一切。

日子惯常地过去。

三个人搬到楼房里，原来的院子被铲平，成为街心花园。有时，我们一起走到那里，他和她总会停一下，努力辨识着曾经的位置，想起些旧事，笑说自己突然就老了。

我上了大学，他们的生活就又回去最初的模样，两个人，一张桌。

当我周末回去，她总是早早买好许多食品，塞满冰箱。她常怕我在学校不好好吃饭，就学着发短信，提醒我要多喝水，多吃水果，几乎每天。显得有些繁复和唠叨。

她的担心是那么细密，那么多。我不在她的怀抱，不在她的视线，她就总有无法抑制的惦念和牵挂。

谁让我是她身上掉下的肉呢。她总是这样解释。

春节里，烟火充满了我们的窗子，比许多年前国庆时在屋顶看到的更加绚丽。

我和她就一起躺在床上看。

远的，近的，美妙的烟花起起落落，耀着我们的眼目。仿若尘世的繁华，仿若许多的年华光阴，在我们的眼前上演又谢幕。

是近乎虚假的夜晚。

我们就那样靠在一起躺着，一言不发。我抚摸她渐丰腴的身体，想着前前后后，那么多个她，那么多个自己。

冥冥之中，我是如何成为她的孩子，成为她爱的寄托。她不再年轻，在突然的一个瞬间里一样，无可挽回地告别了曾经的光华。

夏天的时候，我们还是一起去看荷花，拍下许多照片。冬天的午后，她坐在南窗前的阳光里，脚边睡着小黄狗，却早已是另外的一只。

她喜欢为我削一只苹果，喜欢剥一块巧克力递给我，于是，我嘴里盈满了莫名的希望，生活崭新而明亮。

她总是心怀善意对待所有人，她人缘极好。她依旧沉默安静，一个人在房间看报读书。她却不再孤独。

她把洗净的床单铺好抚平，躺下，翻过身闻一闻洗衣粉的香味。她在这些细枝末节里快乐，无所担忧，无所惧怕。她好像是世界上最幸福的女人了，她看似并不拥有什么，却分明又拥有了全部。

前天，是她的生日。我们一起围桌吃长寿面。他做的面条，总是很好吃。没有礼物，没有热烈的祝福，唯有无数记忆的零碎细微，无数的感恩，在她的，在他的，在我的心田。

有时我们争吵，有时我们彼此生气，但是，那都是经不过夜晚的插曲。

我爱她，我不曾亲口说出。

她却明白一切。正如她也一样无言地爱着我。

我也喜欢为她削一只苹果，喜欢剥一块巧克力，塞到她嘴里。这一世的恩情，我将怎样报偿。——然而，你给予得太多，太多。

妈妈，生日快乐。我想，我们是世界上最相爱的母女。这所有，我却只能在文字里轻轻对你说。

我们原本是同一个生命。我深深相信。

他们都说，我们长得像，只是，你年轻时没有我漂亮。你于是微笑，几分得意与骄傲。

我说，你很美，我们是一对母女花。

妈妈

我唯有，不知如何表达的感激。

早上醒来，手机的振动提示：二月二十日，妈妈的生日。忘记了是什么时候设定下这样的提醒。

本是一个无须提醒的日子。怎么可能忘记或忽略。

每一年，这一天，都令我疼痛地感知到，她又老去了一些。

古人说，父母之年不可不知也，一则以喜，一则以惧。

时光是如何如一汪春水的碧波，浮去年月的花瓣。父母的发，如何成雪，散落入你我的转眼。

我曾是那褓褓中的婴孩。我曾是你手心里盛开的一朵生命。

你望着我长大。像你的感叹，不过弹指，便是人间的一次更迭。

好多次，我们一起翻看旧时的影集，你对我说，我儿时的乖戾和顽皮。

你告诉我，哪一年，我们去看蜡梅；哪一年，我们去观赏了灯会。

照片上的妈妈，纯澈的脸孔，纤弱乌黑的发。

远处的灯火闪烁，你的笑，在方寸间定格，竟这般杳无了，阑珊在我记忆的湖底。

那一切，已恍如隔世。

喜欢父母的一张黑白合影。父亲的手，轻放在你的肩头，你微微侧身，坐在春天的石阶上。

身后是如笑的春山。看不到斑斓的色彩，却有两个人温和的四目，暖似熏风。

我是在这样的目光间，萌生又孕育。

我出生在一个春天。你说，你从病房的窗口望出去，树木刚刚生出细而黄的幼芽。

我没有记得，那个最初的世界。我却仿佛能够见到，你怀抱着幼小的我，走进一片明媚。

花朵在怒放，你的爱在怒放。我只静静地睡，缓慢却匆忙地成长。

这个时候，我已经是二十岁的人。

这个时候，我却仍无法令你放心。你无法不担心着多病的我。

这时常令我感到不安和愧疚。

二〇〇六年的六月。一个多云的天，忽明忽暗，风吹入我的房间，又逃走。

午睡的倦意未消，起身下楼。母亲站在楼前的树下，白衬衫，白帽子，被日光照得发亮。

她送来水果，一包散发着香味的桃子。她叮嘱，要多喝水，注意休息，不要熬夜。

母亲总是不厌其烦地重复相似的话。

我停在原地，怀抱着那一包桃子，看她骑上那辆旧自行车，离开了学校。

她的身影一点点缩小，我的心也被收得紧紧的。

回到宿舍，一个人打开水龙头，细心地将桃子一只只清洗干净，又一只只吃掉。

整个下午，躺在竹席上，看树影婆娑摇曳。不知不觉里，竟泪流满面。

夏日在蔓延。大雨总是滂沱而至，令人猝不及防。

暑假的夜，和母亲睡在一处，紧握住她的手。很久了，我没有这样依偎在她的身边。

是在得知了自己的病情后，我才发现，对于妈妈的眷恋和依赖，原是如此之深。

也许，我所有的坚强，都是因为妈妈。为了她，我才有勇气，去面对我的命运。

她为我扇蒲扇，她说不要开冷气，那对身体不好。

她对我说，不要怕，她劝我多吃下一些食物。

而我，常常对着饭菜发呆，一个人默默在深夜饮泣。她擦我的泪。

我知道，她的心在碎。

感觉着母亲的呼吸，感觉着她的心跳。我决定要有斗志地生存下去。

我不可以轻易地放弃，我要陪伴在她的身边，至少到我照顾她的时候。

我不可以留下孤单的妈妈。

我怎么可以，怎么忍心，让她的后半生没有了我，她唯一的孩子。

这样地想着，于是，泪水又蒙住了我的双眼。

我不敢让她看见。

只有妈妈知道，她心中的忧伤。她从不让我看出，她的难过。

她鼓励我，她微笑，她的眼神传达着明亮的希望。

妈妈总是说，一切不幸都终究会过去，只要你敢于经过。

医院的傍晚，黄昏中有低飞的燕。它们飞舞，它们鸣叫，它们狂欢。

我们并肩站在窗口。我已比你还高，却依旧倚住你的肩膀。

妈妈。我只轻唤你，便已泣不成声。

我心中全部是对于未来的悲观和绝望。你抚摸我与你年轻时一般乌黑纤弱的发。

你不发一言。我们这样看黄昏中的燕。

一场生命的飞舞，生命的鸣叫，生命的狂欢。

恐惧是一张网，这个夏天里，我被它困住，不得自由，不得呼吸。

夜夜的梦魇，却又失望于黎明的到来。

我对你说，我怕着白天。在白天，我要真实地面对一切。

夜晚，却不过是梦。梦，即使是险恶可怕的，也终于会醒。而现实不是。

现实是这样清醒，这样真实得，一览无余。

妈妈说，如果能够再次孕育你该多么好。

你仿佛是在怨恨自己，将我生成多病的身躯。

你遗憾没有给我一副强健的肉体。

你觉得，是自己造成了我连绵的苦难。

妈妈，我却时常感谢，你给我的生命。

即使这身躯，有许多不如意。但生命，从来是独一无二，最可宝贵的礼物。

我感谢，今生是你的女儿。感谢，能够依偎在你的身旁，能够开放在你的手心。

妈妈，不幸的部分，是我们共同的命运。我深知，我的疼痛，在你那里总要加倍。

幸福，却是更深切的主题。

从这世上有了我，你便呵护着我。从我得到了知觉，便对你万般依恋。

这人间，据说百年才能修得同船渡。那么，母女的缘分，该有千万年的修行。

我是经过了许多的漂泊和艰险，才投入你的腹中吧。

是你收容了我游移的灵魂，给我温暖的家园。

这缘分，是该令我们感激一世的。

让我们并肩地站立。看落下的雪花，落下的风雨。你在这里，你在我的身旁。

我于是不肯放弃，决不放弃，丝毫生命的力量。

我将飞舞，我将鸣叫，我将狂欢。如那黄昏下的燕一般。

这一天，你对着镜子将白发染黑。

我远远看你。妈妈，你又老去了一些。

甜蜜而疼痛，交织在一瞬。

农历新年的鞭炮已经响起。想起去年的烟花，我们一起在猎猎的寒风里观看。

今夜，一样会有盛大的焰火，一样会有缤纷的色彩，流溢在深暗的空中。

我们说，在午夜前去放流光棒。我喜欢那手上的火花，喜欢它们的光芒，如星如电。

一年年，经历着多少的爱，多少的辛酸和欢乐。

它们都将在夜空里盛开，繁花之上，又生繁花。

妈妈，让我们一起去看。

妈妈，让我紧握住你的手，容许我有时间，望你的老去，如你望我的成长。

这不是一件悲伤的事，而是淡而深长的幸福。

提前的祝福，生日快乐。

妈妈。

家

让幸福，在我们的原野绽放。让我，在静默的年华里，苍老成你的记忆。

家，一个令人无法不去依恋的地方。

也许，不过不宽敞的房屋几间；也许，不过简陋平凡的一扇灯火，远远望见，却总是心生温暖。看那窗口的灯火摇曳，抚摸着熟悉的门板，闻到房里煲汤的香味，我知道家正等候着我的拥抱。

于是，总是在掏出钥匙的时刻，会心微笑。喜欢钥匙扭开门锁的声音。喜欢归来的心情，一种饱满的归属感，伴着家特有的气味，扑面而来。

在这个偌大的世界。有谁不是飘零的孤独者。我们被无端抛到人间，遇见了今生的父母。他们微笑着抱起你，让阳光洒在你的脸上，等候着你的成长，看你一天天茁壮。于是，人仿佛一颗种子，在黑暗里获得了苏醒。于是，我们有了机会，来感受所有，微小的，巨大的，幸福或悲伤。

因为有所知觉，我们便有所爱恋，有所牵挂。

生命，是这样简单而玄妙地开始。在混沌中，我朦朦胧胧记得，那些最初的时刻。仿佛很安静，只有洁白的光芒，照进老房的窗口，只有母亲轻轻的呼吸，父亲起伏的心跳。我竟能够记得，这些细微的感受。也许，是记忆欺骗了我。也许，是幼小的我真的理解到他们抱起我时，那自然单纯的喜悦。

这一切的背景，是家。是无比熟悉了，却又总是恍然间陌生的家。老房窗口的亮光，在无数的梦境里依旧闪闪烁烁。我总是梦见自己回去那里，院中还挤满淡粉红的月季。我的家，从那里开始，我的家，曾经是一座朴素却神奇的花园。

如果，老房还在，柿子树该是果实累累的季节了。父亲会把它们摘下来，在窗台上摆成一排。它们诱人的橘红色，总引我忍不住用手去又摸又捏。"这个软了，能吃了吧?"我一脸馋相地问。柿子很甜，我总是吃得满身满脸。我很快乐，只是，那时的我并不知道什么是快乐。因为，还未曾经历悲伤。生活是明亮亮的，我并不惊奇它的美好，只任最可爱的时光，无声息地逝去。在幸福之中，我们总是难以察觉到它的存在。可能，这才是幸福的真相。当人高呼着，我很幸福，那多半是一种欺骗和表演。幸福，是不出声的，是不知情的。现在的我，开始羡慕那个吃柿子的孩子。她不懂得快乐，却拥有了一切。

老房被推倒了。搬家的那天，我站在空荡荡的房间里，竟没有一丝留恋。

十二岁，还是只去期待，而不知回首的年纪。我还不曾明白，这一次告别，便是永远的丢失。我收拾好最后的东西，转身离开了。老房的窗口，洁白的光芒依旧。只是，这房间空了，像个无底无涯的深渊，直通向时间的幻觉。

孩子长大了。老人离开了。我的家，我童年的花园，荒芜了，和我的记忆一起，蔓生出绮丽的花朵，占据那些散碎的片段，叠错弥漫。然后，我住进新家，新的房间，拥有新的窗口。我们把墙壁粉刷，擦拭地板，迎接新的生活。我满怀着激动，为了一切的崭新。在高楼之上，我度过少女的时光。不紧不慢的日子，在家的四壁流淌。唱着欢乐的歌，画着明媚的图画，我很快乐，只是，那时我并没有学会懂得快乐的可贵。我挥霍着，所有跳跃着的青春。我没有将它们保藏在最宝贵的盒子里，却任由日期忘记了曾经的自己。

我们总是无法把握，近在咫尺的拥有。在还来不及告别和失去的日子，我曾多么简单地经过着，最纯粹的青春。

这里是家。这里有我的书架，我的床，我的衣柜。家，因为这些物质的存在，而显得实在而安全。它们令我感觉有所依靠。人，终于是无法脱离物质的包围和安慰。这时的我，平躺着，感受夜晚的宁静。没有声响，只有火车呼啸，从楼房的不远处驶过。我习惯了，现在的家，习惯了窗口半明半暗的光线。在窗台上养两盆花，每一天，看它们的苏醒和茁壮。我发觉，生命的相似性。于是，我能够感受到植物的呼吸，能够听到醒来的深夜里，它们鼻息的微声。陪伴我的生活，充实着家的温情。我感谢我的花，用尽力气，开放得如此诚恳而坦然。

母亲在隔壁房间睡了，父亲还在客厅，等候着球赛。我躲在被里，读我的书，然后，缩起身子，迎接睡眠。这样的夜晚，让人感觉平静安心。而我们，又还有多少时间，拥有这样的平和安宁，守在父母的身边。时光，令我们懂得了悲伤。时光，把我们推向不归的未来，不容你回首。一回首，便是满心的疼痛。痛得你甜蜜而酸涩。他们老了。不是么。你开始为母亲染发了。

想象着，我们的未来。同样是几间简单的房间，一窗摇曳的灯火。生活，从家为基点，一点点延伸向这貌似无涯的世界，却终于要回归到原点。这里是家。这里，是我们的归宿。没有人不是飘零的孤独者。唯有家，给你我以彻底的包容。让我细数着昨日，让我任性在快乐和幸福。我依赖着钥匙扭开门锁的声音。那一声之后，有父母的笑，有幸福，有明亮。我也曾等待着这一种声响，那之后，是你们的归来，是幸福，是明亮。

我总是声称要远行，却终于是恋家的孩子。

在这里，我们获得一切。

在这里，我们拥有安宁。

开落

我看到许多无声的笑意，无声中向我走来，又兀自隐去，在生命的暗影莫名地，最近想起的，多是儿时的事情。点点滴滴，迷离中敲我的心门，一声声一句句地，把我呼唤。你还在哪里吗？你还住在那间栽了月季花的庭院吗？我问自己。又好像是问一个从不曾存在的声音。她是安静的，一语不发，玄奥地笑着，看我长大。那么残酷地长大。

和哥哥聊天。不过是寥寥的几句。却让两个人都感动起来。是长久的无言与沉默了。是什么时候起，哥哥成为我生活世界边缘的一个名字或符号了呢。是那么长久的陌生了呀。为了各自的生涯与生活，我们好像童年的玩伴那样，两处不见。

我不知道，他经历些什么，又经历着些什么。甚至，我不知道，长大了的哥哥，已成为怎样一个男子。全部，只是模糊的形象。我的哥哥，曾经被嘲笑长着秀气双眉的男孩子。现在，要被称为男子了。

直到这两天，我似乎才了解了一些，我的哥哥，原来是如此善良而多情。他说，他是多愁善感的傻子。我却那么庆幸，哥哥是这样的傻子。一个纯粹的人，有爱的人，多么难得。

他也在回忆，那些儿时。他想到我的祖父，祖母，他的姥姥，姥爷。我们同样深爱着，却已消失的人。哥哥掉下泪来。

许多久远细节在浮动，在下落，世界安静，时空安静。

夏天，一样的夏天，老家门前的槐树花轻轻飘散，一地的碎白，一地的清香。那洁白的花，在分秒的日光里绽放无言。哥哥去上学了，戴着鲜红的领巾，祖母拉着我的小手，站在月季花丛背后。中午，他会蹦跳在祖父的大自行车后边，放学回来。我们一起吃午饭，那些现今是只堪回忆了的食物，听哥哥说，他学校里的乐事。我总是羡慕，期盼着快些长大，去上学。

经过老家的位置，我总不禁发呆。我们的院子和童年，被崭新的街心花园掩埋。流落在回忆细微的世界，和无处可去的我，一同迷失在这面目全非了的街道。它是漂亮了，整洁了，却成为我的疼痛，不可以消失和痊愈了的痛。似曾相识的，只有路边的槐树，要纤细许多的槐树，飘散依旧的白色花朵，落了一地。我的回忆也在下落，下落，和哥哥一起，在只有我们两个人生动记得的世界中。大概，也还会有人记得，只是，那又是另一个世界了，它不属于孩子，不属于童年。

我听不到花开的声音，只见到你的下落。

我忘了全部过往的真相，却在印象里把回忆填补得清晰。便是全然的美丽，一个光明的世界，满怀笑意和纯洁的世界。那些点滴，是一地的碎白，是我儿时嗅见的清香。你会相信吗。你是否也会想念到胸口轻轻地疼了。

那些我们深爱的人呀。

你们好吗。我们都在完好而坚强地生活。放心吧。

只是，哥哥他说，时间老人真坏。

很美

那好像是许多个似曾相识的午后，你们都还在小木床上睡着。蓝窗帘被吹起来，罩不住洁白的日光。斑斑的影子泻落到绣着小兔的被子上，棉花糖似的云，正挂在天上。

只有我，独自醒着。我是不睡午觉的孩子。

百无聊赖，在远远近近的呼吸声里清醒，看临床的小男孩在梦里一点点流出口水，在枕头上留下清晰的湿迹。然后，我开始拆被上的线头，缠在手上，实在无趣，便咬一咬小木床的床栏杆。

我的午后，在那么静的时光里，如一尾沉默的鱼。一个孩子独自的游戏。

而不睡午觉的孩子，是不允许起床吃午点的。每次起床时，我便总会装作困倦的模样，摇摇晃晃地坐起来，绝不着急。现在我知道，那伪装一定是极其可笑而拙劣的，根本逃不过成年人的眼睛。但童年的我，竟然很少被抓，多数是可以蒙混过关，顺利吃到午点的，并引以为豪。如今想来，大概是老师的网开一面了。

午睡的那几个小时，曾是在幼儿园中最痛苦的时间，今天却觉得美妙。

因为清醒，我记住飘起又落下的蓝窗帘和洁白的日光，记住墙外小贩和老太太们的讨价还价，记住摩托车启动的声音，还有楼道里高跟鞋经过的脚步。

我想，这些可爱的零碎，其他的小朋友是在流着口水的梦里错过了。

当然，我也错过了流口水的机会。

我想，我并不是一个讨人喜欢的小孩子。我的嘴不甜，也不会做些让人觉得可爱的事情，还经常莫名地哭起来。

我却从不当着人面大哭。

有人说，小孩子的哭多少有表演的成分，是为了博取大人的疼爱。而我，似乎从来没有这个意思，我甚至害怕被他们发现。于是喜欢躲在被子里，默默饮泣，有时还不自觉地把自己想象成了备受虐待和委屈的灰姑娘似的。我好像乐于体会那种独自的哀伤。

这连我自己也觉得无法解释，毕竟，我是那么小那么小的孩子。

老师们只在图画课上表扬我，并把我的画当作范画那样贴在小黑板上。那是我最光荣的时刻。而更多的时候，在没有图画课的时候，我像只胆小的小猫，缩在自己的位置上。

在幼儿园，可以为所欲为的，是那些老师们宠爱的孩子。像我这样并没有人多理睬的小朋友，总是投了羡慕的眼光，跟在他们身后，想跟人家做好朋友。

我记得很清楚，有个小女孩，老师经常把她抱在怀里，还夸她像洋娃娃。我们都知道老师喜欢她，便都喜欢和她玩。其实为些什么呢，小孩子哪里有什么功利的想法，但这又俨然是成人世界的缩微一样。

她给我的印象深刻，以至于这么多年后我还能够叫出她的名字。当时并没有美丑的判断，现在翻开相册看，那果然是个洋娃娃一样可爱的小孩子，不能怪老师喜欢她了。

去年夏天经过原来幼儿园，隔了铁栏杆给苏指我们班原来的位置。

门窗早就换了，只是望过去，窗口依旧飘着蓝色的窗帘，虽然已经是崭新的。

夏天的绿树，和很多年前一样，只是那树荫浓了许多。

那年，我们一群小朋友就站在那些树荫里，看一位胖叔叔表演溜溜球，然后又哭嚷着让爸爸妈妈给我们也买一只溜溜球，自然是从那位叔叔那里。那天，胖叔叔很开心地离开了，并说以后会来教大家很多有趣的玩法，但后来他再没有出现过，我们的期待也落了空。

我记得树上有"吊死鬼"，一种恐怖的绿色小肉虫，不知道治好没有，现在看上去倒是很健康的样子，叶片在烈日下闪闪烁烁。看门的老爷爷早已经退休养老，换成了一个黑脸大汉。那老爷爷，总是笑笑的样子，对每个接走的小朋友挥挥手。他管我叫"小钟"，因为那时我家住在大钟寺。其实这有什么关联呢？他是个和善又卡通的老爷爷，很瘦很瘦。

黑脸大汉不许我们进入幼儿园。即使我表明了我曾是这里的小朋友的身份，并说出一大串当时老师的姓名，他还是摇头，一口回绝。于是，便和苏在门外拍了几张照片。我才发现，门上多了许多块金色的牌子，看来，我的幼儿园已经发达了起来。据说，现在能到这里入托的，都是有钱人家的小孩。我于是庆幸，我早生了十几年。

最近看张元的《看上去很美》。一个可爱的小男孩，方枪枪。当时，剧组在全北京市招募演员的事情，还隐约记得。故事发生在幼儿园，却是七十年代的。孩子们都住在大殿改造的睡眠室里。我不知道，北京是否真有过这样的幼儿园，我想，如果有，那住起来可能是挺恐怖的（也难怪他们把老师想象成妖怪）。我还是更喜欢我们的小木床，蓝窗帘。

片中，孩子们的眼睛通透而天真，看得我自惭形秽。我的确是长大了，长得太大了。再也没有了那种眼神，湖水似的，那么深，又那么净。成人的眼睛，怎么看，也是迷惘。这也是我嫉妒孩子的原因。因为，他们拥有的，恰恰是我无可挽回的丧失。

但毕竟，我是拥有过的，可悲的只是，当时的我们，都全然不知，像所有的孩子一样。

电影中的一些场景给我印象深刻，像旋转在蓝空下的小木马转椅，比如方枪枪探出窗子看外边小朋友们玩耍。

我不喜欢玩转椅，我清晰地记得，那滋味非常痛苦。我没有探出过脑袋向外边看，但我想起，窗台上栽种的萝卜花、白菜花，和它们散发的略臭的奇怪味道。

有多少扇窗啊，在我们的记忆里，开开合合，被风刮上，又被我们推开。

那小木床上，被我咬的齿痕是否还在呢？

我总想那个窗口的方枪枪，看着玩耍的小朋友，看着许多个自己，在那里，在阳光里，笑着哭着，一路奔跑，又跌倒。

似曾相识，我想起你们来，睡在流着口水的午后。我想这一切都美极了，并不只是看上去。

你们还好吗。

你们都去了哪。

陷入时光某处

常常想起的是原先住的那院子，和定格在那里的童年。

暖暖的和风伴着祖母的歌谣缓缓渗入了那段时光，也永远地把我，把属于童年的所有锁入了那院子，回忆越陷越深，而祖母慈祥的笑却越来越清晰。

她喜欢坐在屋前的藤椅上，看她那些怒放着的花，让阳光照着它们——这些美丽的精灵。我总是安静地坐在她身边，傻傻地看着祖母那芬芳的笑，一切自然而安详，却平淡得有些无聊，我以为，一切就会这样，永远地这样下去。没有波澜和风浪，有的只是这样的时光，幼小的心是多么的失望。我想要走出那院子，去外边和小朋友闹做一团，那对我的童年来说，是太大的奢望。

就这样我的游戏只是追逐纷飞的柳絮，只是听祖母古老的歌谣，只是好奇地望着天，望着好大好空的院子，我看不到那些摇曳的花，也闻不到阳光里被温暖了的芳香。

快乐的事情是，偶尔祖母会带着我去胡同口的小卖部买糖，她把钱给我，让我自己交给店里的阿姨，阿姨于是会摸摸我的头，说真棒。祖母笑着，样子很温柔。其实，糖不是最令我激动的，我想要的不过是走出院门时的快感。

终于，这样的时刻多了起来，我上了小学，每天都要走出去的，祖母拉着我的手一步步向离家只有几百米的学校走去。她就那么一直紧紧攥着我的小手，即使是烈日炎炎也绝不松手。经常会遇到熟人，这时祖母总是把我搂在怀里说：这是小儿子的闺女。那人有几分惊奇地说：哟！都这么大了……每当这种时候，祖母总是一脸的幸福，慢慢却有岁月在她微笑的脸上流过……像条欢唱的小溪，又像是远方奔涌而来的河水，那时的我读不懂，现在也是。

忘了是从哪天起，我开始独自上学。我兴奋地在小巷里跑着，跑着……跑到祖母的视线以外，跑到了她再也到不了的地方。我并不在意，我的快乐就要喷溢，便忘了每日在胡同口守望的祖母。

不知是哪一天，我突然长大了，那个坐在她身边的小女孩消失了。她于是自己坐在那里，继续地看她那满院的花在晚风里起舞，只是她脸上不见了芬芳的笑，那一刻，我又在哪里……

我努力地挣脱那院子的束缚，终于成功了。

花还是那样，风也在继续祖母曾经的歌唱。门前槐花依旧如约地飘香。我走进祖母的房间，她躺在那张老床上，看到我来了急忙探身，可是她终于没能坐起来。我俯下身，四目相对，我望见了她一双含泪的眼，清晰又模糊，我紧紧握住她的手，就像曾经她那样，她的嘴唇轻微地颤动，反复地只是唤着我的乳名：小水……小水……那声音渐去渐远，不知最后飘去了哪里。我呆呆地伫立在那屋子里许久，许久。再也听不到她唤我的声音……

院子里，祖母的藤椅歪歪地倚在那里，一如从前，我傻傻地坐在旁边，藤椅空空的，心空空的，风还是吹啊吹，永不停息，却没有了那些动人的歌谣。于是我独自轻轻地唱，才发现太多都已遗失在了昨天，再也无处可寻。

如果，如果可以，就把我束缚在这开满花儿的地方吧，哪怕只有一天也好。终于，不可能。

现在，院子也已无处可寻，能借以凭吊的，只有我少得可怜的回忆。

今年除夕，祖母的位置还是空荡着，那副碗筷也延续着无尽的寂寞。眼睛湿湿的，隐约听见那昔日的歌谣在远方天际回荡。祖母她还好吗？那里有没有摇曳的花和和煦的阳光呢？祖母越走越远，我立在原地，无能为力。童年，祖母，陷入了时光的某处，永不再见……

梦里，我又看见了晚风里舞着的花……

转瞬光焰

消散瞬间的绚烂，留四处火药的硝烟在空气弥漫。

这一夜，和母亲捂着双耳躲在角落，看深暗的世界中，繁花丛生，拥挤人们期望的目光。

我们的城，在某一特定的时刻，幻化成光焰火蛇营造的绮丽梦境。你伸出手去，是不可触碰的幸福，混合在鞭炮的呼号叫嚣，引人下泪。

我看到，你们盛开，遮蔽了我的窗口。

烟火之美，或许，正在于美到窒息的爆发，猝不及防。

你短信说，你看醉了烟火。我想，这山水茫茫的两地，上演的大概是同一场，虚无绝美的幻觉。

记忆中的烟火，似乎要小得许多，不像今晚。只是孩子手中的点点光亮和火星。家门口的小卖店里就可以买到。价格也是非常便宜。

童年的春节，仿佛瓷娃娃脸颊上的两朵桃红，热烈甜美，而不失天真。

爸爸会在除夕的夜里放一挂鞭炮，我们就扒着窗玻璃向院子里看，心随着炮声咚咚地跳，炮声熄了，热饺子也出锅了。

现在的我，也时常想念。

那时候，还会和哥哥姐姐一道去庙会，买回木头的刀枪，撕打一番，或是几个人学了大人的模样搓几圈麻将。

如今的我们，都也成为了大人。各自奔忙，却不知所向。

我们，大概很难再一起拉着手，跑到庙会上花几块钱去玩一次套圈了，很难在一无所获之后，再满心遗憾地回家，噘着嘴骂套圈老板把好看的玩具都放在最远。

有些时间，是我们无可挽回和追悔的，只要，在当时的我们，有所记忆并深感温馨，就足够的了吧。

是的，我并不能够奢求，你的停留。

仿佛火车的驰去，原地的我，不过轻轻地挥手，祝福你的旅途。

你将经过风景，在深夜或清晨，会有放羊的孩子，站在荒芜的山梁，对你善意地微笑。

而我，会尽我全部可能来想象。一处纷落的雪白，一处日暮的彩霞，很多很多，属于你的快乐，和难过。

我们的记忆，我们的童年，在彼此的生活里刻下深印，各自封存珍惜，却从不提起。这是我们，最美的默契。

大舅带他的小孙子去看一棵洋槐树。

他指着楼房间孤零零的一棵树说，那是爷爷种的，原来爷爷的家就在那棵树的地方。

房子，早已不见，人，早已搬离或者逝去。只有树，那幸存的一棵树，近乎倔强地执意生长。

它在等待什么吗？是否，就是一个双眼洞张的小男孩，像曾经把它种在这里的那个小男孩一样？

我听着大舅说起老家的旧址，我看着他老去的目光里饱含了岁月的温情。树会知道，那个小男孩已经是有了皱纹的老人了。

那些绚烂的烟火，点缀了寂寥的日子。而日子，仍旧把一切带离，从未迟疑。

这一刻的自己，想拥抱着什么，用心来深爱。毕竟，我没有那么许多时间，再弃置挥霍，无所顾及。

认真地度过，如一株植物的萌发和挺拔，那么，即使是烟火熄灭后的黑暗，我们的心也能够和平富足，繁花迭起。

在盛开的光焰迷人中，世界的轮回，变得轮廓清晰。

能够掌握的，只是这呼吸的片刻。

转瞬而去，你的面孔，我的面孔，不无留恋。

夜船

在北京，你怎么可以不痴迷什刹海的夜。

看一潭碧水在夜中被染成暗黑，泼洒肆意绚烂的流彩。看疏落落几丛小荷，幽寂无声中悄然绽放。

只有清风，缺席明月的夏夜，却是兴味依然。和苏乘舟，在八月浓而不艳的风情万种间。

两岸，是歌声，却看不到汹涌的人群。我们在船上，在寂寂得有几分凉意了的水面，好像一处遗世独立的世界。听闻着远处酒吧中苍凉旷远的歌声，一个可以伸长到很远直刺天空的男声，想着有一搭没一搭的过往种种，那些不去想，也不会被遗忘或特别记得的事。

苏在微笑，另一位同伴为她拍照，时间就停顿着，蹉跎不前。

我只是痴痴看灯火，红红又蓝蓝的一片片，一条条，把我们的夜，照得迷离虚妄着，在暗黑的彼岸之上。那一盏盏光亮里，坐着人群，欢乐的，或悲伤的人群，会有盈盈着笑的情侣，也会有独自买醉的女子和男子。

这城市中，有水的角落，溶释我们许多人的温柔和眼泪。似乎是只有面对这样的一处水面，你才可以那么那么地纯粹和真实，放肆地欢乐，放肆地痛苦着。是水的原始魔力吗。水是值得敬畏和心怀感激的神灵。

听说放河灯来许愿的传言，于是我们带了十二只河灯上船。只是简单的，用报纸折成的小船，放置莲花形的蜡烛。却是充满了虔诚的仪式。

一支支划亮火柴。我看着同伴手中的一星火光，那么微小，此刻却如此明亮的光，想到的竟是卖火柴的那个小女孩。一样是许着愿望，她站在孤独的风雪中，化作了星星。

光亮可以带来幸福和奇迹，我一直相信。我们总需要一支火柴吧，在风雪中划亮，取暖或妄想，一个个难以到达的岸。那便是幸福的了，可以妄想，可以不做计算地妄想。

蜡烛被点燃，放着醉人的光芒。风中的烛火，偏向同一个方向。小小的船，小小的光亮，承载着我们各人的妄想和希望，等待着起航。

终于，在撒手的一刻，它们荡悠悠地漂走。暗黑的水上，几点不明亮的光，渐渐远逝。目送着船的离去，道一声珍重，道一声别离。安静着，谁也没有言语。

夜在流溢绚烂的灯火和歌声中，睡得沉沉。我们的舟，像凝固在湖心，没有动静。心中的光亮，在水上漂远了，为河水送去我们的愿望，等一个真实，一个实现。

没有星星的夜晚，空气湿而温凉。和苏在通明的地安门蹦跳着行走，像两个不知好歹的孩子。一个不可思议的夜晚。我们好像瞬间里，就拥有许多的幸福，它卡在喉咙，让你想唱歌，想大叫，想这么蹦跳着向前跑去。是水的魔力吧，它听到我的祈祷。

在北京，你怎么可能不爱，夜的什刹海。那是容你放肆，容你妄想的天真。

我贪恋着，这一切。

穿梭

谁忍住悲伤，心疼地原谅，全部的错失和浪费；谁用最后的温柔，道一句告别，成就不再流连的转眼。小女子，亦可坚决明白如此，把回忆的错觉，通彻地一笔勾销。因为更深切的解悟，我们没有了昨天，我们只是品尝，而不沉溺。

坐地铁，车厢在黑暗中穿梭。

我把自己浸泡在乱星清澈又低迷的歌声，随它飞奔。站台是光明，人们的面孔迅速后撤着。我喜欢，地铁的速度，和因速度，幻变出的迷离。像生活的重重意象叠错在一列行驶中的时光。是黑暗，和光明的交接不断，如我们的心灵，一处阴湿，又一处光艳，纠缠连绵。

在比地面更接近这星球心脏的地方，我听到更真实些的心律起伏，不缓不急，涌动向前，似乎无所畏惧。我不是勇敢的人，却分明缺席了恐惧。

在安静的乘坐中，我遇见陌生而众多的面孔，幸福的，或悲伤，或麻木的。

我想起谁？

想起一样曾经陌生，曾经也爱恋的谁？

终究仍是陌生了的谁，陪我在地铁里寻找出口的谁？

不是想念，想念该是芳香的。

众多的谁，你们迎面走来，和地铁中的许多人一样，同我擦肩。我却终于将忘却，将离开，那么多辨认不清的面孔。继续走自己的路，甜蜜地幸福，或甜蜜地忧伤着。

一路洒泪，一路歌吟。

我飞向光明，飞向无数个粉红的梦境。

我感觉幸福。我感谢上天的眷顾。

我终于，看清那些无痛痒的经过。

如果，青春是白纸，我愿意，印上血红的足印。像刚刚出生时的那样。用一种最鲜艳的方式，把美丽纪念。我要在最美丽的时刻，被你看见，被世界看见。

所以，我这么珍惜，生命里的偶遇和意外。

我愿意幸福。

我只愿意幸福。

花样

开门走进的母亲，怀抱一捧花朵。我欣喜万分地迎上去，是玫瑰，未及拆封，骨朵上齐整整套着白色小网的玫瑰。

母亲说，是新婚旅行的同事，今早一路飞行，从云南带回的。

于是，一个凉意初起的下午，我洗净墙角的玻璃花瓶，蹑手蹑脚地把一只只白色的小网剥离，将由束缚下解放的玫瑰，精心插起。是怀着动容，又混合了悲怆。为了几枝未经受住飞行的花朵，为了她们毫不留情地萎去，轻轻动了心思。

想那些，关于鲜花，和女子，想那些，飘零的故事，和葬花的魂灵。

花，总是同女子关联的，尤其是那些不经风霜的弱女子。

大概，是缘于，相似的娇柔和稚嫩。才有了，桃树下灿烂明媚，即将出嫁的女孩被写入歌声，吟咏千年；才有了，妖娆可人的牡丹，修炼了精魂，化作冰清玉洁的女儿。

我便难免，在与触摸它们纤纤花枝的时刻，暗暗动容，和悲怆。因着同为女子的情怀，和心思。

在我指尖的薄薄肌肤之下，触碰的是花儿被花匠截断的血流，再如何鲜丽艳娇的它，也已是无根无着的身躯了，这是难过的事。

我不能够长久拥有你，我只是贪图了，你一时的美貌。

曾有人作文，谈及插花与盆栽，又引申出呵护和爱恋一位女子的道理来。他说，只有精心于一株花草开落与春秋的人，方才是懂得珍爱女子的人。

我爱极了珍爱这两个字。

女子，是需珍爱的，因她们的纯澈，因她们的天真。

你不必相信她们是天使这一类的鬼话，却要明白，她们的生涯，的确是如同花朵的，一样的娇柔和稚嫩。

每一个女孩子，都是花朵，都有自己的季节。在春秋，在冬夏，在晨光熹微的晨早，或是，在月明星稀的幽夜。

你需发现，你需耐心，于一株花草，呵护与灌溉，爱她的开放，更要爱她的寂寞，和岑寂。

花期，花事，是不得久远与常新的。

没有女子，会甘心做那被截断了血流，只待默声萎去，被随手遗弃的插花。她愿意，被凝视着凋萎和老去，在爱人如酒意微熏的目光。

那是每个女子的期许，每一株花朵的盼望，那才是生命，活的生命。

而这一刻上，我手中，触摸的，却是一枝枝艳美的尸体，我把它们插入清水净瓶，倒像似了，一场肃穆安静的葬礼。

所有的哭声，都隐在女子们绵亘了千年的深情，和不安里。

昨天，是一个雨天。

良说，你看，雨是斜的。是的，那斜风细雨，淡淡薄薄地把这天饱含了水分的空气，涂抹成浓白的清切。

我们踏着水花向前走去了，地面上渐渐多出许多的小小池塘，积下雨天的透明，成一汪汪明镜，映着灰蓝色，天空表情莫测的容颜，还有，那道旁一树明黄的秋树。

良说，那些树会在更冷些的时候，变得火红。

我却知道，这是多么美而失真的谎言。那并不是，会生出红叶的树种。却情愿地相信了，并忆起，那首叫"西风的话"的歌来，我似乎，总是在这样的月份想起，又一次次重新哼唱起，重新写下，那句，花少不愁没颜色，我把树叶都染红。

西风是多情，而温柔的家伙，有薄荷糖一样清凉的幻想。

是淡味的甜蜜，是我的心爱。

我们在各自花样的华年里，一起经过雨天，和那些美丽绚烂的树，是值得俯首感激的幸福。

我大概，也曾走过野芳满目的原野，也曾笑意甜美地接受一束花的馈赠。那些，是可爱的自己，和时刻。

我却依旧喜欢，没有芬芳摇曳的雨天，喜欢在润湿的空气里，为自己买一捧龙胆花，怀抱着走回家去。

昨天，良消失在地铁站的人山人海，我独自向回走，我终于是，没有勇气在别离的当口，给我的爱人一个拥抱，只能够，把他唇上的余温顶在自己的额头，然后转身。

我也终于，没能在雨天，怀抱一捧龙胆花，走回家去。路上经过的花店，都不见它的踪影。

爱上忧伤的你，我默读花语，在这个斜风细雨的日子。

我想着，去寻一株龙胆花，悉心栽培和呵护，让忧伤的龙胆花，在纤弱的花枝下，生长出勇敢而光明的快乐来。

是我的妄想与奢求吗？我却要浇灌，要等待，用一场场的仔细与认真。

在斜卧着发呆的空隙里，我梦见许多温柔，生在一双大手掌之上，来把一株淡紫的花朵捧起。花朵，慈心爱娇，纯澈天真，胆小的样子。

我想着，来临的这并不悠长，却足以用来发呆和荒度的假期，一个人，躲在厚棉被里，笑得甜蜜，淡味的甜蜜，我的心爱，不会腻。

母亲说，记得给花换水。

我怎么可能忘记呢。那苍凉而美丽的花朵呀。

很旧的上海，有女子在留声机里唱起，花样的年华，月样的精神。

你们要尽情地美，莫要顾惜。

祝福·爱

在欢乐和幸福里，我看到粉红，看到金黄，看到她穿着白纱，缓缓走下台阶，托着长长的裙裾。我在她身后跟随，抛撒玫瑰花瓣，它们从她的眼前落下，落下，不像一阵微雨，却如一场无声的梦幻。

她怀抱着百合与玫瑰的花束，笑意甜美，如所有的新娘一样。婚礼，在这一个四月，一个有晴空的日子。静的姐姐出嫁了，走上红毯，也走出从前的岁月。她将是妻，是母亲，是美的、善的女子。不再是任性的小姑娘，不可以噘起嘴巴，索要糖果和洋娃娃。人生，在短短的红毯上转向，我们终于抛弃了一个个自己，迎着崭新的生活进发。这令人充满了希望，无尽的可能在眼前展开，像未知的花园，栽满待放的美好。

我们在祝福，每个人都在祝福。新郎，我们叫他穆穆，是彬彬有礼的男子，眼中充满善良。他为她戴上戒指，许下爱的承诺，会永远对她好，请父母放心。她的幸福，流露在一次次目光流转，那么精致的，光滑的幸福啊，像这指间的钻石。世上最坚硬的石头，最明亮夺目的石头。

姐姐出嫁了。人们不约而同问起妹妹的婚期，什么时候喝你的喜酒呢。一袭黄裙的静腼腆地笑，并没有回答。我和朱也笑，想六年后的静，当她如姐姐一般的年纪。三个女孩子，天真中带着淡淡的憧憬与恐惧，展望貌似遥远，却又近在咫尺的日子。而就在我们的不远处，姐姐换上红色的礼服，在为来宾们敬酒。人们起着哄，说笑声，碰杯声充满了空气，粉红的，甜的空气。

这是一个完美无瑕的日子。隆重的喜筵过后，宾客一一离席，只剩下意犹未尽的我们不断拍照，在鲜花前，在气球中间。美好的时刻，总是飞逝。姐姐有些疲惫，婚礼是令人劳累的。她说，以后结婚别办事，旅游结婚挺好。我也觉得，爱情并不需要一场庄严盛大的婚礼，不需要许多人的到场和见证。但也许，婚姻是需要的。喜筵的初衷总是美好的，想与亲朋好友分享幸福。而这幸福，若分与太多不相干的，并不熟识的陌生人，大约是件难免尴尬的事情。毕竟，这爱，是两个人的事情，不需要旁观者的驻足。只有喜筵上，新娘的光彩和美丽，是需要观众的，便无论陌生与熟悉。服务人员开始整理残席，这金碧辉煌的大厅，又一场婚礼落幕，而明天，明天的明天还有许多的婚礼同样甜美，同样隆重地举行。空荡下来的会场，让人觉得几小时前的繁华盛丽，恍如一梦。

　　我大约也会出嫁，朱也会，静也会。就好像更早更早的时候，我们想，自己大约也会和一个男孩拉起手走过街道那样。我们总是在今天的展望里，又记得昨天的展望。一圈圈，永无宁息的未知，淡淡的憧憬，淡淡的恐惧。成人的世界，无比真实，把生活的真相撕裂给你看个明白。那么美的，又多么残忍。我出嫁的那天，你会在吗？你会为我把花瓣一路抛撒吗？我愿意为你托起长长的裙裾，看你手捧花束，许爱的誓言。

　　而我，并不会告知你们，我的婚期。我将秘密地在有海的地方结婚，在沙滩写下誓言，再等着潮水将它们磨平。我也许会穿白纱，也许会在发上，插芬芳的茉莉。我会给你们写信，告诉你们这一切，然后在信筒边，日夜期待你们的祝福，由邮递员送达。我不需要你们的见证，我的爱情，该是自由的，我的婚姻，不必庄严的盛丽。没有观众，我可以是自顾自美丽着的新娘，只要，我的爱人懂得；只要，我的爱人爱着。

这所有，妄想似的明天，明天的明天。一个小女孩纯白白的想象。虽然，我也早已不是可以噘着嘴，索要一颗糖果的年纪了。爱情，我们从没有看个仔细；婚姻，更是毫无指望的彼岸之花。我们没有小舟，幸福的可能，仿佛无可到达。而所有的所有，终于将有答案，有时间，有岁月，在日记的背面为你写下。不必疑惑和心急，安静地走过去，我们都将获得，各自的解答。

我祝福着，一切爱情。

我祝福着你，祝福着她，也祝福着自己。变更的故事，在六年后的回首，等待着彼此的想念。

你是梦中的人，我是梦中迷惑的光线。

亲爱，别为我忧伤

隐忍住疼痛，我咬紧嘴唇，在黑夜里向下沉去。汗水湿透的床单，紧贴住狼狈的身体。剧烈的头痛，令人意识模糊。而也是在这意识里，我清晰感觉到，你蹲在我的床前，双臂抱拢着俯在我的身边。你的疲惫与担心，被我感知着，我的心轻轻地疼，轻轻地碎。我说，去睡一会吧，我没事了。你却依然在那里，一动不动。

我渐渐在疼痛里睡着了。有依稀的梦，混混沌沌地朝我挪来。是几小时前，我在深夜因头痛惊醒后，是你焦急去找护士和医生的情景。是你让我靠在你肩膀，为我细心把被子围好。是孤单单站在女厕所门外等待的你，那伶仃的你。后来，我仿佛听到抽泣，那是我，在病痛里对于你的歉疚。怎么忍心，让你担心，让你整夜地守候在床旁。我开始怨恨自己的身体。如果，我从没有过什么病。如果，我能够和其他健康的女孩子一样。我不断假设，不断否定，不断失望。于是，在醒来的时候，我说，对不起。田拥有的太少了。田所能奉献与给予的，无以报偿你的爱情。

这是我的疼痛。比身体的疼痛，更无法抵御的疼痛。

早上，你打来热水，让我可以坐在病床上擦脸和刷牙。你的神情，像一位父亲，照顾他生病的孩子。中午，你摆好小桌子，掰开发糕夹上菜，一口口喂给因为打吊针而不能动手的我吃。吃完，你又去刷碗，好把饭盒及时送回配餐处。下午，我睡午觉，你就坐在床旁看书。怕我被吵休息不好，你又买来耳塞。晚上，母亲第一次把我托付给别人照顾，她信任了你。你充好充气床，做好陪床的准备。而就是这一夜，我突然在半夜因头疼折磨得无法入眠。

你说，最怕看我难受。

在做导管检查的那天，我哭了很久，独自对着天花板发呆，饭也吃不下。那天，你没有在医院，你去办培训的准备。可是你的心，一直悬浮着，同我一起。第二天早上，七点多，你已经站在了我的面前。你一天心神不宁。你六点便从城北赶来医院。坐在床上的我，一脸绝望和狼狈。呆望着你，说不出的感动和矛盾。不愿你，看到这样的我。蓬头垢面，面部浮肿。我想自己，永远是那个美丽的女孩子，爱穿裙子的女孩子，对你调皮撒娇的女孩子。我要用大眼睛望着你看，看到你慌乱不知所措地笑。但是现在，你看到的，是这样不堪的我，被疾病折磨得不成样子。连自己都厌弃的一个自己。

我变丑了。我怕见你。你说不丑，你说，田最美，没人能比。

你捧住我的脸。你吻我的眉角，我的额头。我想哭。

你说要送花来，你知道我喜欢花。但是医院宣传板上说，花粉对病人呼吸可能有影响。我于是有些失望。但是，那天你走进病房的时候，手里举着好大一朵花，微笑的太阳花。你递到我手上，我开心地笑了。一朵布绒的玩具花，舒展着枝叶，被插在我的床头。你送的健康云的小玻璃瓶，装着你的字，被小心放在柜子上。你带来的，珍藏的童年故事书，我一本本地读。还有那个长颈鹿的小木偶，你骗我说你会魔法，它才会动，终于被我识破机关。你说，我的一切都还是孩子一样的。孩子的睡衣，孩子的拖鞋，孩子的心。我说，在你面前，我永远不要长大，这样就可以一直耍赖下去。

刚入院的时候，你还没有回北京。在傍晚，我总是一个人面对医院古老的建筑，看那些燕子在低空纷飞。生命，如一场狂欢。那些燕子的飞舞，总把我引向无法克制的悲伤。也或许，本没有悲伤，一切是我独自的幻觉。一个女孩，在古老的医院病房中，守住黄昏的窗口，等候着奇迹与转机。所有的思绪，都关乎命运。沉重，在越发深暗的天色里，如一口吞噬希望的井，彻骨的冰凉。恐惧，侵袭入我小小的，病了的心脏，如一浪浪潮水的无情。

亲爱，要我怎么说。要我怎样，面对一切发生的，和即将发生的。我不该有怨恨与不平。我知道你在那里，肩膀和手掌。

田的时光，如焰火，如光电。你知道她曾多么美。你睡了，又是疲惫的一天吧。你走出了学校，新的生活正在挑战。别为我忧伤，没有什么比你的忧伤，更令我疼痛。我会好好的，去坚强。

生命中，我们都接到不同的剧本。有的平淡，有的浓烈，有的是笑，有的是泪。不管怎样，我总要演好，直至落幕。

能与你同台，是我的幸福。我们一定要微笑。

情人

终于，我渐渐了解，一切的始末。

情人，是脸颊的一抹绯红，酝酿在等候花开的季节。

情人，是一个长长的故事，要你听老去之后的我，娓娓诉说。

我常常想象，许多个遥远的午后，远到我们开始怀疑记忆的时候。

那时，你有了斑驳的发，昏花的眼。不再是此时挺拔的少年。

你会安静地读一份报，饮一盏茶。你会翻开纸页发黄的日记，你会想起某个春天里的欢笑。

那时，你会不会依旧记得我。你会不会在心底轻轻地疼痛了，在昨日的情怀中惘然若失。

情人，我们会在各自的故事里，如此决绝地悄然老去了。

让我向什么人说起，那些年少的轻狂和执迷。让我怀抱着甜蜜和哀愁的心，无声地经过你的生命。

我愿意，把所有相爱的时光，编织成一张温柔的网。

我要将一切不忍丢失的细节捕捞，令全部的往事一无所失。

我愿意，把相逢的快乐，书写成一首漫无边际的诗。

我要你在后来的岁月里，读起这些我最美丽的文字。

情人，是要我轻轻拾起一颗曾经冷却的心，细心擦拭。是要你握住一双冬天的手，讲绿树和花朵的希望。

情人，是相爱中点滴的温存和珍惜，是每个人不必说出的心事。

你会知道我的目光，你会知道，那一汪湖水的幸福和惆怅。

一朵孤单的魂，一场寥落的梦。你看到我哭了。你看到天空的灰色。

你说，让我将你陪伴。

情人，在哀伤的时刻，在不知所措的迷失。情人，捧起我的脆弱，让光芒洒满凋敝的花园。

任时间将我带去何方，任风雨飘零。我不会有恐惧。

你用粉红的胭脂，擦在我的双颊。我该是坚强的爱人。

我该重新生长出勇敢的心脏。

情人，在这里，我们享用青春的明丽。

我们相信一只指环的决定。

听我诉说，一个长长的，没有结局的故事吧。

让我有机会，用生皱的双手抚过你松弛的额头。让我看你的步态蹒跚，听你的口齿不清。

那遥远的，远到我们开始怀疑记忆的时候，你是否还能够找到我。

我们是长久地失散了，还是再不曾别离。

也许，我将是你模糊的一个回忆。也许，我将是你今生全部的故事。

那是我们所不知道的未来。

情人，在这里经过，我们都是生命里的匆忙房客。

爱，从不是一枝玫瑰。

爱，是如此悠长，又如此短暂的深情。

要你记得，要我记得。

思念·很玄

朱画的麦兜和麦唛。看着就不禁会心笑起来。

她说，她想家了。在海那边的秋天，朱，你的窗前在落叶么。

北京的阳光很好。田的生活像一只懒猫。

翻看你空间的文字和列表。读到你的五道口饮食杂记。熊家，桃屋，还有会议中心的寿司店。

你忘了，还有学校正门对面的那家一心。都是我们爱吃的地方。突然想和你一起去吃，却知道，我们已隔了那样远了。

又想起，中学时候放学我们总要在外边逗留一阵才肯回家。我们去吃DQ，去吃拉面，去吃煎饼。

有一段很好的话被我记下来，你问，什么是幸福？

我一本正经地回答，幸福，就是每天吃一个煎饼。

幸福，就是这样简单琐碎，看似可笑的点点滴滴吧。

一起啃煎饼的快乐感觉，混杂着鸡蛋和面粉的香味，这样朴素却真实。

春天来了，知春路上的桃花却因为拓宽道路而被移走。

曾经，放学的路上，在桃花开放的日子里，你总是逼迫我站在道旁的树下，唱一首《在那桃花盛开的地方》。

有时，我们也一起唱。唱些儿童歌曲，或别的什么。总是扯着破嗓子，唱得难听，却不以为耻，反以为荣。

那样的春天，不再回来，那样的我们，也被封锁入记忆。

朱，我要怎样感激上天的安排。拥有了如此纯澈天真的青春。

那时，我们总是笑。笑到肚子疼，笑到直不起腰。

你临走前的最后一通电话里，我说，现在的田，感觉很压抑。

多数的时候，我的世界是如此安静了，远离人群，远离喧嚣。

在这样的安静里，有恬淡的心境，也有寂寞。时常怀念叽叽喳喳的那些时光，是吵闹的，也是最可爱的。

希望自己永远是那个蹦蹦跳跳，不知疲惫的孩子。却不可以了。我们终于成了大人。

但我依旧喜欢，和你在电话里想入非非地胡说八道，说些不着四六的事，乐作一团。

田本是这样爱笑的。

那年，你写了一篇《给田田》。今天，我又仔细地读，满心是说不出的滋味。

我给你留言的那刻，突然觉得，不管发生什么，想到我们拥有这样的友谊，还有什么能让我们畏惧的呢？

很多时候，也许，正是你们，身边的你们，给了田许多许多的勇敢。

不然，我有什么能量，能够如此坚韧地去相信幸福呢？

生命为我安排了苦涩，也同时赠予我太多太宝贵的美好。

于是，田没有怨恨，没有不平。

唯有感激。

瓶子

我蒙住时光的眼睛，让它猜猜，幸福还有多少未尽的热情。

九月的中午，和小鹿喝一杯甜酒。

桃子味的朗姆酒，在舌尖上跳跃着热热的甜蜜，这粉红色的魔药。

杨树的影子，映在新擦的地板上，摇摇晃晃。没有云朵的天，适合站在阳台上，一个人痴痴地看一下午。

干杯，然后看看我们的空杯和空瓶，相视而笑。她脸上有了红晕，田却依旧苍白着面孔。

小鹿去洗脸，我于是坐在房间，想象她的一个个日子，从这里，从那里，纷繁如梦，或百无聊赖地流去。

每个人的生活，在最具体的地方，在书架和床铺间，都显得慌张琐碎。空掉的酒瓶，和所有的容器一样，无言地张着嘴巴，有点无辜。

我们留下酒瓶，还有瓶盖。我们说，要在瓶里插一枝小花，用瓶盖做成项链，送给兔子小姐。

想起用爸爸的啤酒瓶接雨水的自己。那个童年里，远远的雨天，还在原地滚着灰云朵。站在窗后的孩子，等着雨水装满在院中央摆成一列的瓶子。雨水淋漓，下了不知多久。长长的一个夏季，伴随着青草的气味，把院中的童年定格在这一幅，水彩一样的画面。瓶子中的雨水，终于漫出瓶口。时间的雨水，也终于漫过我的心房。孩子的游戏，在雨天的背景里，像一声清澈的呼喊。

我还是站在窗后，我还是期待着，一种满足。原来，每个人都会变成那只啤酒瓶，从你望着它，到你自己站在雨雾里，被一寸寸注满。

无须记录雨水，无须记得，那些散落的天真——映在玻璃窗上，黑黑的大眼睛。我像一只瓶子那样，继续在雨中站立。有时，也期待漂流。像那些漂流瓶一样。

我愿意，有个女孩，把年轻的心事，把幼稚的诗句，写成一封信，装在瓶中。我愿意，她把我抛入大海。让那些雪白的浪，拥抱着我，把我送去未知的彼岸。或许，是另外的大陆，或许，是神秘的岛屿。会有陌生人，在沙滩上发现这只瓶子，展开遥远的来信，坐在沙滩细细读着，露出微笑。那将是多么好的一天。风会吹走陌生人的草帽，飞向云朵，飞向远方，天空正蓝得刺眼。

我是那个女孩，我是那个幸福的漂流瓶。

田说，把我们的爱装进瓶子吧。深埋在土地，然后，等候一千年的岁月。像许多故事里传说的那样。

当人们再发现它的时候，我们的爱，就可以进博物馆，被陈列在橱窗，标签上写着：远古人制造的瓶子。他们不知道，我们在里边装了什么。

那些爱，如果没有死，会像精灵跑出神灯那样跑出来，继续生存和呼吸。田在幻想，这一场瓶子的时空旅行。

喝一杯甜酒，然后心情就成为粉红色。

可以迷糊着胡说八道。

青菜生活

和小鹿一起吃晚饭。清淡的煮青菜，翠碧的叶子半浮在清水中，模样素雅可爱，于是有点不忍下筷。

想起第一次见到还种在地里的菜花。丛丛的绿叶子，紧围住一朵洁白的果实。那情形，让你觉得，菜花的确该叫菜花，而不是花菜。

它全然是一副花朵的模样，被保护着，在叶的怀抱里，等候着阳光和雨露。

菜花，是个幸福的小姑娘。

于是，面对眼前的青菜，我们谈论起它们的种种美好来。

有时候，会感叹造物主的巨手，充满了力量，创造了山川天地，竟又如此精巧，在每一片叶子上都绘画了细密的图案。那些叶脉，那些流畅的线条，哪一件不是精美的艺术呢。

当青菜还在生长，它们是一件礼物，采摘的人，把礼物打开，满怀着收获的喜悦。这是多么好的安排。

农业也许是人类最基本，最原始，却也最富于诗意的活动。诗的趣味，不该是浓到化不开，而是恰如清水，淡似无味，却在舌头底下发现了甘甜。吃青菜，有同样的妙处。

小鹿说，她发现一盘青菜若做得好，要比肉类好吃许多。

滋味太丰富，太刺激，反而令我们的味觉麻木。老子早就教诲我们说，五色令人目盲，五音令人耳聋，五味令人口爽。感官的过度享受，往往达不到愉悦的目的，却走向反方向。

吃青菜，最好也是这样用清汤烹煮。不但保持了青菜的形态和色泽，也更大程度维护了原有的滋味。

只有善于体验的舌头，才能尝出它们的美味。青菜教我们去细细体味。

这也是一种生活的方式。放慢生活的脚步，放松紧张的身心，面对青青翠翠的蔬菜，面对淡定安静的自己，用牙齿咀嚼，更用心灵咀嚼。青菜生活，不是小女子的矫情。是平凡的诗味，是日常的爱。爱我们的亲人，爱我们的朋友，爱一棵花草，一株树木，爱空气的清洁，爱凉风的舒畅，也爱我们盘中的食物。如果，我们是这样去爱，那么，哪一处世界不是光明，哪一种苦难，不会被救赎。心灵将被安放在平静与满足中。我们也会如一棵菜花，被幸福保护在温暖的怀抱。

后来，我们终于把可爱的煮青菜吃个精光。带着饱足的肚子，快乐地离开了食堂。青菜，正在变成我们的身体，我们的血液和肌肤。想一想，就又是惊奇，又是感恩。

给朱朱

眼前的你，还是一样，瓷白的脸孔，七分天真，三分狡黠地笑。

这让我想起，很远的自己，很远的你。坐在学校月季花坛前吃冰棒的两个女孩子。白衬衫，无风的夏季，一个又一个喧嚷中寂静下去的日子。那么真实，仿佛一张瞬间的留影，我们的所有，没有刻意记忆，却成为恒久。

你会想念吗。那时候，生活的简单。

爱迟到的田，爱生气的朱朱。她们是最亲密的朋友。一起给老师们起奇怪的外号，一起在语文课上乐作一团，一起在楼道里犯傻，又不幸被同学看见。我们，仿佛是永远的小朋友，学校，是我们的幼儿园。

我们善于自娱自乐，把同学想象成各种动物，通过气味判断中午食堂的伙食，把塑料袋吹得高高，并且比赛。你我总会有突发奇想，在枯燥的学习中。

那个年纪的你我，因为无所知，便无所奢求。所以，可以无所顾及地与人群逆行，并以此为乐。

我以为，一切的一切都不会离去，或者，我从未想到过那些。

校园里的树，摩擦着空气，沙沙作响。一个个季节，从树枝间穿越，飞离此刻。在田生病在家的时候，老师会说，看见了朱朱，总觉得田就该在不远的附近。我们是如影随形的朋友。这令人嫉妒。

不知道，你是不是忘了。那年的十一月，一个下午，我们并肩坐在通往顶楼的台阶。你说，会有一天，我们将想念这个时刻。我把这些记录在日记里。

现在的我，是在想念了，或许，正是你说的时刻。

十一月的天空，浅浅的灰色，玻璃窗上布了雾气。来年的春天，我们就将起身，各赴前程。这很残酷，生活在我们还未来得及珍爱的转眼，就已将所有改变。

我们的教室，它依然在那一座教学楼，那一扇房门后边。

然而，当我再站在它跟前的时候，却明白，它早已不是从前的那一间了。它很陌生，我们的教室，随着消失的伙伴和同桌，一并不见。

它在时空的某段漂流，无家可归。

旧时的老师依然，我却分辨不出当时敬爱或者憎恶他们的模样。

都与我们无关了，像所有的过去一样。湖光山色，浮光掠影，你我不过小小的扁舟一叶，经过了春天的花树芬芳，又错失一场艳夏的风华。

留下幸福，也留下纪念，不过如此。我的深情，已如大雨倾注后的天空，彩彻云霁。

田不能够是诗人，不能够在冷却的事事中，读出飞翔的诗意，为我们的青春歌咏。田只能在季节的离别后，在你的心里，我的心里，轻轻惦念着，并不感伤，并不遗憾。

因为，有你在那里，瘦小的模样，用最真挚的情谊等候时光的无情。因为，有我在那里，在每个记号上，为你画一张小小的卡片，用粗糙的笔触，绘成你我完满的快乐。

田已经足够幸运。遇见太多的明亮甜美。

记得，我们一起在冬天洗草莓。偷逃的体育课，无人的男厕所，冰凉的水。你推开我，说我的身体不好，别动凉水。洗好的草莓，被装在木头的小碗里，我们相对坐着，看这一捧鲜美，都不忍下嘴。而那一天的草莓，是我吃过的，最甜的草莓。

那鲜美的模样，仿佛生活的隐喻。我一直记得，并深感温暖。

朱朱保护着田。我知道。

田生病的时候，在最黑暗无光的日子，朱总会用孩童一样的天真，驱散乌云。田不愿说感谢，因为，彼此的心灵，能够明白一切。那些，是无须言语的表白的。只在嘴角的轻扬，在眼底的光亮，我们就足够知晓，对方的心思。我瞒不过你，正如，你瞒不过我一样。

后来的我们，懵懂里，都有了各自的爱情。

而那，你说，大概并称不起爱情的。

小鹿也说，爱情是有重量的，只有你为对方义无反顾地付出了什么，才有资格说起。

那么，我想，姑且让你我以为，我们已经义无反顾地付出过了吧。毕竟，有难过，有纠缠的痛楚，流在了血液。

如果，那些都是真的，那么两个小女孩，真的长大了。

静回来的时候，我们坐在一起喝茶。说起的是各自的情感。

明明是三个女孩子，我却仿佛看见她们身后隐藏的另外三个，或者更多的男人。

爱情，让女子头晕眼花。我终于明白了，这一切的可悲之处。

为什么，我们要把自己塞进某一个人的心里，才心满意足呢。为什么，我们不能甘心让他保藏在我们的心里，却永远隔离在我们的生活之外呢。也许，这是无谓的问题。

没有人，不去期望爱的报偿和回应。然而，正是这，成为我们的苦痛之根。

毕竟，我们无法控制他人的心思，特别，是这世上多变又虚荣的男人。

女子的悲剧，总是由痴情开始，由痴情告终。

银河凋谢成寒夜的一月，田写，相逢前，离别后，万念俱灰。

爱情是如季节的。你不可以怨恨风季的匆忙，也就不能够遗憾爱人的离去，深情的消散。

我说感情虚妄，人心虚妄，你不信。你说那些幸福是那么真实。而爱情确如烟火，绚烂美好，却经不起时间。缤纷去后，又是绵绵黑夜。

幸福，不是因为谁的给予，谁的守候；幸福，是我们自己捏造的幻觉。

只有我们自己，可以把握。

曾经的你，想放开抓不住沙子的双手，而望见双手的空空，你又不禁悲伤。

那些注定相逢的人，是我们命定的快乐，还是遭受呢。

那些不可挽回的昨日，是你我亘长的失去，还是一无所失的圆满呢。

如果我们可以以为，那些爱过的人，本不是必然的经过。或许，许多的不舍便能够释然。

虽然，你会问，既然如此，又何必遇见。

原来，全部的故事，只是不可捉摸的圆圈，从没有他的生活中起始，又回去没有他的世界。这看上去，是多么公平的事。

仿佛一次无目的的旅途，风景过后，我们又回去最初。没有什么值得去感伤。

要多爱自己。最爱自己。选择了，我们就要勇敢地承担，无论是幸福，还是痛楚。正如你说，这是成长的必然经受。

最初的田，最初的朱朱，还坐在月季花坛前吃着冰棒。

那一个你，那一个我，还未遇见那么多荒唐的相爱和别离。

无风的下午，万物明净，心如晶亮的水晶，在阳光里透明。

我们真的不曾失去什么，因为所谓的那些拥有，都已是电光石火后的如梦云烟。

那个时候，我们因为不奢求，而能够拥有所有美好。

现在的我们，在生活的脸上擦着胭脂，它不堪地微笑，那模样与我们的期望，差之千里。

何必强求美丽和完整，无所欲求，或许，我们的心灵才能安宁。

不要让我听到，你难过的话语。不要让我知道，谁伤了你的心。

我愿，你永远是眼前的你，瓷白的脸孔，七分天真，三分狡黠地笑。

要知道，任何的悲伤，都不值得我们失去快乐的天性。享受生活给我们的一切，而不只是接受。

你会幸福，我会幸福。

我们都会幸福。答应我。

给晓琳

高中时代，一起看云的女孩。毕业后，只是断断续续地通信。

我们习惯在文字中相遇。

这一天，我乘了独木舟，回溯而去，在河水的上游，有你等着我。

二〇〇四年的夏天之后，一切关于你的片段都归于回忆。属于时过境迁后的云淡风轻。

温暖的笑，写满铅笔字的牛皮纸本子，还有你的大水杯。

我感谢，在那些寂寞的日子，有你的存在，读我矫情的文字，听我说许多别人只会诧异的语言。你能够懂得，你看得见，我在心底安排的那个世界，明亮的，却蒙上雾与尘埃。

很长的一段时间，我们都是坐在靠窗的位置。

我记得我座位上可以看见的风景。挂在教学楼旁的一角灰蓝的天空，远处几棵婆娑飘摇的杨树。我在课上发呆，看那些天空下的树，在夏天绿得华丽而忧伤。在本子上写下不知所以的文字，读顾城的诗。

记得不久前你问我最近在读什么，我回答，顾城散文集。你就大呼，你读他要读多久呀……我也觉得可笑。可是，我依旧在反复读他的东西，不厌其烦。

那一个孩童似天真的诗人，带我逃离这世界的真实，去造一座城堡，去做永远的国王。就在今天，我竟然还把网页上的"倾城"看成了"顾城"，并兴奋地点开……我的手机，恰好是"倾城"系列，白色。

突然也喜欢上"城"这个字，那是一种包围的姿态吧，自我的封闭围困，或者满足。在那里，我们获得安宁，获得释放，也遭受孤独。

而孤独，从来是不可避免的。感情不能够改变我们孤独的命运。因为，有太多美好的事，是不可以和别人一起做的，比如做梦。这话，似乎也是顾城说的。他的孤独，杀害了他自己和他的爱人。

你眼见我的高中，正如，我眼见了你的一样。我们好像站在对岸，观望彼此的生活，有时枯寂荒芜，有时火树银花。

穿越我们的时光，遗忘一些脸孔，告别许多的昨日，重重叠叠。

在夏天的几场滂沱之后，我们被洗净，又晾晒在后来的日光里，像一床松软的棉被那样。

我不愿去怀念，因为怀念的徒劳无功。我却无法抑制地陷在回忆的泥沼。

好像，那里有我们生命的养分，必须定时汲取。

人大约是不可以拒绝，回忆，不可以了无牵挂地离开。

全部过程，是我们温习的课业。

去年的六月高考的那几天，我总是梦见自己再次坐在高考的考场。做数学卷子。于是慌乱一团，怎么办，已经一年没碰过数学了，考不上了，考不上了……然后惊醒在黑夜。

数学像一场噩梦似的，将我反复纠缠，即使在考上中文系，终于摆脱了它之后。就想起，那时上马片儿的课，想起，他解题间歇里的低头沉思，我发现那样子竟然酷似吴镇宇。当然，没有吴的帅气，只保留傻气，而已。

中午的时候，大家挤在教室的讲台，找他讲题，然后领取新的作业。我总是无法及时领到新的卷子，昨天的题目还没有解完。这让我长期处于痛苦的负罪感中。

现在，我终于不必学数学了。

却在某天突然记起正弦函数的曲线，很优美。

去年春天回过一次学校，装修得很漂亮。

我却还是喜欢初中时候教学楼的模样，淡绿的墙，朴素的桌椅，上边留着高年级同学的刻痕和字迹。那让我觉得，学校充满了昨天，充满了故事。

而今，它看上去洁净而肃穆了，把我拒之千里。站在楼道里，连气味都变了。在原来教室的门口向里面偷看，陌生的老师，陌生的学生。

才知道，这里早已不属于我们。

看到了久违的王胖胖，还是教他的历史，还有正在课堂上滔滔不绝的马片儿，还是穿着他的黑片儿鞋，多少年如一日地。

他们讲授相同的课程，面对一届届学生。他们淹没在学生的青春里，悄悄老化。

据说，学校的校风是越来越差了。也看到，穿着我们校服的女孩子，夹了睫毛，涂了唇彩，坐在五道口市场里做指甲。我想，她们只是更爱美了，也更懂得挥霍青春的热量。

那天，和老李坐在办公室谈话。她的样子很温柔了，不像从前对我那样。

想起来，从前上课，她会严厉地喊你：Linda！记得，你总是慢慢回过头来，一脸无辜地说：我怎么了。这令她苦笑不得：弄得好像是我错了一样。

不知道她现在的生活怎样。也听说，她经历了一些变故。

我们离开了那里，她又还会记得谁，又遗忘谁。这都是无关痛痒的事情吧，终于，我们都将消失，在各自微小的生命。只为对方祝福，平安，幸福。

毕业后，晓琳去了南方。我留在北京。

她为我寄来照片，安然于手指间的长有四片叶的三叶草，幸福的象征。

后来，很久没有再写信。在文字中的相遇，却依然继续，以不同的方式，用相同的默契。

我们一起看云，在秋天。你问，怎么样才能够飞起来。今天的你说，再不是贪恋飞翔的孩子，就这样悄然无声地生长吧。

你把田的房子叫作，安静的张扬。田在这里栽满文字的花朵，等候我们的相遇。

离开

不愿道一句珍重。相逢的时光，我倍加珍爱。

静走的那天，整座城市再次降温。躲在房间里，看窗口明媚的几尺阳光，起风的下午，天空是碧蓝的安静。

仿佛没有说一句告别的话。醒来的早上，打开手机，收到静的短信：我要走了……十点多就到沈阳。

那个时候，睡意蒙眬的我知道，她正坐在北上的飞机上，正在大朵的云层间穿梭。

我的确，没有说一句告别的话。

我和我的朋友，就这样轻易地，被生活的洪流冲散在两个截然不同的城市。

这是一个离开的年份。几天后，朱也将漂洋过海，求学他乡。

真正的天各一方。从来未曾料想，每天在同一间楼房里度过着青春的我们，会相隔万水与千山。

而且，这一切又来得如此突然。

没有人伤感。年轻的时候就该这样，憧憬着无限的未来，而不是回忆旧时的光阴，不忍离别。

会有更美的明天在等待吧。这想法，像一丛未开而将开的春花，隐隐地，在心头发着芽，萌着亮晶晶的希望。

一起吃饭，静为我们盛汤，和这么多年来一样。

总调侃，她是贤妻良母，下辈子若做男人定要娶她回家。静一脸得意的笑。她该是个幸福的小女人。

高一军训的夏天，静提着行李包站在队伍的后边。日光充盈，绿树的影子投在焦黄的土地上，一点点散碎的印象一样，无法完整。

我扭过身看她，注意到她双膝下的两道疤痕。后来，我才知道，就在那一年，她经历了一次手术。

刚刚缝合并在愈合的伤口，如此坦然地暴露在日光之下。

静是坚强的，她没有因为刚刚完成手术便放弃训练，申请免训，而是和其他同学一样，出晨操，站军姿，走队列。

由于免训，而总是在训练场边休息的我，默默注视着那个身影：白色的T恤衫，清爽的短发，一双尚在恢复的伤腿。

那时候，我觉得，我们是截然不同的两个世界的人。一个逃避，一个面对；一个脆弱，一个刚强。

静的存在，在那个夏天，时常令我感到羞愧。

后来，静的腿完全恢复了。她奔跑在篮球场，拥有一双健美而光洁的腿。

只是，那一次手术，稍稍改变了她的行走方式，她弯曲膝盖的幅度较常人略大。这使我们能够看到她鞋底的颜色。

静不信，于是满是把握地问我们：那你们倒说说看，我的鞋底是什么颜色的？

几个人异口同声，橘红色……静才相信，原来，她的脚真的抬得足够高，让我们看清鞋底。

她笑了，又来来回回走了几次。嘟起嘴，佯装着生气，丢下一句：讨厌。

有时，我记起中学的点滴，总忍不住笑出声来。

静，你都记得吧。许多的欢乐，单纯得如一页白纸，却又丰富得像一幅蜡笔画。

我不再用文字去回忆。

因为，与我们昨日的一切相比，所有的描述，竟都显得如此无力而苍白。

我们唱歌，唱那些被我们烂熟于心的歌。

我一杯杯喝着橙汁，甜蜜的汁液，从舌尖滑向喉咙。我并不清楚，此刻的滋味，是甜美，还是酸涩。

我们在小小的包房，被音乐包裹着，共度了整个下午。

我看着你们。两张熟悉的侧脸。

突然感谢，我短短的青春中，有你们做伴。这不是一句煽情的话。

我只是在往日的浩瀚中迅速检索，却只捕捉到你们。没错，只有你们两个人。

许多的朋友，仓促地经过了，又仓促地消失了。

我说，我相信缘分，相信宿命。

不然，人与人的相识与相知会有这样的区别。一些是亲密，一些是疏离；有的被轻易遗忘，有的却无法忘怀。

感谢，让我们能够有所依靠，像姐妹一样，相互牵挂和惦念。

这是上天多大的恩宠。

田为此骄傲和幸福。

离开。我想象着飞往澳洲的飞机，不在我的视线。

问朱归来的时间。答案竟是二〇〇八年的一月。感觉遥遥无期。

我常常恐惧，这一年将有多少发生和改变。

也许，这便是我最近在仰望天空时，总莫名不安的原因。

在海的那一边。在世界的另一个方向。

朱说，她每到一座城市便会寄回明信片给我们。

我于是想起陈绮贞的歌。也想到，一个人漂流在异乡的朱，会逢着怎样的阳光，和雨雪。

那些雪花，是否和北京的一样呢，你会不会需要撑一把伞。

你会想念么。

想念我们，想念一碗热面的温度，一只煎饼的香味。

我依旧不愿意说告别的话。任何的一句，告别的话。

因为，明天是一丛将开的春花，满是希望。

你们会发现，田在这离别的季节里，异常沉默。

你们不会知道，无声的田，心头承载着怎样的重量，在独自的隐忍中，默默承受。

那是一些，不需要被发觉的事。

我希望世界是安静的，即使有动荡飘摇的不安。

我们，在回忆，也在未来。

这几天，反复读海子的几句话：

> 永远是这样
>
> 风后面是风
>
> 天空上面是天空
>
> 道路前面还是道路

我以为我终于懂得了一些什么，但也许，什么也没有。

你们只需明白，不道一句珍重，是因为倍加珍爱。

观看

朱打越洋电话来，说起澳洲的寂寞，说起对北京的想念。

你的窗外不是有海么，怎么还会有寂寞。我问。

我时常想象，当月光洒满了海面，朱一个人倚窗站着，怀着淡淡的乡愁，一颗颗辨认南半球的星座。

那是多美的画面，独自身在异乡的女孩子，度过着一段或许过于平静，但却诗意盎然的生活。

朱笑了。哪里如你想象的一样。所谓的海，倒不如说是像个人工湖，没有月光，只有两盏路灯。

北京多好啊，你半夜饿了，总有地方去吃饭，在这里，什么也没有。朱没好气地抱怨。

还有，这里风刮得太可怕，潮气很重，东西总是不干。

电话这一头，我一句句听她带着几分委屈的诉说。北京的窗外正是艳阳高照，火热泼辣的夏天。

我想象中诗意的生活，原来只可以在这彼岸观看。真正身处其中的人，感受的，唯有生活的真实琐碎。

这些真实的，关乎了柴米油盐，洗衣做饭的事情，往往是狼狈，甚至不堪的。

一个人在异乡的生活，必然是有许多的不适和艰辛。

我想象中，那涛声夜夜的海，也许丝毫没有消减这其中的寂寞，却反而是加深了寂寞。

很多时候，我们总觉得幸福都在别人的生活中，也是因为站在彼岸观看的原因。

远看，是桃源仙境，走近，却是肮脏泥泞的鸡舍原田。

在别人的岸上望你，你的世界，或许也是火树银花，如梦似幻。

其实，谁的幸福能比谁多多少呢。我总相信每个人快乐与悲伤的总量是守恒的。

不都是平常的日子，琐碎繁复的种种。

友情卡片

从车窗里，看这个热络的世界，北京，满地落花的街道。

槐树，细小的洁白花朵，在这个夏天，落满这座城。

播放器里，是朱也喜欢的那首《友情卡片》。"好怀念那夏天……"

你有没有听到一首歌就会在心里轻轻疼痛的经验。你有没有想着想着会流下眼泪的朋友。

朱，在七月，我无法不想念。

朱，海的那一边有没有落花的街道，有没有隐隐的忧伤，随风飘逝。

你还好吗。快乐吗。幸福吗。你的小爱人对你呵护备至吗。

如果真的可以，我要永远和你住在那段回忆里。

看你纯真的脸，看我纯真的脸，看我们的春夏秋冬，快乐的，悲伤的，一切一切。

此时的小鹿，大约正一个人在宿舍中对着电脑屏幕，看一部又一部电影。

而兔子小姐，与两千多人挤在交大的礼堂中听着每日长达九小时的考研政治。

想象着她们各自的生活，在这个半明半暗的七月。我在这困顿的城市一角，九楼之上，时而昏睡，时而清醒。

写些恣情恣意的文字，流水账一样记录的心事，无关任何人，只关我自己的东西。

躺在床上，头脑中却是不断地自言自语。母亲总说，我是心思太重的孩子。

心中的那个声音，却始终不断地响起，很多年了，碎碎地说着话。那些话，一些被我写下来，一些永久地流失在记忆的河水。

夏天是最虚妄的季节。日光，雨水，植物的气味，雾气的氤氲，一切都让我感觉生命是如梦幻一场。

人如何能够感受到了这所有，看到绿树婆娑，听到蝉声聒噪，触摸到风，感受到欢乐和悲伤。

这些看似平常的事，细细思量，不是充满惊奇的么。我想，当我还是个婴儿，当我第一次知觉了这个世界，一定是满心欣喜的。

好像此时，我欣喜地望着这个夏天，想起许多个夏天，属于我的夏天。

它们像一部小说，书写着我的青春，这样匆忙，甜蜜又哀伤的青春。

学校的宿舍楼下，栽种了一排向日葵。小鹿向我感叹，在南方没有见过。也许是因为阳光少吧，她推测说。

没有在南方常住过，却在几次短短的旅程中领略到潮湿多雨的气候。一位师兄曾对我说，他最喜欢北京的晴天，因为在家乡，一年里没有几天能看到太阳的。

向日葵，是向阳的植物，该是生长在北方这干燥得或许有些焦渴的土地。一方水土养育一方人，从植物身上，已体现得这样明显。

南方北方，或许真的有太大的区别。南方话总是细语绵绵，带着水汽的柔软温润。

北方的女孩不喜欢南方男人，就好像南方男人对北方女孩存在的偏见。

读我的文字，一个网上的朋友问我说，你是哪里人？当我说我是北京人时，他大惑不解地惊叹，怎么可能，怎么可能，你别骗我了。

我不知道，北京女孩写字该是什么样子。大约，不该如我这般轻柔含蓄，而该直来直往，偶尔夹杂一两句粗口的？良说，他第一次来北京，在地铁中就遇到两个旁若无人讲粗口的北京女孩。他于是对北京女孩的印象很不好，大学几年都与班里的北京女孩没什么接触。

这件事听得我心中难免愤愤。我认识的多数北京女孩，都是从不会讲脏话的，像兔子小姐，一个细心善良的女孩子，是多么可爱。

人对于家乡必然是有特殊的感情的。你自己可以骂它百般的不是，却容不得别人说半句它的坏话。

好像我整日抱怨着北京的拥挤局促，在想起那些绿树红墙琉璃瓦时，却还是无比亲切温暖。

走在南方的街上，听着听不懂的话，深切地感觉自己是个外来人，就开始想念起北京。

也许，小鹿在北方也是同样的感受，三年了，她却就这样莫无声息地承受下来。而今，她终于决定要回到南方去读研究生了。她说着这件事的时候，眼睛亮亮的。我知道，她是太想家了。

都说北方人恋家，其实，哪里的人不是一样的呢。

这个七月，我看着朋友们的奔波，也看着自己的无所事事。

每个人都在为自己的生存努力，只是，我的奢求少了许多。现在，我只想平安地度过多一些的时光，珍惜多一些的美好，陪在母亲身边，让她安心，不再为我操劳。

我知道，这些是我生命中最重要的东西，我要紧紧握住。

最近的日子很好，平静，清晰，虽然好多时候，也难免沮丧，在失眠的枕上落下一两滴泪来。

之后·愿望

之后的夜晚，我们的世界火树银花。我点小小的花火，就让时光记住了一切。

顾城说，让列车静静驰过，带走温和的记忆。

因为住在火车道附近，我从小便喜欢看火车。好像海边的孩子看海潮的起落，山中的孩子数云朵的游移一样自然。它呼啸而去的时刻，站在原地的我，显得渺小不真。火车，载着多少热望期许，又了结多少远方的悲伤。它真的带走我们的记忆吗。那个坐在操场双杠上看火车的孩子，是永远消失了，在墙外杨树一年年，迎风的瑟缩歌声中。

今天的天空，灰白地覆盖，仿佛错过的幻觉。

那些深爱过的故事，被我们的冬天，在玻璃窗上轻轻哈气，又轻易擦去。我仰卧在床，想起许多模糊的侧脸。想起四月，淡绿的一抹，在我的头顶盛开桃红的花枝。远去的自己，站在陌生的教学楼，阳光蒙在我的身上，像一场甜美的阴谋。记得，你曾陪我坐在这楼梯上，你说，有一天我们都会想起这个时刻。

之后，让我，把谎言般的记忆，讲给你听。让我们都笑了，感激着生命的恩赐。

有时，我们相对而坐。喝一杯茶，讲新的旧的感情。你还是温柔可人的模样，只是经过的人，一个个错失分别。我想起我们的十六岁，想起那个冬天的我们，一起抱着大兔子，走过十字路口。红灯灭了，又亮起。我们在许多的路口停留，又各自放弃，奔赴希望。我想起，两个女孩子的默契，心照不宣而明净于心。

我确实在感激，生命的恩赐。让我可以挽着你们的手臂，一路欢笑歌吟。

火车，带走你，火车，带走我们的生活。向着不可知的深渊，托付你我微小的青春。答应我，要幸福，无论海角天涯。只有这样，我才能够安心，微笑着心满意足。当我望见火车，便会想起你。在深夜的列车上，你或许睡了，轻靠在陌生人的肩。你是微笑着，大概，正有童话的梦境。

你却又闯入我的梦境来。坏笑着调皮。

我不知道能够说些什么。这时候，我的心停在静到破碎的渔港。流云正流过天际的莫测。

之后的你我，会站在隔岸的灯火里，各自懂得了许多，几分疲惫，却满足而平静。我想，那会是美好的结局。当我们都老了，仍要围坐着，看彼此的脸上又多了几条皱纹，互相骂一句老妖精。

这是我最可爱的愿望。

如鱼

鱼在水中，云在天。

总觉得金鱼是属于夏天的生物。于是，几乎每一年暑假总要买回两条，放在书桌上，精心养起来。

窗上是不绝的蝉声，窗下是已攀上栏杆的牵牛，这样的午后，百无聊赖的闲散，像水墨的留白，因空而丰富。

看我的鱼在圆柱体的鱼缸中来来回回。

鱼是快乐的么？子非鱼，安知鱼之乐。

鱼是寂寞的么？我不是鱼，却知鱼的寂寞。

两条鱼在狭小空间中头尾交错，又擦身而去，怎么看，怎么像世间的太多相遇。

如此匆忙，如此拥挤，又是恒久的无言。

鱼大约是这世界最沉默的生物，除了极偶然跃出水面激起水花，它们几乎不发出一丝声响。

当然，这声响局限于人耳所能接收到的频率波段。在我眼中，鱼的沉静，分明隐秘着生命原始的寂寞。

在水的围困下，在水的拥抱下，它们不忧不惧地度过着自己的生涯。

据说，看鱼游水的姿态能够令人心神愉悦。

鱼的姿态确是优雅的。特别是金鱼，如花绽放般的尾巴，纱裙一样的轻柔飘逸。

看我的鱼，看它们的快乐或者寂寞。

在城市的喧嚣之外，鱼有自己安然的生活。

他们说，鱼没有眼泪；他们说，鱼的记忆只有七秒钟。

水中的鱼，即使哭泣，又怎么会有人知道？即使记得，又如何对什么人说起回忆？

鱼从不让谁看穿它的心事。

于是，人以为鱼是忘情的，鱼是没有烦忧的。

倘若记忆真的只有七秒，该有多少悲伤刹那里烟消云散，却也有多少欢乐瞬息间不知所踪。

回忆，总是一半疼痛，一半甜蜜。

鱼的心事，埋藏在水下，不去诉说，不去哀怨。鱼的沉默里，是隐忍的坚强。

鱼也许是个哲学家，它的智慧无声息，来来去去，真正是子非鱼安知鱼。

看我的鱼，越发觉得我无法参悟透它们的世界。

或许，这无言的生物，是佛陀安排在世间的使者，来给人以启示。

虽然，多数的时候，我们忽略了它们的存在，只是混沌无知地经过，而没有足够的觉醒。

父亲喜欢钓鱼。

童年的记忆中，很多的夏天傍晚，他都是带着一身鱼腥，风尘仆仆地归来。

然后，是厨房中的一阵忙乱，然后，是鱼肉的香味弥漫在小小的院落。

那是一些有星星的晚上。一家人坐在小院中，分享一盘红烧鱼。

我不曾想过鱼钩穿透鱼嘴时鱼的疼痛。

我只陶醉在鱼肉的美味。而现在想起来，却觉得人捕获鱼的方法未免残忍。

人终究不是鱼，人终究无法将鱼的疼痛感同身受，人终究还是要吃鱼，享用它的鲜美。

顾城曾给他的法文翻译尚德兰女士写了两幅字，一幅是"人可生如蚁，而美如神"，另一幅则是"鱼在盘子里想家"。

诗人盘子里的鱼，是多情的远行者。它迷路在远方了，再回不去。

读到这一句话，我仿佛见到那一条躺在白色瓷盘中急促呼吸的鱼，它洞张的、不会流泪的眼睛，充满了令人惊心的悲伤。

但即便如此，鱼依旧不发出一丝的声响，它以沉默面对生死之界。

曾是悠游于水的鱼，在无限眷恋中离开，诗人的心总是触及那些我们视而不见的疼痛。

鱼在盘子里想家。

我渐渐已不忍心读这一句话。

庄子《大宗师》中有言："泉涸，鱼相与处于陆，相呴以湿，相濡以沫，不如相忘于江湖。"

庄子的话，本是论道，却被后人引作他用。

人们说，与其相濡以沫，不如相忘于江湖。

这话说得看似洒脱，实则万般艰难。分明是落着两行泪水，道出这样一句决绝的离别。

看似决绝的人，往往是最狠不下心肠的人，所以才要用冷的面孔，冷的言语，粉饰和掩盖那一心的不舍。

相忘于江湖，然后，或许彼此能够拥有各自的欢乐。

但此种种，也不过一厢情愿的猜测。

从此后，是海阔山遥；从此后，是汪洋中的各自沉浮。

人的错失，有时，大约真如鱼与鱼的擦身。

只是，若鱼的记忆真的只有七秒钟，在江湖之上便真可相忘。

而人，人太过发达的神经，如何去真正无所留恋地忘情？

因此，人无法如鱼。

如鱼沉默，如鱼悠游，如鱼埋藏了心事，安然于自己的生活。

看仰韶文化陶器上的鱼形纹，让我知道在那么遥远的年代里，人在心里对于鱼就充满了美的想象。

不只是器物上绘画的花纹，还有那太多美妙的传说和无邪的诗歌。

《列仙传》上载，赵人琴高行神仙道术，曾乘赤鲤来，留月余处复入水去。

那月明的夜晚，水仙乘鲤而来，乘鲤而去，水面的清辉，清越的飞浪，该是怎般的飞逸动人。

鲤鱼大约是最有仙骨的鱼，它们的跃起，总有传奇发生。

读唐诗，翻到戴叔伦的一首《兰溪棹歌》：

凉月如眉挂柳湾，越中山色镜中看。
兰溪三日桃花雨，半夜鲤鱼来上滩。

一片片如粉的桃花，就扑入我梦中来，夹着轻轻雨丝，在凉月初升的夜半，浸湿一身衣衫。

鲤鱼在这诗中，在涨起的春水中，激荡着层层水花灵动。

鲁昭公赐孔子一尾鲤鱼，于是孔子的儿子因此而得名孔鲤，字伯鱼。

鲤鱼大约也因此沾染了些圣人的灵气，而显得特别。古人的朴拙可爱在这名字中也可见一斑。

感动于《乐府诗集》中那一首《饮马长城窟行》。

客从远方来，遗我双鲤鱼。

呼儿烹鲤鱼，中有尺素书。

长跪读素书，书中竟何如?

上言加餐食，下言长相忆。

一双鲤鱼，藏匿着爱人远方的消息。一封家书，承载了多少千山万水的惆怅深情。

她长跪在地，读这一封信，读着琐碎的嘱托：多吃些饭，莫因思念消瘦了身体。

素白无华的诗句，古老真挚的爱情，在鱼的腹中成就着时光的永恒。

千年之后，当再读起如此的诗，心中仍是一阵温暖的凄恻。

所谓爱情，不只是一句"执子之手，与子偕老"的承诺，而是长相忆的不变情怀。

让我爱你，用鱼传尺素一般的心。

我不知道，这世间是否真的存在人鱼。但我希望那不只是人们的一种想象。

多少人为了小美人鱼化作泡沫的故事黯然落泪，多少人在梦境的海上听到人鱼忧伤的歌声。

在一些传说中，人鱼是凶恶的海妖，但更多的故事里，她们是美丽善良的姑娘。

曾看过一部电影，是人鱼在现代的故事。

美貌的人鱼爱上了人类的男子，于是幻化出双腿与他相爱。

但每一天，她都要在浴缸中恢复鱼的身躯，才得以继续生存。她的双腿不可以沾水，否则便会显露鱼的形态。

这个秘密终于被一个嫉妒她的女人发现，于是，在一次宴会上，她将一杯水泼向了人鱼的下身。

后来的情节我已记不清晰，只记得众目睽睽之下，人鱼倒在地上那无助的眼神。

人的丑恶在那一刻被剥离在空气之下，令人毛骨悚然。

这样的故事似曾相识，人好像总是要把异类打回原形才痛快安心。

而所谓异类，那些被称为妖与怪的生灵，却分明在无言里对照出人的阴暗卑劣。

多少梦中，我见到海上漂浮的五彩泡沫；多少梦中，我坐在礁石之上，听人鱼们月光里的歌声。

太多的美与爱，在童话里，在我们心中，无论真假，只要你相信了，它便是存在。

人该如那些美丽的人鱼一样，执着无悔，充满勇气地去追寻真爱。

看我的鱼，安静地发呆，无知觉地度过又一个夏日的午后。

从前，北京的四合院里会安放几缸石刻的金鱼缸，里边栽上睡莲，然后养上色彩斑斓的金鱼。

那是多么诗意的设置。想象着在一个同样的夏日午后，立在漏下清澈日光的院中，看鱼在莲叶间时隐时现地穿梭。

鸽哨飞过晴空，在云上洒下清脆悠远的回声。那时的北京，少了生活的仓皇，多了如鱼的从容。

大概再没有那样的一处院落，因为，没有了那样一种情怀与心境。

小时候，家里的大鱼缸中曾养着一群热带鱼。

我常常用小网捞起来，一条条细心地抚摩，如抚摩一只小猫或小狗那样。

不多久，那一群鱼便相继死去。后来我才知道，鱼是经不起那样每日的抚摩的，特别是本身就娇嫩的热带鱼。

我的爱，竟然成为了致命的伤害。

但是，那时的我，抚摩的初衷确实是出于单纯的喜爱。

长大的我，才慢慢懂得，这世间太多的事，是由不得一厢情愿的。

我的鱼，两条沉默的金鱼，摆动着纱裙一样的尾巴，在我的书桌上度过这个寂静浮躁的七月。

我读几页书，写几行字，想些无关痛痒的心事。

有时，因为沉默，我竟觉得自己也仿佛是一条鱼了，一样是擦身与错失，被水围困，也被水拥抱着。

只是，我如何能如鱼般，在水压之下，也从容优雅；我如何能如鱼般，不忧不惧地绽放生命，心无旁骛？

当这世界上还没有人，便有了鱼。

关于鱼的一切，是天地留给我们的一道谜题。

亲爱，请别为我忧伤

奈何

世间，总有那无可奈何之事。

是由得你去接受，而不容你拒绝的。

只可叹一声，奈何。

奈何，成了一剂宽慰的药方。顺口说出，便有了天高海阔的境界。

获释的囚徒似的，在狭小阴湿的牢房外，见得了朗朗晴川。

不能够争辩和解释的全部际遇，或许，就不该心生怨尤。

毕竟，天自有天的道理，而人，也该有人的一点精神。

大概，总须到了绝境，方才觉悟和智慧。好像佛徒劳苦肉体，来寻求精神的解放一般。许多事，不吃些苦头，你便不会明白。

生病，给人很好的机会。生死不掉，又好不了的病，岂非命运眷顾，老天恩赐？

让你终于静定淡泊下来，终于可以空白了头脑，只思量身内之事情。

是已无气力和世人争抢世间种种的好，是只守住自己的小小田地，就已感激得不知所以了。

某种意义上，病，引人向着近乎荣辱皆忘的境界前进。

并不是病人的自我调侃。病，确有病的好处。

难得，在雨天对着窗口发呆。难得，听着"月光奏鸣曲"，想起水痕斑驳的日月。我的年年与岁岁，在这小房间里，踱着不轻快的脚步。我听见自己，走去又走来。时而欢笑，时而哭泣。

那个小女孩呀，穿着睡衣，暗暗地自怜悲叹，想人生的不公，一遍又一遍。她是脆弱的，是太过脆弱了。我给她吃樱桃，那么鲜美可人的果实，她才明白，可以换一种活法，一种甜美的活法。

在本子上写下，我会好好的，真的，完好如初。

不要担心。

奈何的事情，总是这般。轻轻地发愁，轻轻地思想。等一个出口降临，或者有灵丹妙药，玉露仙草。不能奢求病可以灰飞烟灭，因为，神仙很忙。为了更深切地明白些什么，需要隐忍，需要牺牲。

病中的日子。

难免胡想。

奈何……

苦味

如果不去医院，人总很难想象世间有多少的悲苦与无常。

白灿灿的日光刺眼，照得万物光明。

我撑伞急行，穿过树木稀少的马路，去对面的医院。

在路旁，在没有任何荫蔽的阳光里，有人泪流满面，抢地痛哭。是一个衣衫破旧的男子。

身边，一席土色的棉被上仰面静卧着面色灰白的女人。他是要救那女人。

任谁也看得出，发生了些什么。在这家医院附近，这样的事情几乎时刻在发生。

所以，似乎已经没有人为之惊异，路人神色镇定地走过，没有人停下脚步，甚至，没有人回头。

于是，在那一片光明之下，那一片苍白掉的光明下，白花花的，只有远远的我看见，平静的世界上这一角落的无助和凄荒。哭声，时而被城市车流的喧哗掩盖，只有男子，扭曲了的脸，和女人僵直如尸的身子，无比清晰。

你永远不会知道，下一刻会发生什么。永远不知道，我们究竟拥有多少。

我匆忙穿过马路，和许多的人一样，脸色茫然。

检查血常规，排在我前面的，是背影单薄的女孩。

细弱的肢体，像夏末池塘里，残败的疏疏荷茎。

她轻轻伸出左臂，无血色的一段雪白绽露，护士把针头插进去，拍打了一阵，竟没有出血。于是，换右臂。

不知道，她患的什么病，头发已经精光，用花色的纱巾包在头上，勉强遮住。

我看见她的锁骨高起。枯瘦得已经不起一阵秋雨。

这一针，依旧没有出血。隐隐听她说：

"向下边扎也行……"她请护士扎她的手腕。

不过二十岁的模样，却是干涸。

在她身后站着的，大概是她的母亲，看不清表情，只听到喃喃的一句："真受罪。"罪，无可奈何的罪，无穷止的徒刑一般？我不忍再看她。

抬头时，已经轮到我。

我同样伸了手臂。这一次，我是看着针头扎进我的血管，又一丝丝望那鲜红的血流出。我从没有这样的勇气。

起身后，转头见她坐在不远的椅子上，弓着背，母亲的手扶在肩头。

病，总是难免狼狈的。

病人，多数是这样的神情。

在不确定的忐忑中，渐归平静，接受安排。

想自己的心事，熬自己的煎熬。

若有钱，有药吃，已是幸运，只有快感谢上天眷顾，没有草草就放弃了你，让你至少还有了某种憧憧如影的希望和可能。

希望和可能，是病人的良药。病人总爱问医生，我还能好吗？这病要紧吗？那一刻，他所期望的，不过是医生能坚定地说，能好，你要有信心。

在医院逗留的几小时中，我不觉自己是病人。

因身边到处是比我更病的人。

只是看便能看出。才惊叹，这么多人在挣扎。

恍然间，竟生出莫名的安慰，我原不是孤独的，病，似乎是常态，是世人总须经受的历练？有人说，人的面容，本便如一个"苦"字。佛家讲，生便是悲苦。

对镜时，我却常笑，为了看上去美些。我的确是臭美的孩子。

小鹿说，她最近的照片照出不是愤怒便是面无表情。而她，不过是缺乏安全感，活在精神世界的小姑娘。

我总说，我老了，心老了。

小鹿也在老去，我们明白越多，就越糊涂。不是吗。我大概是虚伪的，才会在照片里刻意甜美。

或许，是为了让记忆中的自己，产生幸福的错觉。我一直这么做着，而毫不自知。

于是，我容易沉溺于回忆，容易被自己的谎言欺骗。

而悲苦，不是很明显吗。是从哪一天起，人终于懂得了生命？

"人生天地间，忽如远行客。"千年之前，你就对我唱着，我没有明了，因我未曾真切地活着。这千年后的日月，我便仔细地度过，一寸一毫地默数细品，不敢怠慢。而人，终非金石，这一路跋涉奔波，我力不从心，拖着并不康健的身子。生，终究是如何，活，终究是如何，我依旧没有明了，只是继续你的歌声"人生天地间，忽如远行客"。没有很多的时间。逆旅之上，谁也没有回程的幸运。而风雨总是无常。

白灿灿的日光，一直是这样，每年的夏天，我们像茉莉一样发出幼芽，开一片馨香。在自己生活的范围中，我们悲戚自己的悲戚，烦忧自己的烦忧。就不知道，世间原有多少的悲苦与无常。看似的平静安宁，其实，隐匿多少不幸。看自己的脸，就明白佛的悲悯。而我，终是凡夫俗子。只是见到一己悲苦而已。

这一个光明世界。来去皆是匆忙。我在病里沉沦成长。

没有人是不同的。

我们殊途同归。

我又一次匆忙地过马路，脸色茫然。路旁的男子已经不见。医院门口，包花色头巾的女孩子斜立在树影里，等候着什么。

突然，却想微笑。微笑着，受我们各自的罪。

是虚伪吗……

疼痛

我是个始终疼痛着的孩子。

我记得，我是在母亲的疼痛中来到这个世界的。

那一天，我于疼痛中出生。于是，我注定成了个疼痛着的孩子。

即使春天在那一刻正爬进产房的窗，即使母亲欣然的微笑像四月的阳光一样笼在我幼小的脸上。母亲说我为世界带来了春天，她软软地歪在产床上，像一只驯良的母鹿散发着迷人的母性的温柔。窗外冷冷的枯枝正一天天努力地发芽，抽出嫩生生的碧枝。

我仿佛依稀见得，母亲怀抱着弱小的我，走到四月初春的绿树红花间。在那样一个温情的春天，我如此幸福地在母亲的疼痛中出生了。她的疼痛深深印在我心上，成为一份永久的疼痛，我成为一个疼痛着的孩子。

于是，我常常想念四月，想念轻轻柔柔的春天。当我闭上眼静静数自己的心跳，便知道那一份疼痛还在那里，就能够安下心来，继续勇敢地生活。

在冷寂的夜，我靠在单薄的小木床上，风总会如约而至地呼喊着奔过屋顶。每当这时，我的思绪总是将我领回一日日模糊的童年。我又看见那个流淌着芬芳的花园。

淡紫的云悬在祖母的屋角，化不开。她总是被她的那些花包围着，她总是浅浅地笑，拖着单薄的身体照顾她那些美丽的精灵。起风了，祖母立在花丛中央，风拂起她花白的头发，又偷去了一朵朵娇弱的花。风将她们吹成花瓣，吹成彩蝶，飞舞漫天。年幼的我总是喜欢追逐风的足迹，任她的悲歌灌满我小小的耳朵，我只是一直地向前跑，让花瓣一片片撞上我的前额，又溺在我稀疏的发里。

我却总是跌倒，深深地跌倒在风吹过的，坚实的土地上。每一次都是伤痕累累。年幼的我，双膝多数时候是一片青紫或殷红的。我知道那是我疼痛的颜色。在跌倒中，我从未哭过，我恍然发现我原本如此坚强，从我还那么幼小的时候开始。也许，这只是因为我是个疼痛着的孩子，对于疼痛我已不那么畏惧。我总是咬着牙站起来继续向前跑去，因为我知道风在前方。

我是这样一个单纯而倔强的孩子，在祖母小小的花园里追逐着无形无影的希望。疼痛把它美妙的颜色以各式图案绘在我幼小的双膝上。

在冷寂的夜，当风呼喊着奔过我的屋顶，我便记起了那时的自己，记起了祖母被风拂起的花白头发，记起了怀抱着芬芳的悲歌灌注入我小小的耳朵。我的疼痛浮现，水中的倒影一样，摇摇晃晃地映着我遥远的记忆，唤起我苍白已久的感情。

冷寂的夜，我在疼痛中失眠，又在疼痛中醒来。明白了自己，是个疼痛着长大的孩子。

十五岁我开始喜欢走在阳光里，我开始明白阳光存在的意义。我们有太多阴湿的心情，需要让它们彻底暴露在阳光里，把过多的水分蒸发。或许正是那一年，我变得脆弱而爱哭，于是我总是走进有阳光的地方。是谁告诉我：成长是湿的。我笑笑，成长是水做的。

没有原因，我被迫地跳进那一片水里。

母亲在岸上温柔地望着我，一如我出生的那个春天。孩子，你要勇敢。她总是这么对我说着。

但是，当我倒在了惨白的病床上，母亲也变得脆弱而爱哭了。我将母亲拖进了这无底的深潭。至于我突然患上的病，我则解释为我深埋的疼痛的涌发。我的手疼着，脚疼着，头脑疼着，心，也沉沉地疼着，我的疼痛折磨起我，它变得无情而残忍。医生说，你不会死，只是疼痛。

母亲簌簌地流泪，孩子，我多愿替你疼。

我强作笑颜，轻轻抓住她一日日老去的手。

疼痛，是我自己的。而母亲用疼痛换来我的生命，此刻，却又想用自己的疼痛换取我的健康和快乐。她无法替我疼痛，却用爱融释我的疼痛。我知道，母亲的心此时比我的肉身承受着更沉重的疼痛。

病房里挤满了疼痛着的灵魂。有个人在我的床头遗下一张白纸，上边用铅笔清浅地写着：快些仰起你那苍白的脸吧，快些松开你那紧皱的眉吧，你的生命它不长，不能用它来悲伤，那些坏天气，终于都会过去……是朴树的歌，我知道这些字是那个今天离开这里开始新生活的女孩为我留下的。昨夜，我和她躺在黑暗中反反复复唱着的，正是这支歌。

疼痛延续，而我停止了悲伤。

我是个疼痛的孩子，从十五岁开始，这意义变得深刻。孩子，你要勇敢。母亲依旧温柔地说着。

十六岁的夏天，祖母却带着我童年的全部美好匆忙地去了。直到最后一刻她才平静了下来，她躺在那张单人床上，离开了。我没有哭，甚至还有一丝轻松，因为我知道，她病着的日子是多么疼痛。癌细胞侵蚀了她的肋骨，我的祖母，一个忍受了无数疼痛的老人，却抑制不住地被此时的疼痛折磨得惨叫。让祖母去吧，离开这无法再容忍的疼痛吧，离开了，就不会疼了。于是，那一天，在夏日闷郁的风里，我久久地站着，不发一言，不掉一滴眼泪。

对于祖母，疼痛是个终结，死，成了最有效的药剂。

与她的疼痛相比，我的疼痛显得微不足道。我不过是偶尔地疼痛着，在疼痛过去之后，还会得到一点点幸福和轻松，让我明白没有疼痛的日子是多么晴朗。

疼痛简直成了我幸福的调味。

然而，当我因疼痛而辗转反侧难以成眠，这疼痛的酸心和沉重只有我自己能够体味。疼痛，注定了只能一个人默默承受。

我于是害怕母亲知道我的脚又在痛了，总是强忍着，装作若无其事地经过她的眼前。然而，每一次，她总能发现。

我不希望母亲的心承载我的疼痛，我不愿她再次因我而疼痛。

我走在自己的路上，磕磕绊绊的，一路莫名地摔倒，又坚忍着站起来。十七年，短短的十七年，我就像当年追风的自己一样追逐无形无影的希望。双膝绘着疼痛的图案。

嘿，你得勇敢。
我是个始终疼痛着的孩子。

闭上眼，静静数自己的心跳，我安心了。
继续勇敢地生活。

流光的灰白浅影
我用灵魂的笔，摄下我的影子。

喜欢朴树的这首词《傲慢的上校》：

总算是流干了眼泪
总算习惯了残忍
太阳每天都照常升起　在烂醉的清晨
像早前的天真梦想　被时光损毁
再没什么能让我下跪
我们笑着　灰飞烟灭

人如鸿毛　命若野草　无可救药
卑贱又骄傲
无所期待　无可乞讨
命运如刀
就让我来领教

光影

莫奈，光影的极致。

睡莲，日出，撑阳伞的女人逆光下的脸，他的花园，他的妻。总令我神迷。

最喜欢的一幅，没有找到电子稿，叫作《花园中的女人》，是印象派作品中的最大幅。为了绘制它，莫奈在花园里掘出一道深沟，把画布放在里边，利用滑车上下。画面上，是晴好天气的花园，草木葱绿，四个女人静处其间。一例，穿着素色的衣裙，神情安闲自然，手持花朵。而她们本是一个人，莫奈未来的妻子，卡美伊。

我喜欢，那花园里，阳光轻盈的香味，和女人们素色的衣裙。一个通透纯粹的世界，光影重叠，在绿木丛荫下。

终于，暑假来临。我在刹那里，拥有了剩余的夏天。这个苦难着的夏。

园子里的睡莲开好了。和去年初来时一样，淡漠地浮在小小的池水。稍稍在岸上站定一会，阳光就好像要出来。会投下一大片的树影，沾一两丝温热的夏风轻轻地摇。总是如此的夏日。或者日光强烈，或者给你阴湿沉闷的表情。并不该抱怨。毕竟睡莲，是那么美的。

小鹿说，前几天有小孩子跑到园子的池塘里游泳。我就惊异着羡慕。虽然，后来，他们被保安强行带走了。

同学们会去军训。我独自留守，在这城中的闷闷空气里，继续出汗，发呆，写我的字。

也养我的病歪歪的身体。

不管怎样，一定要，好好生活。

谁等待

读到布兰迪亚娜的一首诗，

疾病比我

离我自己更近

恰似腐烂

比核

离果实更近

正如核只需等待

夏季过去

才能从果实中脱落

我只需等待

生命流逝……

　　病中的时光，简单而慵散地过。许多的等待，已堆砌成坚硬无形的一面墙，洁白的墙。

　　我想着，我安静地回忆，想着，一个个模糊了又空白掉的人形。在遥远的，终于陌生的院落里，我看见祖父，坐在明净的玻璃窗背后，望树缝间蓝到虚伪的天。

　　我看见祖母，穿着月白的棉衬衫，忙忙碌碌地，洗衣做饭。她的手，她的身子，那么瘦弱。祖母很憔悴，偶尔，独自掉眼泪，不让我们知道。她依着老屋弯曲的门框，日子不紧不慢地度去，她低声说着：他就这么整天，看他那两棵树。

　　两棵柿子树。健硕地长在院子中央。父亲说，那是在他还小时就栽下了的。

　　那一个兵荒马乱的年代。而祖母，本是定了亲的姑娘。

　　祖母，十几岁的祖母，会也穿着月白的棉衬衫吗。或还会梳着乌黑的辫子。她会是茉莉花一样的姑娘，会是羞涩而勇敢的爱人。是么，遥远的那一年，那终于陌生的往事。他们相爱，用尽有些唐突潦草的一生。

而平实的幸福，却是真实。

让我望你的老去，再望你的消逝。

祖父走的那天，是秋季。柿子树结满鲜亮的橘色果实。天，蓝成虚伪。祖母瘫坐在树下，许多人搀扶着她，她却无法站起。她瘦弱的身子，那么重那么重了，无处可藏。

她反复说着：只要他活着，我伺候他也好……

吃饭时，祖母拿起筷子，就掉下泪来。

祖父，总是望着。他的树，和树间斑驳的蓝。他只可以这么坐着了，康健的日子一去不回。他难得地这么，拥有安宁，或许就在前夜，他又咳嗽得整夜无法合眼。祖父的病，家里人都清楚，只是瞒着他一个人。就以为，他是不知道的。

我不知道，他是不是可以好起来。而祖母，是劳累如此了。她照顾着祖父的一切，靠她那瘦弱的手，瘦弱的身子。我常常觉得不忍心。祖母，却依旧忙碌着。

安静地为祖父梳头，擦洗，做他爱吃的菜，坐在大木盆前搓洗着衣服。

祖父在等待么，祖母在等待么。一种转机，或者，一个终结？

日子不紧不慢地度去。

夏天，某个午后，祖父在门前的槐树下独自坐着。玩耍的我，听见祖父和路过的问路人说话。怎么，老爷子身体不好？什么病啊。我得的是癌，好不了了。

原来，他全都知道的。我没有告诉谁。

祖母，穿着月白的棉衬衫，她好像风的缝隙中吹来的一缕青烟。午后的影子，又大又轻。好像许多年以前。

我看见，另外的祖母、祖父。

祖母的腿被一辆摩托车撞坏，她不可以走路。康健的祖父悉心地打来热水，每一天为她按摩双脚。祖父蹲在那，高大的身躯，弯成精美的弧。年幼的我，早已忘记其他，只是记得那一段弧，和弧形中的祖父。

在祖母过世后，我才知道，他们是私奔出家结婚的。

好像小说中的情节。祖母十几年离家，没有一点消息，几个姐姐都以为她死了。

他还没有吃呢。她喃喃着。

尽头的等待，是终于的安宁，也是终于的空白和虚无。只落下回忆，碎成粉末的片刻和片刻，连绵成生命。爱，爱人，甜美又乏味，平常却隽永。几十年，日子不紧不慢地过。

病着的祖父，望他的树、他的蓝。

他不会知道，这一天的我，一样在病中，却想起他来，还有他的爱情。

是否在动荡的年代，人们更容易，坚定而质朴地相爱。

等待着生命流逝，而我依然在这里。

日子，总是不紧不慢。

纤痛

当痛苦随着发丝飘落，悄无声息，是怎样的滋味。

在医院取血时，又遇见面色苍白，没了头发，裹着花色头巾的女孩。不知道她的病，只看见她的虚弱。我坐在她身后。她的背影安静，像塑像一样凝定着，头巾上的花朵开得绚烂。

我揣测着她的心，她的境遇，和未来。想象她曾经的模样，想那一头的乌发，一定会是美丽的。

她坐着等待，好像我这样。似乎就等了一生的时间，在这种空白掉的时间里，我们是忘却了肉体的灵魂，干干净净地，看鲜红的血液流出，没有了哀怨，没有了责怪。病，便不过是病了，而不是灾难。

我却总不禁想问，是如何，又为了些什么，让花一样年纪的女孩，就这么恍然病了，就在一夜醒来，荒芜了秀发和美丽？——是毫无道理的事情。

没有人回答，没有人解释。

她只是一根根拾起枕上的发丝，拾起那丝丝的痛苦。会是一个浓白的早晨吗，她对着陌生的镜子，悄悄地哭了。

是毫无道理的事情。而事中的人，无可回避，只有接受着，接受着。是怎样的残酷，没有武器，没有血腥的杀戮一般。

每一根头发，都会哭泣，都有知觉和生命。它们从我们的血肉中长出，是同身体和肌肤一样，受之于父母。

我的头发是纤细的。人说，头发软的人心软。

大概，我的确是心软的人。见不得灾难和忧伤。

好像今天，我竟想为一个陌生人哭泣。

坐在她身后，我和她飘然逝去的发丝，一同掉泪。

我不去追问命运，不怨恨上天，不乞求神的怜悯和慈悲。我只想，让无端的苦难一点点稀释，飘散，让美丽的生命，在美丽的年纪，自由自然地美丽，没有恐惧，没有疼痛，没有悲伤，没有凋萎和暗淡。

可以吗。

她凝定在我面前，塑像一样。只有头巾上的花朵开得绚烂。

她不会知道，我在身后，又想着什么。

那么许多，不可遏止，纤细的疼痛。好像发丝的生长。在我心上。

如树·温柔

多云的天，浮游不定的光线，在红砖地上铺洒一地碎掉的日影。一个慵懒的下午，就在发丝与手臂的温软里生长出来。透着夏末尚存的余热，带着透明，无邪的几许天真。我斜靠着窗，望夏天的离别，于不轻不重的体触之间。我甚至是没有察觉，凉气已经从北方启程，一波千里地赶来，它是轻捷而小心地，怕惊扰了我们在夏末最后的温柔。

便让温度尚存的所有，尽情尽意地，将最后的热挥发干净。好造就一个全然肃杀，全然静定的秋吧。而你的温柔，我的温柔，在这慵懒着的下午，却低垂着睡眼一双双，像笼了轻纱的几场混梦那样，无法认得。我要你懂得，叶子最后的苍翠，懂得，造物的用心良苦。于是，请仰头望一望，那被夏风轻摇的树尖，想一两件年少轻狂的往事，再做一番引人洒泪的追忆吧。是该深情的时刻，这夏末。是该我们去回首，去温柔，再狠心转身的季节。

我没有刻意，营造一个诗味的境地。只是，我的生活，确已犹如独自的凌空跳伞，从天空不能够再忧伤的蓝。脚下，是深渊万丈，是无可支持的空洞，头上，是飘游无向，朝聚夕散的云朵和烟尘。这一种世界，我似乎无处可去，只是安静在凌空，安静在小小的伞朵之下。我没有刻意，为生活的进退悲叹，许多的人，是如我这般存在于天空的，自己的，或他人的，一片不稳定的天空。没有安全可言，而人的生活，本身便是无比凶险的。于是，我并不介意，命运中的遭受，那不是惩罚，或许，是礼物。

于是，让最后的温柔，在手心绽放，带着体温，燃起一炷烛火。温暖许多个雨夜和寒冬。把该遗忘的遗忘，该记得的记得。我会惦念，冬天的雪落，无声的庭院，远方的朋友。我将握着旧掉的钢笔，在灯火里写一封信，在暗淡的光景中睡去，睁开眼已是满眼玉花翻飞。我在等待，那样如昨的一个冬日，许多的告别还没有完成的冬日。用我最后的温柔，想望着，想望着，在吹起栀子芬芳的花园。洁白的花朵，无醒无梦地美丽着。人是否也可以，没有夜晚、没有白昼地老去呢。花，最终留一具艳丽的尸体。谁去收敛。我用这悲情的温柔，把你想念，不因为回忆，只源于空白掉的道别。

哥哥，用一棵树的姿态，苍凉地等待着爱情的归来。他是树，节节拔高，为了望爱人归来的身影。他是树，折自己的臂膀做灯盏，照亮她黑夜的路途。他是树，他化了黝黑丑陋的煤炭，让他的爱人取暖。我读他的字，轻轻地感动着，细细的温柔，是哥哥的爱情。如丝线纠缠，绵延，不可明言，只可以用另一棵树的心去体悟和感想。哥哥，一个善良而深情的男子，在温柔的目光中，守望一段往昔，守候一句诺言。如树的坚定，如树的挺立，如树的，从未改变的春秋与冬夏。你在哪一处驿站，是否如秋意一般，一波千里地兼程赶来？你可想见，哥哥如此的温柔与苍凉？

我并不盼望着秋天。我不等谁的结局与明天。于空中的我，飘浮着，自己的寂寞和自在。我喜欢这样的安静，没有声息，只有飞驰的幻梦和妄想。我是靠沉睡活着的人，我不期许醒来。就在蓝到忧伤的天空，睡着，睡着。没有人惊扰，没有人知道。夏末，吹在耳朵，吹在心脏，我向下望，看见大地上，满是镜子。那是湖泊，是最温柔的水泽。它们一如我，不做表情地安睡，一年，百年，千万年。而湖，是易碎的，哪怕只是一片云的流过。你听不到声响，但湖已是碎片，许多许多。映着天空的影子，这一块，那一块。

温柔，是不能够触摸的。因为它的易碎，因为它的危险。

然而，在日影慵懒的夏末，我仍然执意着温柔。最后的温柔。因为温柔，所以我们孤注一掷。用如树的姿态，苍凉地等待。望着风，摇过树尖，吹起谁的衣角和发梢。

之后，会有肃杀，静定的秋天。

这一个时刻，只把残存的温柔，小心擦拭，晾干。

芜杂里的生长

十月二十三日，霜降。十一月七日，立冬。

我喜欢，这样数着一个个节气，喜欢把它们的名称含在唇齿间，细细地咀嚼，滋味芬芳或冰凉。

那一夜，听见风是白色，从屋角拨拉而去。身子缩成一团，躲在没有温度的棉被。

我拥抱自己的身体，无声里睡了，只有风的低吟由远到近。

这样的夜晚，我总会有梦，在不可控制的情绪中，不可控制地飞离了现实的生活，见了不曾出现，或早已消失的人。

我于是在猝然惊醒的晨早，问着，谁闯入谁的梦境，谁告别谁的不舍。

我梦见祖母，梦见一树灿烂的秋天，梦见你，也梦见他，梦见雨花里飞起的小伞，梦见陌生的自己对镜子而笑。

我坐在醒了的现实，发怔许久，而窗外，是又一个光芒普照的黎明，只是，布了浓白的雾色。霜降，我默读。该是白色的日子，该是无须挽回地挥霍美丽和快乐。

而谁，来解读我的梦境，那好像我身体中藏匿的另一扇房门。

别让我，在那里见你的哭泣，见你们的曾经。

我在日光里生活得完好，数着日月，安静度去。

雾不散，我带了雨伞，穿过寂寥的操场，等一场凄清的秋雨。

把耳朵贴在课桌，用手指轻叩桌面，听那声响，好像发自自己的心脏那样。

我想着，这年里，一场艳夏的荒芜，想着，水光在桥洞下流变，那空无一物般的静。也想这肉身的虚弱，一次次的病痛，无能无力。

就有愧疚的心，对于母亲，她不曾奢求我什么，只是要我的平安与康健，我却都不能够完满。

我不能够完满，她那卑微的幸福，我对母亲说，不要责怪我吧，她就要哭出来。我竟是这样不会言语的孩子。

躺在她身旁，我才知道，我和母亲原是一体，我正如她的肢体发丝，是没有区分的。

她总是温柔而宽容地对待我，这曾经小小的，生长在她体内的生命。她是爱我，用了全部的心血和劳力。

为了这病恹恹的我，为了这不能够完满她幸福的我。

是因为些什么，我脆弱得好像白纸的苍白了，却又恍然坚强勇敢起来。

我平卧在这夜的深暗里，把所有的遭遇和不幸都一一原谅。

我说，我把火花点在指尖，跳跃成宿命的燃烧。我想象着，一个安然无恙的自己，站在十月的田野，没有悲戚和怨恨。

为了那些我爱的人们，为了完满他们的幸福，我选择了微笑，选择了不逃避的决绝姿态。

因为病，我阅读生命，用别人不会懂得的方式。

莫曾说，上帝是公平。

不可以改变的事情，我们就伸开双臂，深情拥抱。

仿佛这一夜，我拥抱自己的身体，不曾责怪她可能致命的小毛病。

我那么贪恋，爱人们的幸福和笑容，所以，我努力把自己开放。你会明白吗，你能够听见吗。

祖母，是否在世界的另一个秘密入口，等着我，等我生了双翼，在如她的年纪飞去。生命，没有重量，轻若梦的虚无。

曹问，你为些什么活着。我说，眷恋与不舍。

这一刻的我，在秋天的大树下，思绪芜杂。不知所言，感慨万千。

我不会哭泣，因我是被疼爱的。

我只有感谢。我只有幸福。

那一天中午，阴沉在一个瞬间被吹灭。

原来，它是不可以久持的。蓝空透明，好像重生。

雾淡了，又散去。我看见你，站在我的身边，给我手掌，和支持。我于是坚定，我于是微笑得真实。

放心吧，万物美好，我在中央。

生

我相信这样一句话："每一次睡眠都是一次死亡，当我们醒来，便是全新的生命。"在沉沉的呼吸里，我们曾遁入黑暗，我们的生，在万物安静的时刻，随了远山的松涛，一并澎湃，一并纯净。

那一次次睡眠，是我们穿梭于物与灵的轮回，在每日的往复之间，我们获得重生，在晨早醒来。原来，我们在如此频繁地体验着死亡，死亡是深刻的，却也轻盈。

关于生死，我们总是疑问，像隔了山岳几重又几重，带着旅人的疲惫，也带着期待，我们一路奔赴。越了山溪，经过如笑春山，几分欣愉，几分恐惧。因着对生的无限眷恋。

不要说，你无所谓于生死，古人亦叹，知一生死为虚诞，齐彭殇为妄作。此身尚在，便难脱深情，纵使是弘一法师，如此高通明澈之人，也不免在临终前写下"悲欣交集"四字。人评，"悲见有情，欣见禅悦"。却喜欢那一句，"存，吾顺事；没，吾宁也"。

生死，不过如此，生时顺化四季天地，死去恒久安宁。让人们微笑在世间，寂静在身后。

在这个深秋，我在照进窗子的日光里想着这些。轻轻抚摩自己双手被风吹干的皮肤。它们粗糙了，不再光滑细润。我却也感受到，在薄薄的肌肤之下，血脉正暗涌鲜红的波涛，带着生命的节律和体温。

我真实地感觉到活着，感觉五脏肺腑的活力。

这是我赖以有所知觉的肉身。我抚摩，我对母亲无限感激。我是怎么长大了呢，在她温暖的胸怀和液体。在一个缀了花枝的早春，我游出她的生命，成为现在的我。

于是，想好好保养自己的身体，因那是母亲对我的赠予，无限的赠予。小的时候，她总是说我是她身上掉下来的肉。现在，我懂得了一切。成年了的我，依旧喜欢枕在母亲的怀里，我沉溺熟悉的温度，我们的生命，本是在一起呼吸的。

并不是所有的孩子都能够了解死亡的意义。我却是了解了的孩子。

我经历亲人的死亡，和无常的变故，在我还那么幼小的时候。

祖父去世了，我第一次亲见了一个生命的消失。

他像睡了一样，躺在他的床上，面色如纸，祖母和姑妈声嘶力竭地哭喊。我真的吓坏了，躲在房间的一角，怯怯地看着发生的一切。祖母瘫坐在门前的柿子树下，那祖父年轻时亲手栽种的树正果实累累。她反复问着，你走了，我怎么办呢……祖父走了，我隐约明白，他永远不会回来了。

几年后，是凌晨的一个电话。母亲接了电话，便夺门而出，那是冬天，夜晚的寒意填满了无光的屋子。我在被里蜷缩，不知发生了什么，却有不祥的预感，一夜恐惧。第二天的中午，我才从父亲那里得知，二舅突发心脏病，已经过世了。而我的二舅，是那么健壮高大的男子。竟就这么，化了烟雾一般，不见了，再也不见。我才知道，生命是何等脆弱无力的。我们的呼吸，竟然是不堪一击的。

我于是开始对死亡充满恐惧。开灯与关灯的一瞬，我总是觉得，人也是如这光亮的。一触便生，一触又消散。在肉体的内部大概存在着这样的开关，或者，真的有那么一本生死簿，把一切都已安排。童年的我，洞张着一双眼睛，惊讶万分于这猝然的了解和发现。

也是很远的一个冬天的傍晚，天阴郁着，似乎就要下雪，空气是凉而湿润的。

母亲在厨房的一角，取了煤火在烧一沓照片。为什么要烧掉呢。那些照片上统统是一个女孩，二十岁的模样，笑意盈盈。为什么要烧掉呢。她是谁呢。我问母亲。母亲却不回答，只是默默地烧着。火光映红了她已经开始生长皱纹的脸。为什么要烧掉呢。她是谁呢。我不断地追问。终于，她轻声说，那是她曾经的朋友，很多年前死去了。怎么死的呢。怎么死的呢。这一次母亲没有再出声。

是在后来，我才知道，她是自杀的。为了年轻，和爱，她抛弃了这世界，这生命。我记不清母亲当时的表情。也许是太远了，母亲也已经不再记得那往事的全部。

而那笑意盈盈的女孩若还活着，也该有母亲一般年纪，也该有一个二十岁了的女儿。一定会是美丽的女儿——她曾是那么美的。

为了一些什么，生命也许可以失却重量，变作微不足道。比如所谓大义，比如尊严，比如阮小姐所说的，人言可畏。

我却仍然感觉生之可贵。我们终将离去，我们终将闭了双眼万事不知，这有限的岁月，纵使是屈辱和痛苦，也该好好保存的罢。因那是母亲的赠予，无限的赠予……

汉朝人开始知觉了生命，六朝人更将重生思想发掘到极致。人说今朝有酒今朝醉吧，说及时行乐吧，问人非金石质，岂能长寿考？问浮生若梦，为欢几何？因这一身的不可再生，我们珍爱了落花，悲伤了秋树，听着残荷临雨，细数西风的归期，感叹着流年暗中偷换，凄恻一场。

孔老夫子站在千年的水畔，看流水的不舍昼夜，他说，不知生，焉知死。我们总是要懂得去生，才有可能望见死的真实。

而有一些时候，死亡，也许是告别，是成全，是解脱。

看卢照邻的《病梨树赋》。想身患风疾，痛苦非常的他，侧卧于床榻，望着院里唯一的树木——那株"叶病多紫，花凋少白"的梨树，发了生命的慨叹。植物与人，似有通灵，病的瘦诗人，病的瘦树木，在那刻上，定是相惜相怜了。说着"生非我生，物谓之生；死非我死，谷神不死"的他，最终还是选择了投水而死。那大概是好的归宿，人，本是从水中获得。不堪疾病痛苦的诗人，死去了，我们却与他一并感觉轻松。

而那院中的树呢，它还会开出细小的花朵临风憔悴吗。它是不是也早已远行，随着它的知音患难，随着足踏水痕，凌波而去的病诗人。他们，都会是度化了痛苦与生死的。我好像听见他在吟唱：常恐秋风早，飘零君不知。诗人已去，化了风里的花瓣。

对于生命，你有什么精辟的解释都只是徒劳。它不可名状，不可言语。只可以在自己呼吸起伏间寻觅真相，只可以隐约地懂得。这一逆旅之上，笑与泪交加。也正是那一句结语，悲欣交集。让你默默思想，默默生存，深情而眷恋。

而今的我，不再恐惧死亡，因为，那永远是人们最恒久，最安宁的归宿。没怎么读过周作人的书，却看到又喜欢了他的一句话：大约我们还只好在这容许的时光中，就这平凡的境地中，寻得必须的安闲悦乐，即是无上的幸福。

当我从睡梦醒来，我知道自己是全新的生命，又一次死亡在我的肉身上盛开过了。

每个清早，我们明白更多。我们不断重生。

圆圈

在书屋上读到辛笛的诗,《航》。有这样的话:

从日到夜

从夜到日

我们航不出这圆圈

后一个圆

前一个圆

一个永恒

而无涯涘的圆圈

将生命的茫茫

脱卸与茫茫的烟水

心中竟就瞬时安静，我说，此刻令我魂灵得以满足的，唯有平和淡定的心境。而生活，以我们惊异的模样，绽露眼前。冬天灰白地浮在半空。看这人间的荒诞悲喜。你我又何异于水上行船的水手，在夕阳残霞的粉红里，听着风声悲啸，问起雨和星辰。眼泪或者欢笑，都如可笑可叹的表演，何须在意。似乎，我只有在退回自己的世界的时刻，才能够真正懂得，人本不需要那么许多。独自的周遭，一如彼岸花树，枝繁叶茂。

谁对我说，知道吗，命运是无际汪洋，你只可以沉浮其中，却永远游不出去。这些无源无尽的水流啊，教人黯然销魂。我从这里经由，我向远处告别。每一个简单的月份，每一季日期的更迭。看旧照片的时候，我才记起你，原来，我们曾经如此快乐和年轻过。从前的一切已足够美好，只是后来，注定的失散，无可奈何。那些人事，仿佛不曾真实过，仿佛是你们，穿着草编的鞋子，走过我栽满桃杏的堤岸。鞋子会湿了，沾了花香，人却渐行渐远，消隐在彼此的生命。我们好似画着圆圈，跳进去，又自己把痕迹抹掉，一次又一次。

她说，后来的幸福，是淡忘。唯有淡忘，可以成全，此时的快乐。

我笑了，用笔记在日记上。原来，我们不需要谁的赠予，和救赎。一月，田写下，所有的囚笼都是我们意念的制造。对 Sky 说，我相信，人多数时候是被自己围困的。总是说，要幸福呀。总是微笑得甜美可爱。而那，是真实的吗。我的需要，处于无限度的假想。或许，也已经得到。对于不可碰，与丧失的所有，何必苛责。终究是个圆圈，可以是受困，也可以是享受。

晚上的公交车空荡。冬天的夜晚，马路上灯火辉煌。车子飞驰，我们轻轻唱歌，Faye 的，不爱我的我不爱。"我只能感谢，你能够给我的一切。"我无力抵御，自己微弱的声音背后的脆弱。我说，我需要一只胳膊。只是，想紧紧抓住些什么。用浑身的气力。即使，我已筋疲力尽。

将生命的茫茫

脱卸与茫茫的烟水

人们把这两句刻在墓碑，作为辛笛的墓志铭。逝者已去，而生命的所有，正以相似或相同的轨迹轮转，恰如圆圈。人离开的时候应该是干净的，不落遗憾，和污垢。如果一定要执意留下什么，那么便是文字的默声无言吧。

生命玄奥，参悟者难免有"智慧的痛苦"。而人心是经不起诱惑的。对于不可明言的未知，我们苦苦探求。而没有人真正发现全部。如果，我尚存小女子的悲伤无助，那么也请原谅。毕竟，我努力去思想过了，只是，我没有获得答复。我只能够，手握白粉笔，在地上反复画着圆圈。

读诗经，喜欢那陈风里的一句：

> 彼泽之陂，有蒲与荷。有美一人，伤如之何？寤寐无为，涕泗滂沱。

我们的血液，流淌多少深情的温度，用来日夜思念。我们曾怎样哭泣过，大雨如注。跳进圆圈的我们，是被迫的选择，也是自愿的沉溺。

我终于不能够足够坚强。然而，这个一月，我有所希望。

这便是美好的，值得莞尔一笑。

病话

病才稍好，就开始照镜子。却迎面遇见一个憔悴不堪的孩子，连自己都不忍看了。

歪歪斜斜的几天，在病床上辗转，在昏睡里度日。年光短暂，而一日的折磨却是难耐。没了读书的心思，没了闲愁的兴致，肉体在病痛里挣扎，哪还有气力满足你精神的奢侈。四月的天气，忽而风，忽而晴的，像十所说的那样——正如女人的心情。我躲在房里，忍住咽喉的疼痛喝着热开水，一杯又一杯，只希冀这有和煦的阳光吹灭灰云，明天早上，我的头脑也清醒了，身体也爽朗了，又是完满愉快的春。

病，是你不得对它生气的，虽然，它那么无端地剥夺了你的许多原本正当的欢乐。病，保持着无辜的模样，向你笑笑，并不说一句抱歉，只等你用苦的良药来同它们斗争。这便让人无可奈何，它与你的肉身同在了，在病着的时候，你和你的病早已融为一体，敌我不分。它大概是恶魔，不落痕迹地把你折磨，拽倒一整个健康光明的世界，只留下悲戚与痛苦于你消受。病，它多残忍，不给你一个理由，就轻易把你锁在日夜的煎熬。

病，是那说来极雅，实则难堪的境况。

你看那诗词里"病起萧萧两鬓华，卧看残月上窗纱"。病中的岁月，总透露着几分哀婉清绝的诗情。病中的诗人，大约的确是更适合于诗了。而对于并无从体会其中雅趣的我等来讲，病只是一次肉体的洗礼，只是惯常的磨难。是谁说过的吧，唯有在肉体的折磨中，我们的灵魂方能保持自由与清醒。由此观之，真正能够解悟生命奥义的人，是非病人莫属了。因为疾病，人们在痛苦中思索，因为思索，人们的肉体更加虚弱。而痛苦是人类接近美善，接近真理的阶梯，我想，这一点并不假的。一个无痛苦的世界绝不会是天堂，而是思想者的地狱。我们是在一次次折磨挣扎间，不断丰盈着生命的空虚无依。

躺在床上的时候，我动弹不得，稍微侧身，呼吸便又急促困难起来。我知道，这病不过小毛病，是吃几天药便会痊愈的。但仍不敢掉以轻心，你可以说我是个贪生的人，但我更乐于认为这是对于生命的珍视和尊重。虽然，我总以为，生，不过是我们漫长的沉睡中一次偶然的醒来。在我来这世上前，我睡在无知无觉的黑暗，在我离这人世而去后，我依旧睡在无知无觉的黑暗。醒来，是片刻的停留，恒久的，是未知的无垠黑暗，那里才是我们真正的存在。生，或许是一种异常的状态，因为异常，而愈显得美妙而神奇。我可以把死亡想象得很美，却总抵不过对于生的热爱。因为在这一团气息积聚的时刻，我可以触摸，我可以感知，我可以爱上一些什么，可以悲伤，可以想念。这些，都是在黑暗里无法体会的，纵使，生是苦难的汪洋，我也愿意是无目的流放的一只小舟。我已经不再恐惧死亡，我所恐惧的是不能够思想，不能够握住亲人的手掌，吻他们生了皱纹的额头。

病，把人从麻木的生活里强行拖出，给你不安。让你明白，你以为你拥有的一切是多么轻易地就会与你诀别。让你对生命怀了真实的敬畏。

到医院看病，被淹没在病人中的我，在挂号大厅里不禁迷茫。满眼是患病的人，每个人不知道都受着怎样的痛苦，他们来到医院，拥挤，推搡，为了与医生短暂的会面，为了一张解决痛苦的处方。生病的人是可怜的，而谁又不曾是病人呢。我是个多病的孩子，我的许多回忆多与医院有关。我却并不惧怕打针和吃药，仿佛我对苦痛有着特有的免疫似的。我也不害怕那些穿白大褂的大夫，我甚至喜欢他们的样子，对听诊器非常好奇。有个点击率挺高的博客，好像叫北京女病人。病人，在人们的眼中是什么呢，似乎已经成为某种标新立异、特立独行的代表。病人，是与众不同的那么一群人，因为病而无所顾忌，而真正的病人当然不会如此，我见到许多病人，他们有的面色灰暗，有的精神脆弱，有的掉净了头发。他们讨厌别人说，"你坚强一点。"他们想骂一句，"废话，得病的不是你，要是你得病了，你给我坚强一个看看！"当然，我这里说的，多是得了"大病"的人。我不喜欢有人把自己叫作北京女病人，或者什么什么病人，倒不是觉得这是对病人的不尊重，只是觉得她大概没有想过真病人们的感受。你那种病，真是无病呻吟的病，或许，也的确称得上是一种病。

得病，绝对不是什么快乐的，值得炫耀的事情。而小孩子也多有盼望得病的经历。教文学史的张教授，在一次谈话里就说起他小时候非常想生病，因为生了就会有罐头吃，但不幸的是，当他终于生病了，罐头也变得索然无味了。看着胖乎乎的教授，想他小时候馋嘴的模样，不禁失笑。他见我们吃冰棒，便坦言他也想吃，但是怕长胖，原来他在减肥。胃口好，想必也是某种福气。生病的人，多数没了吃的念想，只歪歪斜斜地躺着吧，只把希望寄托在一把把，一勺勺吞下去的药吧。于是，生病的人多是消瘦了，蜡黄蜡黄的脸，无精打采的模样。诗人常在病中诗兴大发，多少也与诗人经常生病有关？所以，诗人也多是消瘦的，少见如《围城》里描述的那种丸子状肥白的。为了诗，诗人病了，因为病，诗人瘦了，瘦了，诗人更容易病了……岂不是成了恶性的循环。但也正是诗人们的不幸，成全了读者们的阅读和飞翔的幸福。所以，诗人是伟大的。

像我这样，病情稍有好转就开始照镜子大概是极不相宜的。这不堪的模样，只会引我这般小情调的小女子又一阵自家伤感。病的好转确是让人在心底生出许多的希望，我不必再每天卧床，不必再呆望着窗上的一小角灰天空而不敢动弹。我可以翻几本闲书了，可以剥一只橙子，弄得一手芳香的汁液，可以看看我的狗在地板上幸福地打滚。生活的琐碎都变得很新鲜，因为病时的寂寞枯燥。人原来是不可以不去经历些辗转，忍受些折磨。

你是不得对病生气的，它那么无辜。怪只怪我们没有照顾好自己，让自己又在床上上了几日几夜的哲学课。那些不得不吞食的苦药，应该就是学费了。

航

这一端，还是初晨的光线洁白，那一岸，已是如雾的暮霭沉沉。

这生活的河水，轻描淡写之间，度去许多散落的年月。水光荡漾，我们的船舱狭小。而不息的水流，总是轻易带走真实的感触，却把人渺小的躯体，一寸寸投入时空的未知，如夜晚的星辰，落入宇宙的苍茫无解。

我时常做着这样的梦，一条河，一叶小舟，不知去向地流失而去。

那是坐在船头的我，静听着鸣如佩环的流渐，在暗黑的隧道中的独自穿越。

我爱这样梦着的夜晚，我以为它更接近着生命的真相。

凉的河水，凉的空气，凉的月光，温热的手指，插入瞬息间不见踪迹的波浪，风声飞去。

这所有，形象地形容着，我们在人间的行走。

全部的痕迹，好像在七月里一路踏过的沙滩，留下精致又寂寞的脚印，等候着涨潮的海水，洗去一切。

船与水，自古被人们在意识里同生命紧密相连。岸，更是美好到达的隐喻。

我们渴求着一只船，无论大小，来借以渡过，借以完成，那些无可避免，无可奈何的苦难。人的无力，在不绝的江水与海河面前，显得脆弱不堪，正如面临命运的沉重。每一步，是各自艰难的跋涉，与注定的经受。

当洪水漫过这世界，吞噬了生活的平静，生命成为虚无的梦幻，只要一朵浪花，就堕入无知觉的黑暗。我们于是望一只船，在洪荒世界的天地苍茫，在横无际涯的水天之间。

我不曾经受洪水，不曾亲见过任何灾难。却明白，灾难的致命，也隐约懂得一个瞬间里的存在和毁灭。

如一场海啸，淹没无数鲜活的生命。

这一刻，那孩子在这椰树下奔跑，下一刻，他已不见了踪迹，埋葬于沙土之下，恒久地沉默，再不能露出洁白的牙，在艳阳里微笑。也许，当许多的时光过去，会有一双无限遥远的双手，在这里发现了他，一具人类化石，正如，今天的人们，挖掘出原古动物的化石一般。生命，在灾难里寂灭，并不发出痛苦的哀号，也不曾落一滴眼泪。

我想，灾难的痛苦并不属于罹难者，而归于所有目睹它发生的人们。

死亡并不恐惧，恐惧的是亲见它发生的活人。他们会发觉，有些真实的存在，变得十分可疑。呼吸仿佛是假的，人生是假的，那么奢求和悲伤是可笑的，爱恨情仇是多余的。

而船，它流过我们的命运，又承载着体内的波涛，一日日度去，所有终于无可逃脱的困扰和情绪，却是此一刻上，逼真的感受。

我于是才有了行舟河上的梦，于是爱这样的夜晚，甚至以为，白日是颠倒的梦境，而夜晚的流水声，才是真实。

我发觉我的生命微小：不及一抹流云善变，不比一颗石子恒久。

我看到，晨昏在日期上切割，绿树在墙壁婆娑，爱情摇曳着身姿，消耗着年岁的热情。

生活在眼前，而生命在毫无预兆的未知无解。

远古时，在江畔生活的部族，曾把亲人的遗骨装入船形的棺木，埋入土地。他们相信，亲人的灵魂可以乘着这船，穿越黑夜，随晨早的太阳一起，重生于东方的地平线。他们相信，太阳的隐没与升起，是与灵魂的死亡与重生一样。生死之间，以一只小船维系。这原始而虔诚的相信，令人动容。

在另一个早上，深爱的人，可以乘我们亲手制作的小船，同阳光一并再次获得光明。

我愿意去相信这一切，就好像愿意相信，我们每个人都是在自己的水面，航行着一个个圆圈。

这情景，如里尔克的描叙：

> 我生活在不断扩大的圆形轨道
> 它们在万物之上延伸
> 最后一圈我或许完成不了
> 我却努力把它完成……

每个人的船，因为对于生命的敬畏之心而充满了神圣的意味。

在这河水的对岸，希望的诱惑，把我们凡俗的身体填满。而渡去的渴求，在沉浮的风雨飘零里，使浮躁恐慌的内心获得安详宁静。

这是困难的到达。

而有一种穿越，总要靠我们的意念，在孤独中完成。

人世

打开电视，展开报纸，扭开收音机，我看到灾难，在这里，在那里，汹涌澎湃，吞噬着鲜活的生命。爆炸，海啸，战争，地震，台风，洪水，坠机……死伤人数，失踪人数，救援行动。这些字眼，一次次反复。一个充斥了哭泣的世界，表情肃穆地站立。

我看到巨浪在一个下午拍向原本明媚的海滩，我看到流离失所的人群在废墟前疲惫忧伤的脸，我看到荷枪实弹的年轻人站在瓦蓝的天空下茫然若失。一切不可预期的灾难，在暗中谋划。人们一无所知地继续着生活，而毁灭，就在下一刻等待着。这是苦难的人世，因这人世的苦难，人需要圣主，需要上帝，需要佛陀。

让我们在心底，期许着拯救，哪怕是一叶小小的船。

佛说，摩诃般若波罗蜜，大智慧到彼岸。此岸，是住境生灭起，如有波浪。彼岸，是离境无生灭，如水常流通。这一端，是人间祸患悲喜，浪险风疾，那一端，是无念无执着，万里澄静。

惠能说，人我是须弥，邪心是海水，烦恼是波浪。这风浪中的苦痛，任着命运起落，任着肉身沉浮，纠缠着我们无处逃遁的困境。此岸，彼岸，原是一步之遥，却咫尺天涯。逃不出人世万念，逃不出爱恨眷恋。拯救我们的，只会是我们自己，而不是佛的慈悲。

前几天，和小蓝一起看《超人归来》。两个人都昏昏欲睡。

超人，一个无所不能的英雄，仿佛这个世界的救星。他可以把失控的飞机拖起，安放在体育场上，他可以举起一块陆地，掷向宇宙。他来自另外的星球，于是，他拥有着超越人的力量。

是谁，在最初做着这样的梦，成就了超人的诞生？因为渴望对于一切灾难的控制，这世界有了超人的故事，有了他披着斗篷飞来飞去的影像。越是对力量的渴望，越把人的无力显露无遗。即使在科学发达的今日，面对多数灾难，人还是只能无可奈何地眼见它们的发生。而所谓科学的发达，也不过我们对于宇宙的那些太有限、太微不足道的认识罢了。

当我们面对一个永无穷尽的星空，便会知道，这世界不过一粒浮游的尘埃，而我们自己，是微小到接近于不存在。

哭泣没有作用，悲伤没有作用。这世界没有救世主。人世的苦难，由人类一个个身躯，来经受，来承担。也许，这一刻，是风浪；下一刻，是洪水。不曾安宁的世界，从来都是不可预期的危险。时间与空间之无限，把我们抛向无限未知的迷惘。于是，在这样的时候，当我还可以安然静坐着，唯有在心中充满了感恩。

因为，正如诗人说的，你也许只是想旅行，却终于不得不在终点下车。

当我们有闲暇，有精神，在旅途中欣赏，就不要错失每一场风景的光顾。

有人问，如果明天是世界末日，今天你准备做什么。有人问，如果生命只剩下一天，你怎样度过。

而这些，本都是无从假设的。但如果有如果，我会在末日来临前躺在我爱的人的身边，我们将安详地睡去，不多说一句，没有恐惧，没有留恋，等候着毁灭从我们甜美的梦中涌入。我会在生命的最后一天，为自己造好一座坟墓，在周围种满花朵，在墓碑上抄写心爱的诗句，然后，微笑着向朋友们挥手道别。人世不容假设，这些时刻或许会来临，却永远是在我们毫无准备下发生。于是，我的从容不迫，我的所有设想，也都归于空洞。类似的问题，全不过是毫无意义的提问，毫无意义的回答。

棋罢不知人换世。打柴人，看一局童子的对弈，斧头的木柄便已朽烂，家中的亲故早已去世。神仙的一局棋，便成人间几世轮转。我在这个满是灾难的人世，度过着白驹过隙的岁月。人的时间匆忙，每一刻都是珍贵。眼前所有，却终究是才握时有，一撒手无的虚妄。而这仅有的，已足够我们用尽全力，去认真活过。

愿生者珍爱生命。

愿逝者安息长眠。

葬

当冰凉萌生在指尖，当荒原的风，翻山越岭，吹响我们的绿树，一种萧瑟的安静开始下落，落满整个，曾被夏天盛装的世界。秋，如雪花，纷纷扬扬；秋，用透明的日光，碾碎记忆的昏暗。碧落的天，是一切旧的完结，与新的发端。

一叶知秋。夏末里，第一枚落叶，飘在谁的视线，又兀自睡去。归于土地，在这恰好的时节，每一棵树该都心存喜悦。

叶与树的告别，不过轻轻的舞姿，一段下落的弧线，于茫然的天地大荒。

诗人们感动秋叶之静美，愿死如秋叶。我也欣赏，叶的淡定与决绝，不作分别的沉哀，不必痛彻的涕泣，让所有的美好，融入此刻光芒下的闪烁，好像一整个春夏的狂欢。

我们是否也会有勇气，在生死的临界之上，舞一段弧线？带着对生命那虔诚而陶醉的微笑。

看秋天，看我们的时光，从自行车的车轮间，悠悠飞离。这早上，灰云朵被一夜吹灭，多少美好的、忧伤的故事又在这小小人间上演。重复着，重复着年复一年的期望、度过，与回忆。

似曾相识的光线与气味，去年，前年，或更早的时刻，那些已如雾的陈迹，那些路过的人，在秋的气息里清晰如昨。你们却已站在各自幸福的彼岸，那一端是火树银花，这一端是流年似水，滔滔而去。流渐的水声，是此去经年，无可挽回、无从追忆的从前，那一个你，那一些他们，有多么美，就多么残忍。

林妹妹含泪葬下花朵，我们亦拾起许多花期的残片，一一收敛，入忘却的布袋，深埋土地之岑寂无言。这是秋天里的课业。学习着，淡定与决绝，学习着，埋葬与告别。

诗经《唐风·葛生》，一位女子，她唱着：葛生蒙楚，蔹蔓于野。予美亡此，谁与独处！（葛的茎缠绕着荆条，白蔹蔓生荒郊。我的爱人死在这里，谁来将他陪伴！）……冬之夜，夏之日。百岁之后，归于其室！（冬天的夜长，夏天的日长，百年之后，我将归于他的坟场！）

这一首怨旷的诗，于千年之前，被什么人写下，又反复歌吟。她是不是荆钗布裙，盈盈而立，她会不会，在漫长的夜晚，望那河汉两侧的明星，默默不语。远方的土地，葬下爱人的尸体，不归的征人，倒下在茫茫的旅途。

你牵挂着他的马，他的冬衣，还有，他的墓葬。没有人陪伴的爱人，他将孤独地沉睡，在异乡的土壤，任荆棘蔓生，毒花遍野。你垂了泪，你说要葬在他身旁，陪伴那一个个寒冷的日月。

而今，千年之后，他们该是沉睡于一处了吧，尸骨也已经化入天地，滋养着万物，或许，有一棵芽，穿越他们的身躯，长成树，开着花。单纯的远古之音，单纯的远古之爱，连丧失，也如此芬芳动人。

当人心被欲望与诱惑打扰，我们如何固执地守住一份情感，不染尘埃。让时间和历史，埋葬所有遥远的爱恋。让现在的我们，甘心于现实的人间，而不去贪念他们的与子偕老，生死相随。

只是，在相爱的时光，一定要温柔地相待。

葬我在荷花池内，
耳边有水蚓拖声，
在绿荷叶的灯上
萤火虫时暗时明……

——朱湘《葬我》

所有将死的，该死的美好或痛楚，都应化着秋风，葬入荷池深处。随着秋雨零落，伴着残荷的凄恻，想念一场，夏夜的萤火。

朱湘的家信，总是绵细悠长，称呼是亲亲霓爱、霓妹亲爱，落款为，永久是你的亲爱、永远是你的恩爱丈夫、沅。而永久与永远究竟有多么久远？当诗人投江自毁，一切的爱是否也随魂魄归入不息江流。霓君没有怨尤抛下她与三个孩子独自赴死的丈夫，有传言，她将儿女送人，出家为尼。而更可信的说法是，她的后半生，以绣花缝补为生计维持生活。

那些往昔的是是非非，那些从前的别离恩爱，会在她的心上印记着幸福吧，或者伤痕。而所有的所有，终于也合并葬入岁月的更迭。葬我，葬你，葬一切之丧失与获得，无一幸免。在凋败的荷塘，请风雨洗净沉淀后的情绪，请生命归还人间循环往复的爱与悲伤，唯留一池碎玉般的雨声，零零落落，又深坠入万象的未知无解。

在秋天，等候着，风吹红山峦的翠碧；等候着，爱人把围巾缠绕在你颈上。

一些如热水般，温存体贴的时刻，纠缠在季节里，透明闪亮的细节，在手心的温度中被记忆和感谢。我葬下，一段段往日，也埋入一粒粒希望。会有一棵芽，穿越我们的身躯，长成树，开着花。那是你我，新的生涯，又一场追随与奔赴。

我将是站在树下，目光如蜜，细数落花的孩子。

奔跑

这一个瞬间。有悄悄的破碎，悄悄的风。

有时候，我想重温那一种速度。感觉风，贴住单薄的双耳，向身后凛冽地消失。

我渴望奔跑，渴望无所约束地迈开步伐，任由能量的消散，在身体，在空间，在我们站立的尺寸之上。

然而，是在哪一天，有人告诉田，你不可以。你的心脏需要休息。

于是，我只有慢慢地走。经过身旁迅速流动的人群。

于是，奔跑成为遥远的回忆。

像飘摇着，不可触摸的所有记忆一样，如此迷离，不可信。

最后一次奔跑，是什么时候呢。

忘记了。我们总是记不得，那轻易就滑落在地的最后一次。

只有在失去后，才不断在怅惘里徒劳地追忆。

它们却碎了，碎不成形。

最后一次在学校的大堂里照镜子；最后一次因为迟到在楼道里罚站；最后一次为了考试而哭鼻子；最后一次吃你买的糖果；最后一次在回家的路口挥手道别。

许多场连绵的大雨，许多潮湿的青春，就这样，像一张淋湿的照片，永远地面目全非。

最后一次奔跑。也许，是在寒冬的操场。

那一天，有很亮的星星。气喘吁吁地跑完，然后，扑倒在你怀里。

我并不知道，在那个时候，心脏已经感觉到疲惫了。

它很坚强，默默坚持了很久，才迫不得已让我知觉到它的病痛。

现在，我慢慢地走。数着心跳和脉搏。度过每个日子的平凡和神奇。

下午，校园里举办冬季越野赛。

透过窗口，看到一个个身影迅速掠过，奔向终点。

风在吹着，每个人满面通红。我在温暖的室内，望见身旁镜子里自己的样子。

我感觉到生命的虚弱与疲惫。那一个自己。不愿承认。

然而疾病，是这样残忍的现实。

不容回避与闪躲。

我想起手术前，荆大夫与我的谈话。

他问，是不是总觉得自己很倒霉呢。得这样的病。

我强作着微笑回答，已经想通了，在学着接受。

他们说，病久了你便不会那么在意，也便不会恐惧。

对于生死，也有了豁达的看法。

你将学会和死神周旋，骗过他的眼睛，然后享受你所拥有的时间。

那些在风中奔跑着，燃烧着能量的生命啊。

我看着，看着，只有羡慕。

然而，他们不会知道，也不会懂得，那一种，我永久失去的幸福。

健康。是这样平常的词。却成为我最深的疼痛。

他喜欢在伤心的时候去跑步。

他喜欢用音乐塞住耳朵，在空旷的操场上跑步。

这也许确实是一项适合于孤独者的运动。

如果不能够哭泣，那么便运动吧。

我想象着，那样一个黄昏。

让我独自奔跑在无人的沙滩，用尽全身力气。

心跳超过一百五十次，呼吸急促。我已经很久没有奔跑过，甚至忘记了奔跑的方法。

然后，就让我重重地跌倒。安静地躺在沙滩与海浪之间。

等待月亮升起来，再掉进海里，没有一丝的声响。

我好像睡了，如一个婴儿的纯净天真。

以一种孤独而寂静的方式告别。

没有人哭，没有人记得，也没有人发觉。

如果，我还有机会奔跑。

我要你拉着我的手，穿越过最喧闹的大街小巷。

我要穿着白纱裙。你要送我，最娇艳的玫瑰。

也许，半路上，我跑失了最爱的鞋子。你弄丢了最珍惜的白色礼帽。

我们却全然不顾。只是一路欢笑着跑去。

在前方的一座花园里，有等候了许久的幸福。

那些盛开的粉红色花朵。那些我，熟悉了的梦境。

你说，爱情是想对一个人好。

我说，让我们都相信它吧。

这是故事的美满开端，而不是结局。

我多想，飞奔过时光的每一种细微。记录着所有爱与善良。

告诉你，最美的花朵，是怎样无言地开满生活，流溢芬芳。

我多想，忽略一切的不幸和磨难。

我要奔跑着，像许多年之前那样，看着影子在脚下逃跑。

正如，我们的知觉。

那最美的花朵。

因为

收藏着光明。我像个吝啬的守财奴，不容许丝毫的放弃。

那些摇曳的灯火稀落了，一粒粒，追随风的身影，遁入黑夜的茫然无措。

生命里，一粒粒，温暖的火光，却燃着，亮着，透露着倔强的执着，即使，这手掌中的全部把握，早已摇摇欲坠。

我感觉温度，感觉声音，感觉气味。一切细微的存在，微妙的构成，都发出奇异的光彩，照亮着房间，爱，还有梦。

一个人的宿舍。午后恹恹的懒散，独自听地下铁的音乐剧片段。光线昏暗，阴的冬天，阴的窗口，怀着失语的哀伤，留下静默的空白。

容许我，聆听陈绮贞透明的歌声，落下眼泪。

她的独白。

"天使在地下铁入口跟我说再见的那一年，我渐渐看不见了。

十五岁生日的秋天早晨，窗外下着毛毛雨。我喂好我的猫。

六点零五分，我走进地下铁。"

然后，我听到水滴，钢琴，哼唱，一个盲女，跟随着双耳和记忆，穿梭于黑暗。她轻声唱：

"在空荡的广场，在空荡的海洋，我学会了退后的飞翔，退后在，睡睡的梦乡。"

她说，她想要记得四十七件事。

夏日午后的暴雨，雨的形状。黄昏的光，光里的灰尘在飞扬。爱人如何亲吻，如何拥抱。你烦躁无奈的模样……许多许多。

她将想念，她将记得。吃过的苹果核，发光的公路，路旁栽满梧桐树，十七岁的照片……许多许多。

失明前，盲女努力回忆，而眼前的世界，却渐渐模糊了，模糊了。她说，她渐渐看不见了。

"我必须全部记得，因为我害怕，有一天有人会大声地质问我。对着我看不见的眼睛，我会轻轻地说：我看不见，但是，我全部记得。"

她全部记得。那声音坚定而悲壮，没有丝毫的感伤与怨恨。像一丛巨大的浪，从海滩的高空坠下，淹没了命运原本的平静。

盲女站在原地，如此近，却又如此远，从容地亲见这一场洁白的灾难。

只是，在世界终于黑下来，她还是茫然无措地大喊，开灯，开灯，是谁在恶作剧。

"昨日的悲伤我已遗忘，可以遗忘的，都不再重要。"

记得那些光明的画面。微笑的人群，爱人的面孔，海滩上被风吹走的太阳帽，旋转木马飞驰的欢笑。

遗忘悲伤，那些徒劳无益的情绪。失明前的准备，盲女默自决定，一步步勇敢走进黑暗。好像每个人迎接着夜晚。

她用如此纯净的声音，在这个下午，敲碎我的心。

想起几米的绘本。斑斓的色彩，斑斓的想象。手执拐杖的盲女，独自穿行。无法看见，却愈加绚烂多姿的世界。

她的想象在飞。那些森林，那些花园，那些月台上匆忙离去的光芒和颜色，涂满画册，也盈满本是一片漆黑的双眼。

没有人能够夺走你的幸福。谁曾这样对我说。

盲女全部记得。盲女已经遗忘。没有哭泣，地下铁的世界，是城市之下的净土和神秘。

我们只见到拥挤的人群，麻木的过客。她却看到另外的天地。

或许，真的存在另外的空间。在那里，失明的双眼，不必承受黑暗。在那里，一切有所缺损的生命，都得到完美的补偿。

失去，便不该有难以释然的亡失之痛。

命运总是轰然倒下，我们从来都是猝不及防。

所以，我将用生命的全部气力，将可感知的所有，仔细深爱。

这样，我才能无所愧疚，我的手指，我的双耳，我的眼睛，我的一切感知。当我们还有机会来享用四季的轮转，爱人的亲吻，朋友的微笑，和所有平凡却神奇的日子；当我们还能够读一本书，想念一段往事，疼痛一种伤心；要用力去珍惜，不遗余力。

人们无法预知明天，我们在记忆的花园游荡，在未来的森林梦想。

这些快乐，那些不安，落下的泪，爱过的面孔，错失的幸福。
——记得吗。或者，一一遗忘。

我会认真地选择。

记得光明。我默默对自己说。

和莫站在十一楼顶层的窗口前。月亮，在更高的地方照着。这即将入睡的校园，这仓促生活的城，这不断守望、不断迷失的青春。

你说，你想起大一，而转眼间，我们也将是离开的人了。你说，你记得那时的我们。

我也记得。

那两个做着诗歌梦的女孩子。她们去了哪？

我们都不见了。只是几年的经历，却令自己，与那时的自己，隔世般遥远，仿佛决绝的分道扬镳。

你懂得生活了吗。

你学会坚强了吗。

谁教会我们，不再任性，忍住悲伤，接受幸福的决定。田说，我们会是更快乐的自己。

你一定要相信。

楼下的灯火，在十二月的风中飘摇。

我指给你看那一排路灯。一粒粒的光，一粒粒的温暖。

你说，在这样的高处你不辨方向。

我们站了很久，我们说了许多话，像从前那样。田会记得你，田知道。

也许，没有谁不是即将失明的盲女。

也没有谁，不是站在命运的海滩，静候着自己的巨浪。遭受灾难，无论甜蜜，还是苦楚，无论爱情，还是不幸。

承受着，等候着，无所畏惧，安放住不安的心。

在走进地下铁之前，喂好我的猫。看窗外的细雨绵绵。

迎接所有安排，而无所怨恨和悲戚，从容淡定。

这样的生命，将是骄傲而尊贵的。

我于是决定拒绝狼狈，拒绝一切忧伤。

虽然，我落下了眼泪。

那是因为切肤般感同身受的疼痛，因为太多的深爱。

我要记得。

我将遗忘。

发生

一些夜晚，我听到心脏的呜咽，如一只受伤的蝶。

那些悄无声息的发生，像是魔鬼安排下的圈套，潜入我们的生命，在全无防备的时刻。

就这样，一纸结果，宣布了你将在年轻的时光中，与险恶的疾病正面交锋。

长长的走廊，尽头投下一窗阳光。

初冬的北京，寒意透过墙壁，涨满了空气，密布了淡蓝的安静。只有护士站的检测仪，嘀嘀的声响。

这样的十一月，我被抛置在未知的命运面前，被时间等候着，或者，等候着时间。

许多难以获得完满答复的问题，在许多的纸上，许多的空闲里，画着无休止的问号。

头脑，是间空房。

身体，是奇妙的容器。

问松松，你是怎么生病的。

十四岁夏天的一场雨。淋雨后，便开始起红疙瘩。你呢。

我却一时哑然。我的病，却仿佛完全没有征兆。只在十四岁的秋天早晨，发现自己的食指苍白，无法通过血液。

如果没有病，现在的你会是什么样子。

松松也许会去上电影学院。

但不会遇见她的爱人，深爱她的老郭。

我也许不会写字，不会沉迷，不会自言自语。

没有人会说田是个多愁善感的女孩。她总是蹦蹦跳跳的，一脸顽皮。

我们在夜晚落下的窗前听歌。许多被我遗忘了，堆积在MP3里的歌声。

徐怀钰，张惠妹。轻轻跟着哼唱，熟悉又陌生了的旋律。

与十几岁的我，耳鬓厮磨的旋律。

回忆在音符中被触摸着，一寸寸，滑过耳膜的脆弱，隐隐作痛，却又是难言的甜蜜。

那一个健康的自己。那一个飞奔在夏日的阳光下，影子炽热的自己。

我仿佛被时光燃烧掉，如一卷诗稿，扬起漫天灰烬，却持握不住片刻的停留。

疾病，令人有了凌空的寂寞，在如花的年岁上，懂得了性命之忧。

你不要责怪，田的悲伤。

刻在命运上的悲伤，刻在骨子里的悲伤，总是无可逃遁，无可医治。

她是这样的女孩子。有时候，无可奈何地，成为了一棵雨天的植物。

幽幽地盛开着，幽幽地接受。

如果没有病，我不会明白这一切的真相。也许，我将是明媚的孩子，任性而肆意地挥霍。

和所有的女孩子一样。

而现在，我只觉得奢侈。

离开医院的上午，到燕的房间与她道别。

这个坚强而勇敢的女孩，拖着虚弱的病体，在大洋上的岛国独自战斗，几次穿越了死亡，终于完成学业。

毕业那天，校长落下眼泪，将证书颁发给她。

现在的燕，静坐在床，床上放着肺动脉高压的康复指南。

护士把药注射入机器，她开始吸药，一口口，吸入生命的力量和希望。

身材娇小的燕，瘦弱的燕，穿着粉色的薄棉衣，像是插在清水中的花朵，甜美而疲惫。

谁也不会知道，她所经历的一切。谁也无从知道，燕的心里飞翔着怎样的翅膀。

她微笑着向我挥手。

燕，我想起你对我说起的梦。

我们都曾梦见自己健步如飞，毫不费力。梦见爬上高楼，而不气喘吁吁。像从前的日子那样。

也会有那样的明天吧。

会有的。一切苦难和不幸，都会离开。

我们的天空将被擦亮。你会飞翔。轻捷而自由。

我相遇着，相似的生命。

年轻，美丽，而无可奈何。与疾病正面交锋。

每个人都接受了这样的发生。

每个人，都坚强到近乎残忍。

而这，不是一个适合坚强的年纪。

本该穿着一袭长裙，站在落花的温柔里，风花雪月。

本该不知忧愁，强作着诗歌的惆怅。

我觉得心疼。

这一种，只有切身体会，才可能感同身受的疼痛。

我病了的心脏。我抚摸着她的轮廓。

她活跃地跳，不知人间的悲喜。

她不懂得我，她只有机械地运转，有些劳累了，有些疲惫了。

你如果懂得我，会好起来。

会在休息后苏醒，一日日强健起来。

我深爱着，所以会疼。

偶然间的回忆

"快些扬起你那苍白的脸吧。快些松开你那紧皱的眉吧。你的生命它不长。不能用它来悲伤。"

铅笔的字迹，抄录朴树的歌词，《在希望的田野上》。小满姐姐在出院前，和我们一起唱这首歌。

一首已成为某种纪念的歌。总要用平淡的语气，回想属于那年的一切，那些美好的女孩子。

十五岁的春天，领到化验的我，被带入病房。听不懂自己的具体病情，忐忑而恐惧地听任护士的安排，在走廊尽头的一间病房住下。临床，是瘦瘦的女孩，疏落的长头发被小心扎起，垂在嶙峋的背上。她半卧在床上，被子掩着腿，怯生生地对我笑笑。

她不善言谈，多数的时候一个人沉默地看书，是陆幼青的《生死日记》。她只偶尔与我说话，依旧怯生生的，却一脸单纯的善意和期望。她从远郊来，去年的时候关节突然疼起来，路也走不得了，开春来看病就住院了。我看她瘦的模样，目光里积着许多未知的悲戚似的。她停顿一下，继续说，不过她已经确诊了，类风湿性关节炎，吃了药便可以控制的，几分轻松的模样。

那时，我还没有确诊，每天做各种各样的检查，她于是安慰我，没关系，再等等吧，会好的。她说她会算命，就拿了扑克牌，在雪白的床单上铺开，一张张摆弄，为我的病情占卜。她很认真，算了几次，结果却都不好。她充满了抱歉，收了牌，反复说一点也不准。我看她紧张，明白了她的善良，那么简单。

她对我谈论陆幼青的书，讲生命的脆弱，细而无力的辫子垂在背上，我安静地聆听。她只同我讲话，只能够同我讲话，很少有人来探望她。有一次，她去隔壁有电视的病房看电视，后来哭着回来，那些女孩子欺负她，因她不是城里的孩子，因她的内向和软弱。她常常蒙着被子，把头转向窗口躺着，我看不到她的脸，只听见隐隐的哭泣。

她似乎总是哭，白天，和夜晚。

母亲来探望我的时候，她总是躲到其他病房。后来，我才听她难得来一次的姑姑讲，她的妈妈在她三岁的时候便去世了。我对她，便怀了更深的同情，见她郁郁的侧脸，泪的痕迹还在，便走过去，多说些互相勉励与宽慰的话。她很感激我，说她不害怕我，却害怕其他城里的女孩子。

她吞下白色的药片，她一瘸一拐地去领牛奶，她无声无息地盯住天花板发呆，日子这么缓慢无趣地过去。她羡慕着我，总有人来探望，还有许多其他病房的女孩子来找我玩，说说笑笑。她告诉我她的羡慕，田，你多幸福呢，她洞张着深陷的眼睛说。

后来的一个早上，她突然出院。她没有解释，或对我说些什么。我从护士的议论里才得知，她从没有出现在医院的父亲，因为医疗费的高昂，而不愿她继续在医院治疗。她走了，脱下病号服，依旧扎起疏落的长头发，提起不多的行李，跟在她的姑姑身后，从我的视野消失。

几天后，病房里住进了小满姐姐，皮肤略黑，身体健康的样子。两个月后，她便要参加高考。她带了便携的DVD机来，那时还是非常稀罕的东西。她喜欢音乐，人又开朗，很快我们就熟起来。

另外的女孩，枫，同小满姐姐一样的病。枫的病房与我住的地方只隔了一扇大玻璃窗。我总能看到她，要么近乎放肆地笑，要么抱着饭盒，一阵饕餮。

她很快乐，并没有生病的悲戚与痛苦似的。我住院的第一晚，她便过来和我打招呼，她的热情，自然而然。枫比我大几个月，我也叫她姐姐。在这家儿童医院，我们是大龄的病人，仿佛异类，夹杂在此起彼伏的孩子们的哭闹声中。

我和枫，喜欢蹲在楼道里聊天，说那些女孩子的心事。她的故事，我的故事，被统统交换，相互猜测着对方的快乐或感伤。她的快乐总是感染了我。见她没头没脑地笑，也便少了生病的疑虑和恐惧。

她向我借手机，打给她喜欢的男孩，却没有接通。她说，他可能还不知道她病了呢。她的心，向下沉去。她对我讲，那是怎样一个男孩，他们怎样认识，怎样相处，又怎样误会，和失散。她只记得他的电话，只可以打电话，却始终没有接通。

他不知道你生病是好的，不然他会多么担心呢，我说。枫没回答，坐在床上，默默吃她最喜欢的蛋酥卷。

在那里，我和枫常常一起被小孩子们包围，逗他们玩。

其中的一个小女孩，对我的随身听很有兴趣，她喜欢趴在我的被子上，让我给她放音乐。那还是卡带的随身听，我带了许多磁带，其中有蔡依林的新歌。她说她最喜欢那首《爱上了一条街》。是节奏明快的歌。她会在听的时候忘我于其中，不自觉间跟唱起来，爱上了一条街，迷路也甘愿。自然，她的歌声是跑调的。

她的头发乌黑，眼睛明亮。她总是抱着她红色的毛绒兔子，从走廊的另一侧，跑来找我玩。要我带她一起去照镜子玩。

　　这是我发明的游戏，两个人站在大镜子前，做出鬼脸，看谁保持的时间长。她似乎特别喜欢这个游戏，那次，我只是随意想出来哄她，她却着了迷一样天天来找我去玩。她拉着我向那镜子跑，迫不及待的样子。我们站定在那镜子前，看着其中出现我们扭曲可笑的脸，哈哈大笑。

　　其他的孩子要加入，被她决绝地拒绝了。她不允许别人加入，属于我和她的游戏。于是，有小孩子偷偷跑来对我说，姐姐，她的毛绒兔子掉到尿盆里了，她却还是总抱着睡觉。我装出惊奇的模样来，他们就满意地离开了。

　　我们的游戏从没有停止，每天我都陪她去，我们不厌其烦。有一天，她向我借随身听，并说用她的毛绒兔子作为抵押。她要在睡觉前听那首歌，她解释说，有点不好意思，像是怕我拒绝。我借给了她，她把毛绒兔子安放在我的床边，喃喃嘱咐着，和姐姐好好玩，明天早上来接你，要乖呀。然后她一蹦一跳地离开了，脚步有力地踏在地板上，嗒嗒地跑远。

　　第二天，她却哭着来找我，姐姐我的兔子没有掉到尿盆里，他们瞎说的，她着急地说。我笑了，把床头的毛绒兔子指给她看，你瞧，它睡醒了，昨天晚上它都告诉我了。她于是安心，又带着惊奇。她把随身听还给我，并说，她下午便要出院了。

　　她拉我到她的病房，她的母亲和婶婶正在为她整理和准备出院的物品。她得的病是儿童糖尿病，饭前半小时要注射胰岛素，她小小的胳膊上早已满是针眼，只有六岁，她却学会了自己来注射。由于家乡没有足够的药物出售，她必须从北京带一些回去，并定期再来购买。离开的时候，她的母亲对我表示感谢，并说她女儿特别喜欢我。她嘿嘿地笑了，躲在母亲的裙子后，向我挥手道别。再见，再见。我想象着她还很漫长的人生，想象着那一路的崎岖与颠簸，心里生着不安。

我多想，她能够像歌声里那样，在一个明亮的日子里，穿着最心爱的皮鞋，有力地踏着欢快的节奏，一脸幸福地走在街上，走进无穷尽的阳光。她本该是那样的女孩子，平安完整地长大。然而，这世界有多美好，便有多残忍。

我不知道，那个小女孩还好吗。不知道，她的生活里，有没有昨天一样的天真美好。那镜子里的鬼脸，此刻仿佛成为对于命运的讽喻，被我无情地记起了。

小满姐姐教我们唱歌，朴树的，《在希望的田野上》。你的生命它不长。不能用它来悲伤。

我总是重复着两句。

枫同我并肩坐着，好多的时候，我们都是这样一起唱着，唱着，等候着，或者遗忘着什么一样。有时，是《天黑黑》；有时，是《年华》和《叶子》。我们重复那些歌词，一遍遍，在心里暗记。喜悦的伤感，和忧郁的欢乐。从我们的静脉里流过，像是生命注定经历的河流与天空，有晴空，有乌云，有风季，也有暴雨。

小满姐姐把歌词用铅笔抄下来，送给我们，作为离别的纪念。几年过去，我再次见到，那字迹早已模糊。而当时当地，那些沉默的，悲戚的，不安的心；那些勇敢的，纯真的，美好的人，却清晰如此。

我仿佛可以触摸，曾经由窗口散布入病房的光线，那么细的，令人惆怅，却生出爱与希望。

只有和枫还保持着联络，我们在假期见面，打扮漂亮，逛街，吃饭，做所有女孩子喜欢的事。

快些扬起你那苍白的脸吧。快些松开你那紧皱的眉吧。

生命该是一场饕餮，要抓紧享用。我们都要幸福，我们总是这样彼此祝福。

自己与世界等等

是谁说，当一个人过度关注于自己的生活，便忽略了外围许多存在的真实，变得容易不快乐。

就好像，将自己封锁，包裹，远离人群，往往不能解决内心对于社交的恐惧。

我不知道，自己处于一种怎样的状态。

只是渐渐乐于沉默。也许，我过度关注了自己。在小房间里安放了太多的镜子，去反思和省悟。

人类多数的烦恼，是毫无意义的。

却总是为明日的种种不确定性，透支了悲伤和不安。

人仿佛总是动荡地生活。

和一个病友的妈妈通电话。她推荐给我一首歌《自如》。是一首佛教歌曲。

她说，她在困苦中，反复默念那几句歌词，便得到一种心灵的解脱。

用感谢心去付出，以欢喜心来受苦。
用大智慧去领悟，以大慈悲来祷祝。

我也静静去听这样一首歌，心如明镜，一时豁然。她说，人生莫不是苦，但每一次磨难都是修行。

什么时候，我们能够不去对灾祸心存怨恨，能够面对不幸一笑了之，大约便是真正获得解脱的时候。

宗教的力量是惊人的，有时，那种冥冥之中的东西，真的可以指引着我们穿越生命的一些艰难时刻。

要懂得惜福。她说起她的女儿。那个坚强的女孩子，在与死神多次擦身之后，依旧乐观坚强地与疾病斗争着，并鼓励与她有许多相似遭遇的人们。

死神没有带走她，是上天的眷顾，她告诉女儿，这便是她的福。

不要把眼光注目在自己缺失的部分，而要去学着收集和发现身边的幸福。

我想，这些都需要智慧，需要一颗越挫越晶亮透彻的心。

在命运面前，我们或许都不是强者，但至少要止住绝望与悲伤。

和朱朱视频，见她瘦削的脸孔微微胖了起来。看来澳洲的伙食不错。

她呵呵地在那一头傻笑，做着鬼脸。

我照照镜子，我的脸才是胖得离奇了。

都没有了自嘲的勇气。田，总是像个气球，被吹起来再瘪下去，再被吹起来，再等待瘪下去。

药在我身体上起的作用是如此明显。

现在，我是气球。

有时候，真想找根针把自己刺破。

我终究看不破世间色相虚妄。

讨厌镜子里的丑八怪。

那不是我。

悲伤

我不是刻意悲伤。人却又如何在消逝的美好面前忍住眼泪。

无意中走入的叫作"刹那芳华"的博客。

一个女孩的文字，在一月的某天戛然而止。一个女孩的生命，也在那里永远停步。

十九岁，她没有越过的时间，在最美的年纪上，匆忙告别。最后的日志，停留在十四日，那是她与男友相恋一年零九个月的纪念日。

她说，"我会把自己改造成为一个合格的小女人，合格的老婆……我爱你"。最后的日志，停留在如此温存的话语中，在不再更新的页面上，一点点冷却。如生命散失的温度，一丝丝消散，再也无法追回。

再过五个月，便是他们约定的婚期。她说，她愿做最幸福美丽的新娘。

五个月之后，正是六月。如果，没有发生不幸，或许今天，她正依偎在爱人的身旁，绽露着孩子一样的微笑。

然而，她没有越过命运的泥潭，在那个冬天，她穿着男友为她准备的白纱，永远地睡去了，永远地停止在那一个时间上，安静在一个过于残忍的凌晨。

疾病带走美好的生命，带走母亲最心爱的女儿。

在男友的结语性日志上看到几百条评论，打开，竟有多半是母亲每天与女儿的"谈话"。

"宝宝，妈妈来看你了……宝宝，妈妈就是担心宝宝没有妈妈陪着不知道过的怎么样……宝宝，妈妈想宝宝了，妈妈给宝宝买的百合花今天开了，妈妈下班一进家门就闻到了花香，家里现在就妈妈一个人，妈妈想让我的宝宝来陪妈妈，宝宝来看看妈妈吧，妈妈想你啊。"

这样的话，每一天，在每一个日期上延续。我的泪，一时间无法抑制，不知不觉间，已泪流满面。

"宝宝刚才咱家这下雨了，妈妈今天回来得晚，妈妈是淋着雨回来的，妈妈骑着车在大雨里慢慢地走，妈妈在感受宝宝的抚摸呢，雨打在脸上妈妈感觉到宝宝在亲吻妈妈呢"

雨中的母亲，痛失爱女的母亲。我仿佛见到她憔悴的容颜，度日如年的生活。我也想到自己的母亲。

天下的母亲都是一样的。她们面对的又是一样病弱的女儿，一样的疾病，一样不可测的命运。

在最难熬的，那些举步维艰的日子里，躺在病床上的我，扶住墙大口喘息的我，想到过死亡。我流下许多泪。

却不是因为自己，而是为了母亲。我怕她的寂寞，她在幼年便失去了母亲，她把自己对于母爱的期望全部投注在我的身上。她说，有了我，便不再介意别人提起她没有母亲的事。因为，她有了自己的孩子。

如果我离开了，同样以一种猝然的方式，让时间停步在一个点刻之上，不再向前。我不敢去想，不敢想，那之后，我的母亲，她该如何生活。好几次，我怯怯地对她说，妈妈，如果我不在你身边，你也要和现在一样快乐好么，别让我担心。母亲装作若无其事的样子，摸我的头，傻孩子，瞎说什么呢。

我多想她给我一个承诺：即使我不在，她也能快乐地生活下去。

虽然，我是如此分明地知道，那是根本不可能办到的事情。我的母亲，一样会在雨中独自走着，想念她的孩子，默默与她的孩子说话，一天天，告诉自己，她的女儿没有离开，只是睡着了。

那些日子，在死亡的阴影里，我深刻地体验到人命危浅这四个字。不过薄薄的一缕呼吸，这便是我们的生命，失去了便再无逆转的生命。活着的人，无法知道死去的世界。如同健康人无法了解病人的内心。谁不是脆弱的。谁不是在太多的爱之中坚强起来，强忍住痛苦，去相信希望的存在。

每个面临过死亡的人，都懂得了眷恋生命。

一家人围坐在一起，吃一顿粗茶淡饭，其实也是莫大的幸福。幸福从不是澎湃的欢乐，而是这些淡淡的，无所不在的琐碎之事。因为有了性命之忧，人开始学会去珍惜，好像蒙昧中张开一双明慧的眼，看到许多从前视而不见的美好。

心存感激地生活吧。我们来自偶然，生命是最宝贵的礼物。爱你所爱的人，温柔地对待一切，不要因不幸而怨恨和悲戚。无论前途怎样凶险，都要微笑着站定，因为有爱，我们不该恐惧。

逝者已去，愿她安眠，天堂上一定没有病痛的折磨，没有夜夜无眠的挣扎，她会是安详的，是穿白纱的天使。

她的墓前，年年会有花儿开放，在生死的分界上，我们也许不该有悲伤。这个世界上，每个人都是殊途同归。

虽然，这样说着的我，还是无法止住悲伤。

因为，生命过于美丽，而命运过于残忍。

华盖之下

看到一句话：但愿快乐，不是你忧伤的华盖。令我感觉触目惊心。

多少时候，微笑的面孔下，掩藏的是分明的忧伤？

多少时候，将痛苦轻描淡写的我们，独自将一杯杯苦酒饮下？

一时间，想起太多的人。表面看来他们无一例外是如此坚强。

面对疾病和苦难，紧咬住唇，依旧不说一句泄气的话。好像是病久了，人也便生出对于苦难的免疫。

互相说着鼓励的话，宽慰的话，其实，谁都明白，这貌似坚不可摧的意志后边，是一颗分外脆弱的心。

那些闪闪发光，充满了希望的劝慰，不是说给对方听，而是说给自己听的。

这样的坚强，剥去了伪饰的坚硬外壳，显得如此颓唐狼狈。

快乐，成为忧伤的华盖。它越是美丽，越是暴露出那忧伤的沉痛。

如果我们能够真正地笑对这一切，那么，一定是因为对于生命更深的理解。

看到子尤，那个身患癌症，依然昂起头来问一句"谁的青春有我狂"的天才少年，他的文字，他的苦难。

他在疾病与死亡面前的勇敢，令我羞愧。我甚至自责，自己的悲观，自卑，和不堪一击的内心。

子尤的世界里，是疾病蔓延的黑暗，他却用他年轻的光芒，把过于匆忙的生命照得雪亮。

我的直觉告诉我，那不是一顶绘了图案的华盖。他的青春是真实的，他的坚强是真实的。

因为，我懂得痛苦的掩盖是多么矫情而不堪的一种模样，然而，在子尤的眼神里，我没有发现一丝痕迹。

他是真正懂得了生命的人。他没有怨恨命运的安排。他将自己的病，称为上帝赠予的一颗金色肿瘤。

多少被痛苦折磨的日夜，多少次昏迷与清醒间的临界。我没有经历，但我的经历已足以令我能够想象到他曾承受的苦难。

子尤爱生命，他真正爱生命，所以，一切的痛苦与不幸，都不能阻止他的快乐，他的青春，他的飞扬。

他令我相信，没有什么，能够剥夺你去生活的权利，只要，是真的生活过，只要，你真的爱着。

渡河

十六岁的冬天，写过一首叫《渡河》的小诗，也或许都不能称之为诗。当时是极满意的，现在读来觉得行文幼稚，却正因其幼稚而显单纯可爱。重新拾起，细细体味把玩，不禁会心一笑。

呵呵，那些美丽又清新的哀愁啊。

渡河
昨日已成虚妄
日子浅浅流去
没什么方向　把叹息
沉淀入河的深处
让水草　乘着他
绵绵生长

也许我
会就这么渡河而去
一叶孤舟　没什么方向
摇晃中
枯萎了我头上的玫瑰
把流去的光阴　系上桅杆
看一些孤寂在冷风里飘扬

　　曾这般轻轻地哀伤过了呢，为了青春里那些小小的失望，为了雪花上略显苍白了的诗意。我，是这样走来的，从一片淡蓝色的云雾里走来。我，是这样的女孩子，皱着眉头又偷偷幸福着。这样的自己，从远处细细瞧来，有些麻烦，有些可爱。

　　渡河，此时是渡河，彼时依旧是渡河。渡过了成长的河，渡过了离别的河，又去渡过痛苦的河，幸福的河。我们始终是在舟上的人，是汪洋中的轻帆一卷。岸，是永远不消失的希望，是永远的一种期待与守望；岸，是我们的最温暖的归宿，又是我们残酷而冰冷的终点。

今天的我，这么想着，关于渡河这件事情。似乎依旧是幼稚，依旧是单纯。那便还好，还好，我还没有老到起来，还没有失去天性的本真。

当我在河上哀伤，当我迎着风里的飞花想起往昔的种种，你是否也正静默地倚着船舷，和着谁的笛声把远去的美梦想念？我们都是这样漂泊着，思念着，又失望着呀。带着轻轻的哀伤，悄悄的幸福，一路歌唱，一路洒泪。

就让我载这一舱的甜蜜，一舱的回味，渡河而去。牵挂着明日又思念着往昔，在星夜里，微笑着谛听光阴流过的细声。

渡河，原是哀愁着的幸福。

望

有时，我情愿是永远的观望者。只肆意去想象，而不迈出半步渴望的步伐。

像一个站在河畔的游人，久久地站立，看水的凶猛或温柔，却不寻觅一叶摆渡的小舟。

是怕对岸的风景，远没有遥望的灿烂，是怕走近了，反而惊扰了那隔岸的雾色。

是不愿让远处的火树银花，在瞬间里化作了灯火阑珊。

观望的距离，让风景成为风景，因想象而获得完美的可能。

一位著名的汉学家一生却未到过中国的原因便是，他希望在心中保留对于这个遥远国度的原始想象。

很多地方，大约是不必亲身到达的。

也许，只是去凭空地想念，反而比真实地踏上那一片土地来得美好。

正如，往往越是深爱的，越是不忍触碰一丝一毫，越是小心翼翼，万般谨慎。

二〇〇五年的春天，和母亲一同到扬州旅行。

现在想来，却只是对于扬州的伤害。那个诗词里妖娆曼妙的扬州，永远地不见了。

二十四桥的风月，不如留在玉人的箫声里，桥边的红药，不如开放在冷月的无声中。

瘦西湖的瘦，原本是无尽风姿的遐想，却被游人如织的嘈杂搅扰得唯余艳浮的繁华。

后来，我只想忘记真实的扬州。不是它不好，只是，它与我梦里的扬州全然是两个模样。

我想那烟花三月，孟浩然的广陵。我想那枕着云烟，欧阳子的平山堂。

如果，我只是翻开一卷卷书册，去品读，去想念，一个未曾亲临的扬州，大概便不会有今日的遗憾。

我梦里的扬州亦不会破碎，它会完整地，飘着脂粉的芳香，落着春江的花瓣，一夜夜造访我的睡眠。

它现在是一座欣欣向荣的城市，至少以现代化的角度来看，它是在喜人地发展。

但在我的世界中，它与扬州却是格格不入，它的繁华，却也恰是它的荒芜。

这世上于是有了两个扬州。一个在火车的终点，另一个在想象的起始。

如扬州，太多被我们诗化过了的城市和古迹，是不宜走近，只堪思念的。

喜欢那些能够引人遐想的地名。却也难免失望。

樱花西街，没有樱花树的落英缤纷。名为百花深处的，也不过是一条平常无奇的胡同。

地图上充满色彩与风景的名字，跳到现实的面前，活生生地向你展露出的面貌，往往正如我们生活一般平淡。失望是过多期待后的一种正常结局。

却依然愿意固执地相信，在遥远的时代里，它曾拥有不凡而美丽的过去。

双榆树，是我从小便熟悉的地名。一条乏味的小街，几栋普通的住宅楼，和北京许多的地方没有分别。

偶然却读到，清代词人纳兰性德的父亲纳兰明珠，曾在这里为爱子建造书楼，以供其进学研读。

而双榆树的名字，又是源自村口的两棵大榆树。

貌不惊人的双榆树，却掩藏着词人的足迹，那一个才情过人，妙笔生花的纳兰，曾在这里轻轻走过、驻足，提笔写下清丽的辞章。

他书楼上的灯火，曾照着而今的土地吧。他曾见那两棵大榆树的绿荫，在夏日的蝉声聒噪里，散下一方清凉吧。

榆树早已不见，书楼也已消失，动人的诗词却永存世间，被后来的人们陶醉着，沉迷着，赞叹不已。

因为是消亡得不留丝毫踪迹，才让人能够穿越历史的长度，去遥想到当年的风貌，仿佛见了他走过的身影，和那流溢墨香的时光。

现在，经过双榆树，我便总想起纳兰，好像我们是百年前相识的朋友一般，那样亲切而熟悉。

在向榆关的路途上，他写下：风一更，雪一更，聒碎乡心梦不成。故园无此声。

故园情结，在飞雪里漫卷天地。

此刻，恍若旧地重游的我，却又像带着百年前的心，来探望故园的风雪。

这些埋没入历史，埋没入记忆的美丽。

樱花西街，该是曾栽满樱花的。每到春时，必是花树璀璨，粉云似梦。

百花深处，应有幽人居住，他喜种兰花，在闹市中深居简出，过着心远地自偏的大隐生活。

空山

空山，一场幻觉。

也许，每个人都是一座空山。

没有猴子，没有大王，只有我们自己，或者，连我们自己也被融化在山风凛冽。

每个人都是一座不言语的山。你想你是溪流，便成为溪流；你梦你是落花，就化作落花。

任月光来去，将连绵的身躯照成苍茫。让天地这样肃穆地存在着，一场场雷电，一夜夜雨雪，漫漶了生命的碑刻。

你在那里静卧，从春山的笑靥，到冬山的睡梦。看山坡上的青草绿得忧伤，让空翠的树木沾湿了衣裙。

每个人把自己在这山中安放，如一粒白石，一阵松涛。

没有人语，唯有尘世外的花树，自开自落。那便是我们心底的安详。

你必得有这样一座空山，一个永是寂定的去处，才不致在人的行走中茫然若失。

山上没有路，没有白云生处的人家。

山上是草木的蔓生，是灵魂，在悬崖与陡壁上的生长。

而所谓生，有哪一刻又不是崖上的徘徊，我们在危险中望见风景，在恐惧里懂得欢乐。

最美的花，总是开在险恶的岩石。

也许，人间也是一座空山。

幽篁里的山鬼，彷徨在芳菲的寂寞。孤云在唱歌，孤云在飞逝。

人是山中的风丝，高飞的众鸟。一些是高傲的，一些是谦卑；一些是从容的，一些是仓皇。

空山无言，时光无言。

一季季的风烟，亲见着日升月落的轮回。玫瑰色的霞光熄灭了，如一个个曾经美丽过的姓名。

好像山的默声，山的无情。

人间在这里，一样的无言，一样的寂寞。看顽石磊磊，葛生蔓蔓。

子规的啼唱，是泣血的思念，是一场遥远，不可触摸的梦。

夜晚泻入山林，多少人睡了，多少人却在山风的呼号中独自失眠。

写一首诗，寄一枝梅给远方的友人。告诉他，此刻的窗上，星辰朗朗，竹风清丽。

许多的多情，需要这样一座空山，一个独往又独坐的世界。

也许，宇宙亦是一座空山。

上下四方曰宇，往来古今曰宙。月亮是山中的池潭里的小洲，群星是散落山野的花朵。

它们开放，它们明亮，它们迎着永新的山，在漫无边界的未知里盛开。

此时，人已微不可辨，人成为一粒比尘埃更细小的尘埃。

生命与非生命之间，又还有什么分别。当这座山大至无形，一切的区分都显得可笑。

美与丑，得与失，聪慧与愚钝不过是人无知的判断。

宇宙是这样一座空山，容纳了时间的长，空间的广，无所遗漏。

我总与空山对坐。

相看两不厌，或许转瞬便已百年。

那里从无具体的人，一个个自己，随于大化，归于万象。

空山，这样容纳了我，却始终未发一言。

我想我是溪流，于是，我是溪流。

我想我是落花，于是，我是落花。

我选择沉默，在只能独居的山中。

蛾与蝶

病中的日子总是百无聊赖。头脑昏沉，缩在棉被里，时睡时醒。难得的清醒里却又开始胡思乱想。

原来生病是用来整治我这般迷恋于想象的人的。

却似乎也恰是生病，使我有了这样多的闲情逸致，去放任自己的思绪。

它们是这样绵延不绝的，像五彩的丝线，从房间的窗口同阳光一并照进我的世界，将我重重缠绕。

我乐于被缠绕着，如一只蛾那样，作茧自缚，却又乐此不疲。

蛾是一种很神奇的生物。

现在，飞蛾对于光明的追求不会有生命危险了。

但试想电灯发明以前，夜读的诗人看到扑火而亡的飞蛾该有多么伤心。

大概也才会有了"扫地不伤蝼蚁命，爱惜飞蛾纱罩灯"的说法吧。

人心总是柔软善良的。

飞蛾扑火的精神令许多人动容，而那却不过是它的一种生命本能罢了。

它不懂得光明，不懂得爱和温暖。只有人才能够体会那一切。

人分明是把自己当作了飞蛾，扑向了那一团火光，而义无反顾。

Faye唱，爱到飞蛾扑火，是种堕落。

蛾的执着，是人的执着，蛾的疼痛，原是人的疼痛。

人总是从外界的世界中找到了自己，感受到了相似的遭遇，于是默默落下泪来。

林妹妹葬花，簌簌泪下。只缘这一句：侬今葬花人笑痴，他年葬侬知是谁？

春色与红颜，落花与人亡，一样是无可挽回的消散。

黛玉是在葬花，也是在葬自己，这一如花爱娇，也如花短暂的生命。

对于美好事物的亡逝，人们为他们寻找着同样美好的归宿。

如焦仲卿的故事结尾，夫妻化作孔雀；如梁祝的最终结局，相爱的人化为翩翩蝴蝶。

蝴蝶，被人们当作花间穿梭的美丽使者。它们不像蜜蜂那样，是勤劳劳动者的代言。

蝴蝶的存在，仿佛便是为了展示它们的美。蝴蝶是天生的艺术家。它的翅羽便是它最得意的作品。

蝴蝶的姿态是悠闲从容的，大概也是因此梁祝才会选择化身蝴蝶，而非蜜蜂。

试想他们若化作蜜蜂，整日忙碌，嗡嗡不迭，该是多么缺乏美感的画面。

有人说，蜜蜂是孤独而忧伤的动物。

也有人说，蜜蜂在酿蜜，也是在酿造生活。

在人们的眼睛里，小小的昆虫们有了各式各样的形态和性格。

而飞蛾，原本只是飞蛾；蝴蝶，原本只是蝴蝶；蜜蜂，也只是蜜蜂。

是我们把自己的心装进了它们小小的身体，随它们翅羽的扇动，一路飞行。

这世界于是变得很可爱，很多情。

两个孩子

两个孩子，她们数着日月生活，写拙劣的文字，唱不成调的歌。

两个孩子，齐整的短发，素净的面孔，戴着眼镜，歪着脑袋，咧嘴傻笑，牙齿洁白。

她们每晚对头而眠，梦不同的梦。却喜欢在睡前，同燃起一盏小灯，读几页书。会在钻进被里的时候，问一句，你睡吗。而夜已深了，白色纱橱笼着深黑色里隐去的人影。是将睡了，于是她关上灯，道一声晚安。于是，各自细嚼读毕的词句，梦一晚明月潮声起落。偶尔，在恍然醒来时，听见她轻声的呼吸，是丝丝扣扣的伸长绵延，安静而恬美。她便醒着，微笑了一下，又侧过身去，安然地睡了。

两个孩子，睡得沉沉，沉淀日光中无名的碎屑，把日子幻化成迷离的梦，又纯粹成无色无味的清水。是寡淡无味，却又是全然的滋味。两个孩子，有平实幸福的生活。

早晨，她总是先爬起来，穿着儿童睡衣。晃晃悠悠地叠被，又颤巍巍地下床。依旧睡着的她，感知这一切，想象早晨的阳光疏落自在地照在脸上，却仍是赖在床上，因她知道时间还早，慵懒的她总是要等床下的她梳洗完毕了，才肯不情愿地起身。

是一个个平常无奇的早晨，两个孩子，坐在自己的小桌，一个努力地啃着面包，一个匆忙地收拾书本。新的一天，在展开展开，她们听着温斯顿的钢琴，一起朝教室走去。路上，叶片闪烁的树已浓绿成春天，蓝空逼目，她总说，这样的时刻，让人感觉虚幻。她总想，你会记得吗，和我一道这样走着，用缓慢的步伐。

钢琴清丽的音符滑过，在路上匆忙的人群中穿梭游离。她们却不着急。

偶尔，会有惊喜。好像信步的傍晚，在小园子偶遇一树蜡梅的灿烂。两个孩子，守着那小小的树，立定许久许久。没有很多言语，任各自汹涌澎湃吧。只一同望着望着，想着春天，想着离别的冬，想丢失的，和完好纯白的希望。她喜欢，有这样的一株花树，如此坚忍地站立，为一次猝不及防的盛放。那一种心情，怀着期许和焦急，却淡然而坚定，好像树下的孩子，淹没在轻小的细细芬芳里，默默思想。

两个孩子。各自不同的孩子。她，认真地笔记，一丝不苟。她，自由散漫，为英语变得暴躁。望着彼此，的确是如此不同的人呀。却是同写着一首诗，作同一篇小说。可以每人写一个段落，最终连成奇异新鲜的文章，然后一同自我欣赏、自我吹捧。那是真实可爱的时刻。中午，在她的家里，她们合作做饭，都是笨手笨脚的人，却也竟成就难得的美味。她会吃她炒的菜，赞不绝口；她会喝她做的汤，连称美味。之后，再坐下来，写共同的文字，乐此不疲。

她们一同笑，也一道哭。难过委屈时，就躺在园里的草地上，痛快地流眼泪。

草才萌发，她看天空，吹徐徐而起的风。她会和她一起，哭作一团。就忘却什么来由去向，只是泪水可以调和不可名状的心。她说，她会记得那个她，她亦不会忘记，一个湿润的春，真切可触的悲伤在瞬间化为乌有。她想告诉她，她是可以临窗共听一帘雨，共品一茗的人。是那只可随遇，不可强求的知己。是吗，两个孩子，会彼此明白，一个个模糊不清的意念。好像，一同归来的秋夜，望着昏黄的月亮，说着同样的两个字：湿了。

两个孩子，给自己取了个可笑的名字，文学儿童。

或许，都不敢称文学的。只是儿童二字贴切。但儿童的健康不是太好，她，总是病恹恹的，要健康的她扶持着，虽然她也不是强壮的人。她病了，一次次地病，一次次地疼，她总是关切地扒在床头问着、看着。于是她原谅了她的散漫和疏懒，是因为病吧，大概都是因为病，她想。

两个孩子，计划着暑假，她们要去丽江，她说要穿着白色的衬衫，站在开满茶花的庭院。好几次，她们一起美滋滋地想，她说，其实只是这么想想，也很幸福了。她决定要锻炼身体，好有力气远行。

而终于来不及，她突然又病倒，学也上不了，被迫回家休息。便只留了她，在晴雨不定的初夏里，在少了她的校园，来来回回。看云一块块浓起又淡去，执笔静坐桌前，在时间的缝隙，给她写一封封简短的信。怀着驿寄梅花，鱼传尺素的心，书写着一日日的细微。仔细注上日月，她们同是数着日月来生活的孩子。她想她不可捉摸的病，想她快些好起来。而那一刻的家中，她吞食着药片，

天空阴灰，又要落下雨来。

而人生的雨，总是毫无预兆的。

她读她的信，想那一个素净的孩子，齐整的短发，书写晴雨无常。病中的日子便也寥廓，她仿佛见得一粒洁白的石子，在自己茫茫的心湖之中缓缓沉下，一直到达最深的泥土。寂寞许久了的湖上，也便又起了灯桨船歌，又有了凉月下跃水而起的鲤鱼。她不可以感动或者感激，因那是远远不及表达的。人生的雨，落下，飘

洒，她无可回避，便升起一点勇气。看那雨中隐约的润泽，迷惘的落花。读她的信，心底渗出澄澈的露水，属于清晨的祝福和希望。

两个孩子，平静地长大，在女孩子们悄悄的世界。烦恼只是轻轻，悲伤只是轻轻。她们确信，自己是花朵，需要阳光，她们会开放，开放。彼此微笑，依旧如常地生活，平实幸福，又多了勇敢。依旧，写拙劣的文字，唱不成调的歌。

数着日月，数着日月，酿纯净的花蜜，用千年一日的心。笑与泪，是一样的完满自然。用孩童似的天真。

两个孩子，一个，我们叫她良；一个，我们唤她莫。

她总是问那一句，你睡吗，她总是熄灭了灯，道一声晚安。

明亮的

似乎是从二〇〇五年的夏天，在自己的文字里开始反复出现这个词，明亮。

一个充满光芒的词。它的到来，直刺入田的生活，田的身体。

她通过文字读出那名字。

她知道，是要改变一些什么了。

是告别一些什么的时候了。

于是，田不断重复，明亮，明亮，明亮。

我开始喜欢颜料盒里的柠檬黄。

喜欢聆听甜美清新的歌声，大迈步走向前。

喜欢细心为一只只水果洗去表皮上的尘埃。

喜欢安静地在心底埋下一颗糖果，偷偷地欢笑。

幸福从不是谁的恩赐和赠予。

幸福是我们自己，最重要的决定。

那么多细小的机会，要你去体会，去发现，去察觉。

明亮，是拒绝少年们故作的忧伤。

去尽情享用飞驰的青春。

田爱植物。爱夏末的雨水，秋天的晴朗。

打开一扇窗，翻开一页旧日记。

我们已经没有那么多时间，让生命陷落在自造的灰暗中。

田的决定，充满光芒。

常常想象，自己像一只明亮的浆果，挂在阳光铺满的山坡。

那会是一个微风的下午吧。

让我轻轻摇曳，如一场欢歌。

逃

原来，是无路可逃的困境。

如果生命于我，是一场残忍的战役，那么，渐渐地竟希望，自己能有幸成为一名成功的逃兵。

不愿见冲锋与杀戮的悲壮，不愿这个世界瞬时里，风声鹤唳，草木皆兵。我想逃走。

逃出号角和呐喊的激昂悲壮，褪去那些虚假的荣誉或耻辱，还原平静的家园，躬耕于田，看日升月落的平凡。

这也许也是所有生于乱世之人的梦想。

但当战火摧毁了昔日的山河，当千里的路途之上，唯见枯骨，不见人烟，逃，又向何处而逃。

如果生命本身亦是如此的真相，身陷狼烟之中的我，也只有无路可逃的困境。

没有退路，眼前是荆棘丛生，是艰险重重。我看到一些勇士，对着命运的刀锋号叫狂笑。

我看到他们赤脚踏过那荒芜的原野，一路高歌地经过。生命的残忍，在这一双双脚下，显得苍白而可笑。

我敬仰他们，也赞美他们的无畏。但是，我终于无法与他们并肩。

如果生命的确残忍，为什么又要伪装出高傲的坚强呢。

如果痛苦是真实的，为什么不承认苦难，而强作欢颜呢。

那些勇猛，或许是真实的。但有谁，能够真正在不幸面前谈笑风生。有谁，不想彻底逃脱这一场残忍的征战，恢复安详。

从未有一场战争，给人们带来幸福。

只要是战争，无论正义与否，都无疑是灾难。

因为疾病，我成为乱世上，流离失所的游民。

因为疾病，我被迫荷枪实弹，时刻戒备地，与命运交锋。

我感觉劳累了，这个无所附着的世界，在我的上空飘着，充满不安。

像初春里恹恹的天光，灰蒙的云，了无生趣的窗。我一个人面对，忍住眼泪，却终于没有办法。

我的身体被吞噬掉。惨淡的日月，再也无法掩饰我的悲伤。

我承认，我脆弱。

若你问我，究竟要怎样的生活。我又该如何回答。

或许，不过是一副自由行动的身子，一个清醒的头脑，一颗无风浪的心。

如果，容许我有无尽的奢求，容许我有不羁的幻想。那么。

想把房间漆成青苹果般的淡绿色。想让它漂流在温暖的海洋上。

打开我的窗，见到的，是洁白的水鸟，在水天一色的汪洋翱翔。

半夜，我听到人鱼的歌声，月光里，礁石上有她们朦胧的倩影。

你会在我的身边么。你会读一首古老的诗，或者讲一段英雄的传奇给我听么。

也许是你，也许，只是我自己。任潮湿的海风吹乱我床前的书卷，让一个个朴素或华丽的句子，泄露给天地的沉默。

物换星移，我小小的房间，漂流在无目的的时光。我想，我将在这里了，我将恒久在这里了。

仿佛，小人鱼化作的泡沫一般。

我想逃走。不是失魂落魄地逃，而是从容淡定地遁世。

而这分明的人间，哪里有一条路，任由我去拒绝现实的征战。

命运将这一场战役安排入我的生涯。也许，这是必经之地的一处隘口；也许，这便是我存在的一切经历。

即使，注定是不幸福的，却依然倔强地，愿意幸福，只愿意幸福。

那是长长隧道里，仅有的光亮。

我不去伪饰苦难的真实，不去否认内心的焦灼。如果，终于无处可逃。

虽然，我是胆小的战士。

流着眼泪，却咬住嘴唇，一路冲锋陷阵。

而战斗，永远是为了结束战斗。

田野

那些坏天气，终于都会过去。

这是阳光遍洒的一天。坐在车里，看飞驰的世界，看人们脸上洋溢的希望。

世界很匆忙，世界被照耀着，蒙受着一种复活般的喜悦。

于是，在一些时刻里，我忽略了自己的疑难和悲伤。

听着一首不厌其烦在播放的歌。

多少次，我默默去坚忍地相信，默默记得这些歌词，又默默念起。

你的生命她不长，不能用她来悲伤。

都会好的，我对自己说。坏天气终会过去。好像我曾经也曾经历的那样。

风雨与阴霾，在回望处，已风轻云淡。

只是记住那些挣扎在病痛和失去中的时光。一个人的独行和穿越，于隧道中循着微光匍匐。

一些春天，一些夏天，在本该风和日丽的年纪里，一霎时天昏地暗。

有时，我看到一个个身体孱弱的田，站在原处。她有怨恨，有哀伤，她写下安慰自己的话，却又终于流下眼泪。

因为残破的身躯，她备受折磨。她渐渐开始明白，无处不在的幸福，渐渐懂得珍爱，平淡的生活。

一场雨，泥土的气味；一把伞，恋人的手掌；一个早上，窗棂上渐起的日光。

原来，生命是这样琐碎而细小的片刻，是这些不经意中涌起的淡淡喜悦。

也许是充满波折的生涯，我却依旧无比热爱它。

在田野上。我常常想象那样一片田野。让我站在中央，也仿佛站在了天地的中央。

青草蔓生，光阴仓促。好多时候，我以为，人该如一株植物那样，随遇而安地存在，抛弃自我的意识。

听任安排，享受拥有的一切，雨露，阳光，氧气，而不生出妄念，来搅扰心灵的平静。

坚定地向上生长，去接近晴空。

然而，又有谁能够真正做到心静如水，淡定从容。

无可降伏的心，在撞击心的牢笼。我们被自己重重围困。

该如何面对我们自己，该如何安放我们自己，这是所有人面临的问题。而不只是我的疑难。

田，要有更勇敢的心。田，要做强大的人。

我对自己说，一次次下定决心。特别是这个阴云渐远的春天。

忘记，去学着忘记。记住，去学着记住。

你还有微笑吧？哭的时候就去照镜子。悲伤的模样是多么丑陋。

总是这样，便止住了哭泣。哭泣没有用处。若反复觉得自己可怜，只会令可怜加倍。

即使是困苦重重，田依然倔强地，只愿意幸福。

明天早上，当太阳再升起来，便是二十一岁的自己。

二十一次的花开与花落，还没有看厌春天的轮回么。我依然这样喜欢春天。

喜欢四月的自己。你问我为什么喜欢过生日。

我说，因为可以收到很多礼物，我喜欢被礼物包围的感觉。

也许，骨子里，没有不物质的女人。

我说，为了每年都收到你的礼物，我要用力地健康地生存下去。

这话说得悲壮，却令我升起一个晶亮的希望。

良的礼物我还没有打开。我说，要到生日的那一天再打开。

好像揭幕一个全新的自己那样。

好像那淡粉色的包装纸下，包裹的，是一个无比甜美的未来。

我相信。

我这样坚定地相信。

醒·之外

隐忍里，梦中的独行。

沉沉地睡着，像一个婴儿在母体中最初的混沌，像一切生命的开端，无所知觉，无所牵绊。

梦一场色彩斑斓的大梦，只等到晨光熹微，照亮了窗口，才微微睁开双眼，去感觉这个满身光明的世界。

我醒着，坐在清晨淡淡的色泽里。我回忆昼夜的更迭，竟在分明里望见，一个生命的圆圈，如此完满。

原来，我所经历的，不过这圆圈上一段短短的弧线。

由睡梦里诞生，再由睡梦里消亡。生命的安排，是这样巧妙，没有丝毫破绽。

沉沉地睡着，像一粒种子在泥土中的蛰伏，像人间的种种穿越，由苦难中剥离出意义，懂得了跋涉的艰辛。

要发芽，要用尽能量，冲破头顶的冰冷土层。要独自走过，许多个无望的路口，要在黑夜里摸索着潜行，不落一滴脆弱的眼泪。

耐住冬天的寂寞，耐住磨难的时光。

我好像那一粒种子，又仿佛，梦中的独行者。

分不清睡梦与现实的界限，那无法丈量的距离，是一道迷题，由不得我们去苦苦求解。

也许，有时，我在梦蝶；有时，蝶在梦我。如千年前庄周的梦一样，混沌成一片生命初始处的汪洋，浩浩汤汤。

白日里的一切苦痛，如果不过是幻象一场，那么，又有什么值得悲戚和哀叹。

就好像，那些夜晚里甜美的梦境，若不过是梦，醒来的世界里，又何必有不舍眷恋。

苦痛是幻象。于是，我愿意这样相信着。于是，能够有更多的勇气，去冲破头顶的硬土，在绝望里生出希望的花朵。

耐住命运，耐住跋涉。

春寒的天气里，站在小园的蜡梅树下。鹅黄的花朵已绽放枝头。

碧色的蓝空，是一只深情的眼睛。清香四溢，我仰头望着一树喜悦的生命。

浅浅的欣喜，如一泓春涧的溪水，漫过心田。我感觉到阳光的温度，我感觉到万物的力量，膨胀在这个茫然的宇宙。

它们经过了冬天。它们渡过了轮回中惨淡的磨难，终达彼岸的春光。

这也许，也是一切生命的必经之路。

植物的轮回，在四季的流变，月光的轮回，在晦明的变换，人的轮回，在生死的更迭。

这所有，又都如同日夜，光的来临，与光的消隐。

是谁的巨手，绘画着这一个个圆圈。

是谁在主宰，星球的运行，梦的起始？

是谁，先在自己的梦里，安放了这个世界。又是谁，把一个个灵魂从母体的睡梦中唤醒，如一道晨光。

不要问我从何而来。或许，在这个人间诞生之前，我们早已长久地存在了。

那时，我们是一个分子，一种矿物。那时，我们在星际漂流，彼此陌不相识。

我们不知道，在千万年之后的相遇，这些爱恨情仇的缠绵与发生。

画一段短短的弧线。一些重叠了，一些却渐行渐远，分道扬镳。

你我皆在梦里么。

一只翩翩的蝶，一场华丽的演出，不忍谢幕。

这些真实的，抑或虚假的知觉，在夜晚来临，在白日来临。我唯有承受。

像听一个古老的故事那样，幸福与苦难，都是精彩的情节。

枕上

今夜，请听我轻声道一句，温存的晚安。

我喜欢在睡前的枕上触摸自己的脉搏。一个数字一个数字地细数。

感受着血液的升降起伏，如暗夜的河流，汹涌的寂静，温柔的水。

我愿意以这样的方式去参悟生命故有的节律。

当天地都沉默，月色泠泠，我在小小的床铺，如身在孤舟一叶，航行在无际汪洋。

睡意蒙眬，涛声清越，就任肆意的幻觉淹没我的夜晚。

就让我是今夜的渔夫，撒一片网，打捞童话中的金鱼。向它许一个愿望，不要木屋，不要城堡和宫殿，只要一处开满茉莉的花园。

来亲手栽植树木和青草，编一圈稀疏的篱笆。

等着早晨的阳光，透过云层，将我的脸孔染上玫瑰的颜色。

睡前的枕上，我总是这样，漫无边际地想象。

有时，想你戴一顶草帽，经过我垂着竹帘的门前。艳阳高照，田野葱茏。

有时，想你在远方，寄来窗前的寒梅一朵，夹在泛黄的诗稿。

那是从未存在的你。却无数次，给我似真似幻的知觉。

你好吗？我轻声在问。

声音刺破我的纱帐，刺破夜空，飘去了谁的耳畔。

如同我触摸脉搏，如同我聆听心跳，我触摸没有行迹的你，聆听你的一切。

仿佛是陌生，却又亲切得像熟识多载的密友一般。

你在这里。你在那里。你在我梦里的梦里。

你与我，用同一个姓名，怀同一种情绪，同一种喜悦。

却在相异的时空，各自漂流。

唯有夜晚，汇流于一处水上小洲。

你是那撒网的渔夫，是茉莉花园的主人。你穿紫罗兰色的衣衫，你有云霞一样漂泊的眼神。

你从不是梦，梦只是虚妄。

你是精灵，是落下的一地风花，如星的光辉，明净的荒凉，却无忧伤。

你会听见我的呼唤，在血液中苏醒，如我从生命的开端苏醒。

你伸出修长的手指，触摸我的脉搏。我们聆听，这跃动不息的生。

我闭上双眼，在深暗的夜世界，感受你。

仿如在一面镶满魔石的镜前，望见另一个自己。

也许，真正的幸福，从来便只能是不为彼岸，只为海。

在一个阴天沉睡，忘记白天与黑夜的界限，停止爱恨，无论幸福悲伤。

轻闭双眼，听墙外树声沙沙，云影聚散。

用尽一天的光阴，静默不发一语，沉睡，如沉入暗黑的深海，如重温睡美人的秋冬春夏。

荆棘蔓生床畔，时间被封锁在某刻，以完美的姿态保存。

多少年，风花雪月早已凋谢，唯你的容颜未老，一如往昔。

通往城堡的路，崎岖坎坷，充满险阻。谁能在一个恰当的时刻，将一个恰当的吻，及时送达？

马蹄声响起。隔了几千重的山水，谁会骑这一匹白马，谁会用锋利的佩剑，斩断锈蚀的锁链？

睡美人的梦境荒凉，时光消散，如风似沙。

爱情的玫瑰，开放在百年后的唇角。她的唇是冰凉，一如海上的月光。

睡美人在亲吻中醒来，后来她是否会迅速衰老，像所有平凡的女子一样。

时间的魔瓶，一旦开启，便再无法收起其中的魔鬼。

我爱这一半荒凉、一半繁华的童话。

好像爱着一个冬季的寂寞，又爱一场炎夏的喧嚣。

站在满目洁白的雪原中央，与观看傍晚骤然而至的雷雨一样，令灵魂激荡。

而现在，在六月的一个阴天，当灰云朵吞噬了晴空，我只想沉沉地睡去。

去你的海底，寻找属于我的一只贝，相遇在星夜里落了眼泪的人鱼。

一朵泪花，便是一粒珍珠。她有多少的忧伤，让这深海，缀满了珠光的华美。

想轻抚她的发，想听她诉说，那些古老的爱情，关于歌声，关于双脚，和消逝的泡沫。

想靠在她的肩，在巨大的礁石，看月光怎样冰凉，如睡美人的唇。

在远方，你说，你的窗口能够望见大海。

这一片漫无边际，令我忧愁的汪洋，在你的窗前，也许寂寞，也许喧嚣的窗前。

我在我的枕上想象。

我飞越半个地球，去看你的灯火，去听你的浪涛，整夜不息。

亲爱的人，我依然在荒凉的古堡，封锁在荆棘丛生。

亲爱的人，我却不曾有容颜不老的魔法，来有足够的可能，目送时光的离去。

我只是平凡的女子。

如所有平凡的女子一般。

多少守候的心，在故事中，故事的故事中，望穿秋水。

此时的夏天，园中小莲初绽。无言洁白，无言芬芳。

池塘中的湖色天光，仿佛谁随遇而安的心境，任四季花开花谢，云卷云舒。

读一本写满心事的书。

在睡前的枕上，在梦的开端，幸福别人的幸福，悲伤别人的悲伤。

然后，渐渐淡忘。然后，六月的蝉声在雨中熄灭。

我沉入深海，我将自己藏匿在荒凉的古堡。

不要问，什么时候，你才能够走出自己的世界。

不要问，什么时候，你才能够停止这一场场枕上的，纸上的荒唐。

如果，我无法是海上的月光。那么，任我做池中淡定微笑的小莲。

在枕上，在纸上，度我的春秋冬夏。

你永远不会懂。

我的心，是一只沉默的贝。

一个人的旷野·一个人的眼泪

每个人的旷野。风声鹤唳，草木皆兵。

如果有泪水，让我独自哭。让世界安静下来，只留下呜咽的风，流浪在无人的旷野。

这一晚，像打翻的深蓝色墨水瓶，浸透我洁白如纸，也脆薄如纸的生命。

泪水，滴落在衣衫和手腕。任它们奔流，任它们沸腾，再在月光里冷却，化作明早的露水。

会有穿白裙子的女孩，赤脚走过那片草地。

是我梦里轻盈的脚步么。是遥远的，那一个完好无损的我么。

她捧起一颗水晶一样的心，在清晨的阳光里许着愿望。

她轻轻地歌唱，她甜美地微笑。

她知道，她口袋里装好了满满一袋的幸福。像一颗颗糖果。等待着她去剥开那美丽的糖纸，一一品尝。

多么好的早上，多么明亮的开端。只有碧绿的草尖上，挂着一滴悲伤。

她可以忘记么。她可以忽略么。

女孩赤脚走过那片草地，脚心冰凉。

我掏掏口袋，那曾满满的糖果被偷走了一半。谁说，谁在我的耳边说，生命的残忍，与无可奈何。

是我惊慌失措的脸孔吗？是眼前的，这一个残破不全的身体吗？

如果有泪水，让我独自哭。亲爱的，不需要倚住你的肩膀，不需要一句安慰。

让时光冰凉，青春冰凉，让我的日子，一朵朵无言地绽放，像十二月的雪花。

我想纷飞，我想痛哭，我想一个人站在旷野的中央，质问命运。

大声地呼喊。你听得见么。如此渺小的我，在竭尽所有地渴望着生存的力量。

让我独自哭。就这样承担起一切无妄之灾。我要独自地面对，像一个真正的勇士那样，坚毅的心，坚信的意志。

不要说，不要问，我将何去何从。

不要抱怨，不要叹息，我的遭遇，我的命运。不幸的故事太多，我并不是特殊的一个。

很多时候，我看到自己。看到她坐在书桌前，在莫测的未来面前茫然无措。

很多时候，我离开自己。我说，忘记时间吧，然后忘记自己。

她于是独自坐在那。她于是只是一台出现故障，难以恢复的机器而已。

悲伤和恐惧，那样微小了。我离开自己。我知道，身体，不过是我栖身的屋宇。

你会消失吗？那么，我将流离失所。

所以，我才如此珍爱你，因你的故障，而有了悲伤和恐惧。

如果有泪水，让你独自哭。

让身体站在呜咽的风里，让生命独立在人间的旷野。

这洁白而脆薄的生命。

我剥开剩余的糖果。

我一颗颗细细品尝着滋味。还有多少时间，还有多少力气，容许我享用它们的甜美？

一切未可知的长度，一切未可知的后来。

这不该是一件感伤的事。

我在口袋里摸索。每个人都分到不同的糖果。

有些丢失了，有些遗落了，有些没有被发觉。

这一晚，你说有雪。

我于是等候着。仿佛等候着另外的自己，在天地间纷落。

这样的时刻，让我独自哭。

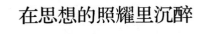

在思想的照耀里沉醉

文字

文字，是一种生活。

是不是，从仓颉造出它们，开始记录下狩猎、祭祀和占卜的时候开始，人们就有了区别于原始人的思维。他们开始参悟天地，开始书写下思念和离别。

如果没有文字，我们如何知道千年前的一丛桃花，灼灼如火。如何听见，那蟋蟀在堂的鸣叫。

于是，我时常感谢那个开始记录生活的人。

最早的那一部诗集《诗经》，只用四言的简单语句，却将一个静穆典雅的远古呈现眼前。

文字成全了人们抒发情感的要求，亦满足了我们去触摸时间之苍茫的希望。

一种遥远的生活，以文字的面貌，纯白而赤真地袒露着无伪饰的真情。

喜欢《邶风·燕燕》，喜欢短短几句：

燕燕于飞，差池其羽。
之子于归，远送于野。
瞻望弗及，泣涕如雨。

这使我想到，小晏的"落花人独立，微雨燕双飞"。

一样是湿润缠绵的天气，一样是燕儿们飞翔的羽翅。

这是一幅被千古构想了多次的图画：离别的情境，飞去的燕子，原野上草色凄凄，落花万点，随风而逝。

有忧伤吧，却是淡而无形的一缕青烟一般，只在两处的心上氤氲着相思。

离恨是恰如春草的，更行更远还生。

这一点，是你独守的窗口，寸寸柔肠里望去，那一端，是平芜无际，行人更在春山外。

是被《燕燕》所描画的诗境所感染吧。才有不断的离别，被锁入精丽的文字，用相似的春天，抒发着字里行间的深情。

诗人们握着蘸好墨汁的笔，走过春天的微雨，登上烟锁的重楼，写一篇流芳的辞章。

他们的形象，在我的心中，总是一个硬瘦的背影。他那样缓慢地经过，在历史的青石板上踏过，与所有的人别无二致。

诗人之所以被人们记得，是因为那些美丽的字，那些他在心中构想了，又吐露在纸页的情境。

后来漫长的时光里，或许不会有人记得他的容貌，也无从记得。

他的诗，他的文字，将成为他留给人们的全部印象。也就是说，他的字，最终成为了他，他融化在他的文字。

于是，我们读杜甫，会觉得他是暮年的老者；读李白，却以为他是永远的青年。

而事实上，在同一时代里，李白的年纪却比杜甫大上许多。

是文字所表现出的风貌，使我们产生了错觉。

其实，李白也有衰老，杜甫也曾有少年的轻狂。

文字，是一种魔法。它不只是记录，不只是记忆力的补充。

文字，幻化了这个棱角分明的世界，让它温柔多情。

臆造了太多，无可到达的境地，容你去遨游飞翔，上天揽月，入海探宝。

今天，我们读千年之前的诗。千年之后，我们有什么留给后人赞叹饱览？

我无从回答。

难道是粗制滥造的小说，难道是一场场炒作的荒唐闹剧，这些，都是我们时代的盛产。

静穆典雅的时代，自然有静穆典雅的文字。

如今的我们，怎敢有所奢望。

文字，是一面分明的镜子。

草木·女子

是寂然，却也是多情。

魏文帝曹丕《柳赋》曾有言："在予年之二七，植斯柳乎中庭。始围雨而高尺，今连拱而九成。"《世说新语》又载："桓公北征，经金城，见前为琅邪时种柳，皆已十围，慨然曰：'木犹如此，人何以堪！'"

人生代代，江流不息，看这庭中的杨柳青青，古人未尝不生出子临川上般的时间之痛。那些消逝的时光，飞驰的生命，在植物草木的繁荣与凋败间显现出脆弱的形迹。于是，当人们开始懂得生命的不可逆性时，当人们在日月轮转中觉醒地意识到时间的有限，诗歌中对于人生与时光的悲叹和咏怀便从未停止。而对于生命体短暂无常的这一体验，又多是由自然界草木的荣谢而引发。草木的意象，也被赋予各种含义而作诗歌的起兴等用。

这一现象，早在诗经与楚辞中便有体现。诗经常以植物起兴，而楚辞中的各种植物，更是品目繁多，令人目不暇接。这与当时人们所处时代的自然环境及生活方式有关，也受到中国传统文化中多崇尚天人合一的思想渊源的影响。推己及物，以天地万物为一大世界大关联，物我同一，浑然一体，恰是中国审美传统中的重要方式之一。有名的庄惠之辩，对于游鱼之乐的问题，庄子便是凭着"天地与我并生，万物与我同一"的观点，而做出"鱼乐"的判断。庄子的判断，是打破了物我的界限，明显有别于惠子对立物我的看法，这也正是诗歌中欣赏中往往不可或缺的精神基础。以我之心，融入万物之心，于是天地浑然一体，无分彼此，万物之悲喜，便也是我之悲喜，我之情谊，便也感染万物之情谊。是于这样的情怀里，诗人骚客们在一株株玉树繁花前睹木兴叹，吟咏出一首首千古流芳的诗篇。这些诗篇从很大程度上又不只是表达了诗人一己一时的思想情感，而是概括和总结出了人生在世的许多根本困境。这样的诗歌，因为透析出了人们情感深处许多共同的体验，于是拥有着巨大的活力。很多诗歌都成为代代传诵的佳篇。

如汉代宋子侯的《董娇饶》：

> 洛阳城东路，桃李生路旁。
> 花花自相对，叶叶自相当。
> 春风东北起，花叶正低昂。
> 不知谁家子，提笼行采桑。

纤手折其枝，花落何飘扬。

请谢彼姝子，何为见损伤？

高秋八九月，白露变为霜。

终年会飘堕，安得久馨香？

秋时自零落，春月复芬芳。

何如盛年去，欢爱永相忘。

吾欲竟此曲，此曲愁人肠。

归来酌美酒，挟瑟上高堂。

　　这一首诗中，诗人以一旁观者的视角观看花树飘零与妙龄女子采桑。这本身是两件毫无相干的事情。花朵自然性的凋谢，和女子正常的生活劳动之间本没有特别的关联。然而，在诗人的眼中，此两物却有巨大的相似性。那便是，花朵的飘零是因季节的更变，妙龄的女子也如这一树繁华，终会经不住时间的流转而与盛年告别。而这其中二者又有很大不同。更具悲剧性的现实是，花朵在秋天零落，待到来年春天，又是芬芳如旧，但女子的青春却只能随时光消散，而一去不返。诗人通过花树飘堕引发春光不永的感叹，又进一步以花朵与女子的对比，衬托出青春的短暂，欢爱的虚空。同样是美好的事物的逝去，人的身躯更经不住时间的消磨，所有的光华都是转瞬即逝，无可挽回。这样的对比之下，令人不无感慨，不无悲叹。此诗更为巧妙的是运用了问答的形式表达诗人的想法。令人仿佛身临其境，亲见一位细手纤纤的采桑女子，款步花树之下，聆听着岁月的脚步，一寸寸逼来。

　　与这一首诗颇为相似的，是唐人刘希夷所作《代悲白头翁》：

洛阳城东桃李花，飞来飞去落谁家？

洛阳女儿惜颜色，坐见落花长叹息。

今年落花颜色改，明年花开复谁在？

已见松柏摧为薪，更闻桑田变成海。

古人无复洛城东，今人还对落花风。

年年岁岁花相似，岁岁年年人不同。

寄言全盛红颜子，应怜半死白头翁。

此翁白头真可怜，伊昔红颜美少年。

公子王孙芳树下，清歌妙舞落花前。

光禄池台文锦绣，将军楼阁画神仙。

一朝卧病无相识，三春行乐在谁边？

宛转蛾眉能几时，须臾鹤发乱如丝。

但看古来歌舞地，惟有黄昏鸟雀悲！

这一首诗很明显受到了《董娇饶》的启发和影响。同样是通过桃李花的盛开和凋谢来引发感慨，此诗却在《董娇饶》的基础上有了很大发展。首先，其咏叹对象不只是女子的青春，而引申到更广的范围，即整个人类群体。全盛红颜子，便是指处于壮年的男子。这红颜美少年，也曾在芳树下，伴着落花清歌妙舞，饮酒赋诗，而今却是白发苍苍，寥落孤单。少年境遇的前后对比，女子与花开花落的相对，都具有极大的艺术冲击力。诗人在表达主题上，显然比宋子侯更胜一筹，给读者更大的心灵震撼。其次，刘希夷的表达没有止于对时光的咏怀，而进一步引申到人生沉浮无常，世间繁华如梦的更深层次。当白头翁回首当年的往事，那些显赫一时的生活早已灰飞烟灭。花月正春风的日子，随那万点落红，消散不见。只剩下被时间消磨过后残存的身躯，拖住老病中的枕席和日月。诗人又把眼光突破了人生的界限，而放向漫漫的历史，那古来的歌舞地，多已是门可罗雀，一片狼藉荒芜。真正是，舞榭歌台，风流总被雨打风吹去。如云如烟的人生，如雾如电的沉浮，自古如是。《代悲白头翁》在相似主题下，于前人基础之上更上一个境界，挖掘出更引人深思的生命和命运现象，令读者不禁为之唏嘘垂泪。后世人对于落花的独特情怀，直至曹雪芹笔下著名的黛玉葬花，大约都与这两首诗的影响不无关系。

两首诗中，同时出现了女子的形象。一个是采桑的女子，一个是坐看落花的洛阳女儿。女子的意象用于表达时光流逝这一主题，在古诗中并不少见。究其原因，大约是因为女子的衰老较之男子为显著和迅速，这才使历代文人都难免发出"恐美人之迟暮"的慨叹。女子又往往与思念和远征的主题相关联。女子的青春，与不知何时息止的战争，在时间上形成对比。青春是短暂的，而战争却漫漫无期。对于远征的丈夫思念，杂合着不安焦虑的心情，在诗歌史上反复出现，历代不止。这一主题，也被人们称为闺怨诗，成为比较独立的一个主题门类。"何时平胡虏，良人罢远征。"女子们的心情，通过诗人的纸笔，娓娓道出，流传千古。采桑女子的形象在此中也常常复现，这其实可以作为劳动妇女形象的一种概括。被征收去战场的多是最底层的人民大众，这些诗歌往往同时体现出人们在现实生活中对于和平安定生活的向往。张仲素曾写《春闺思》：

袅袅城边柳，青青陌上桑。
提笼忘采叶，昨夜梦渔阳。

渔阳是唐时的征戍之地,这首诗是一首思念远方丈夫的作品。柳树与桑树,在诗的开头引发兴叹。然后,画面转入一位提笼采桑的女子,这与《董娇饶》诗颇有类似之处。不同的是,这位女子凝神迟疑,时常停下手中的劳动若有所思。诗的最后点出原因,昨夜她梦见征战在外的丈夫。"提笼忘采叶"一句,令人联想到诗经中《卷耳》所描述的相似情形。"采采卷耳,不盈顷筐。嗟我怀人,置彼周行。"筐篮本不难装满,却总是空空。原是因这采叶的人,心魂已飞越万水与千山,追随心爱的人一路而去了。这个采叶而不顷筐的形象,几乎成为了诗歌史上的一个经典。女子那凝眸沉思的模样早已深入人心,感动了无数读者。短暂的人生,易逝的青春,欣欣的植物,一年年的柳色如旧。只有归人未归。让一个个月光独照的晚上,一处处寂寞寒冷的楼台,做着闲潭落花的梦,咏唱着可怜春半不还家的惆怅不安。闺怨诗在表达时光流逝,人间无常的主题上,比其他的诗歌门类更具有感染力。这大概也与人们疼惜美好事物的心理有关。读者比较容易进入一种感同身受的欣赏状态,也便拉进了与诗人的心灵距离,使诗歌所表达的感情更易接受,引起共鸣。

对于时间的叩问,永远是诗人们咏叹的不变主题。只要有人生,有消逝的美好,这些疑问和感叹就不会停止。而落花的风依旧,时光的流逝依旧。天地无言,没有任何改变。但有谁能够真正做到无所动心,无所感触?这人间是否真如李白所言"草不谢荣于春风,木不怨落于秋天"。当我们把心投入到这个世界当中,当我们愿意以自己小小的存在与万象同一悲喜与呼吸,就是选择了去追寻一种诗意的生活方式。用审美化的态度来观照万物,而不是把物我对立起来,冷静地观看。所以,在面对一棵大树的时候,我们也会像古人一样，引发了岁月流转的遐思，深深地感慨一句："木犹如此，人何以堪？"所以，独立的落花下，微雨的天气里，燕子们的双翅会载上我们的心灵，飞入时光，飞入梦境，飞入一切飘零着的情绪。这些因草木而起的情绪，因时间而生的感叹，都是真实的，不只是那些纤细的女子，而是每一个人所面临的问题和困境。但它们又是美的。因为匆忙的消逝，而更加美好。

此心此境
——柳宗元《永州八记》品读

欧阳修在《梅圣俞诗集序》中有言："盖愈穷则愈工。然则非诗之能穷人，殆穷者而后工也。"此即常人所说"诗穷而后工"。诗文同理，由此观之，则欲成就大文章，登艺术之巅峰者，必处困厄潦倒之境，而后方能于蛮荒中悟真知，窘迫间见慧心。"祸兮福之所倚，福兮祸之所伏"。此处见，是风雨飘摇，万象凋敝之危象，彼处观，却是桃花流水，百般生机之盎然。

永州之于柳宗元，便是如此。诚如南宋初年文学家汪藻在《永州柳先生祠堂记》中所书："盖先生居零陵者十年。至今言先生者必曰零陵，言零陵者亦必曰先生。……零陵徒以先生之故，遂名闻天下。"《柳宗元全集》共收诗文五百七十七篇，其中竟有三百一十篇写于永州。永州是柳宗元春风得意的前期政治生涯的终结点，是由"踔厉风发，率常屈其座人，名声大振，一时皆慕与之交"（韩愈《柳子厚墓志铭》）沦为贬谪南荒之人的伤心地。但同时，永州十年，成为柳宗元在文学艺术和哲学思想上全面成熟的重要时期，甚至可以大胆推测，没有永州之遭遇，便无柳宗元日后于文学与哲学上之成就。永州，在柳氏看来是荒寒寂寞一落千丈的绝地，殊不知，在如此困厄打磨之下呈现出的文字，却将是万古流芳的不解魅力与生机。

《永州八记》由《始得西山宴游记》始，至《小石城山记》终，前四篇以西山领起，后四篇以袁家渴领起。前后四记中各篇互有联系，却又独立成篇，自成一格。

首篇写西山之高峻清逸，"萦青缭白，外与天际，四望如一"。柳氏开篇不言西山之美，而先叙昔日宴游之兴味索然，以此凸显始得西山之喜悦，以及西山于众山之不凡。"然后知是山之特立，不予培塿为类。"柳宗元面对西山所生之欣喜，大约并非只因觅得一宴游佳处。在字里行间，阅读出的分明是相遇知己般的兴味。此中颇有太白诗中"相看两不厌，唯有敬亭山"的意趣。在内心中，柳氏将自己视为如西山一般高峻卓越，于是见西山之美，如何不生出相遇知己般的欣喜。何况，是在南荒之地，寂寞孤独的境地之中。于是他"引殇满酌，颓然就醉"，似欲与这山川一醉方休。此时，山与人，合二为一，遂有"心凝形释，与万化冥合"。

次篇《钴鉧潭记》，以"孰使余乐居夷而忘故土者，非兹潭欤？"结尾。柳氏似在描述潭水之清奇，与筑台于其上的胜境后，发出对于此时此地之乐事的由衷喜爱。因眼前田园山野之乐，而全忘故土，却绝非士大夫之人生正道理想。故土者，庙堂也，兹潭者，江湖也。以江湖之乐，而弃庙堂之心，这样的选择，显然是出于无奈。柳宗元之乐，便也难免显得苍白，在这看似乐居夷的随遇而安背后，是他贬谪生活中隐藏无限的无奈悲哀。这在之后的篇幅中亦得到了充分的印证。

在第三篇《钴𬭁潭西小丘记》中，便可读到柳宗元对于自身遭遇之不平与叹惋。一处风景幽奇的小丘，若处在都城之外，必使贵游之人争相竞买，而只因弃于南荒之地，却无人问津，荒弃多年。在小丘身上，柳氏又窥见了自己的影子。被贬谪至此的他，纵有过人高才亦无人赏识，无处可施。他购下小丘，使得"嘉木立，美竹露，奇石显"，成为一处胜境。柳宗元叹问：是其果有遭乎？小丘遇柳氏是小丘之幸，踌躇满志的他，却依然是被弃南荒，无人问津的小丘。这其中，多少愤愤，多少幽怨，与前篇之豁达已全然背离。

曾有人用柳宗元最有名的一首诗《江雪》来概括其在永州的贬谪心境：

千山鸟飞绝，万径人踪灭。
孤舟蓑笠翁，独钓寒江雪。

将每句第一个字连缀，便成"千万孤独"四字。贬谪中的柳宗元，便是在此荒寒之绝境，独自隐忍政治失败后的沉重打击。蓑笠翁的形象，在一片白茫茫大地之上，显得如此醒目，如此寂寞，带着疼痛和寒冷。这大约确实是柳氏心理境况的一种形象表达。在《永州八记》第四篇《至小丘西小石潭记》中，有"以其境过清，不可久居，乃记之而去"之言。可见，荒寒幽冷的境地，是柳宗元不忍涉足，甚至刻意回避的。篇中对于潭中游鱼的描写，堪称古今难得之妙笔。"潭中鱼可百许头，皆若空游无所依。日光下澈，影布石上，怡然不动；俶尔远逝；往来翕忽，似与游者相乐。"鱼之动静，水之清净，全在此寥寥数言之间，令人如见其形，如临其境。潭中鱼如空游无所依，日光，鱼影，一派清丽之象之外，却更有清冷寂寞的意味。"四面竹树环合，寂寥无人，凄神寒骨，悄怆幽邃。"以此篇所述之境来概括柳宗元于永州之心境，似比一首《江雪》更加适合。《江雪》是寒，而《至小丘西小石潭记》为清。在《永州八记》中，所传达的更多是清冷寂寞之徘徊悱恻，而离千万孤独的绝对离世之沉重略远。

后四记较之前四记，更多为景物描写，一贯洁净的文字更颇具画境。柳宗元似有意将心思藏匿于字里行间，而不若前四记容易被人窥见。在山水中寻得解脱，永州之秀美山水，是他的知己，是他的安慰。《石涧记》中写他"折竹箭，扫陈叶，排腐木"，这其中令人感到的，是一种追求美好事物，改造现实的雄心壮志。此中的柳宗元，与天地浑然为一，见山非山，见水非水，而全然是有情之物，或与他同是卓尔不群，或与他同是辗转遭遇。他懂山的高峻，他懂水的忧伤。在十年悲苦的贬谪生涯中，种种困苦将他的思想和艺术细细打磨，从一块或许精美却不无粗糙的顽石，化为一块温润深幽的美玉。在政治的失意中，他投身于自然，心中虽有万般无奈悲哀，却依旧努力用豁达的心境去接受一切。

柳宗元在《永州八记》的末篇《小石城山记》中发问："又怪其不为之中州，而列是夷狄，更千百年不得一售其伎，是固劳而无用神者。倘不宜如是，则其果无乎？"如永州之美景，为何偏偏被造物者安放在夷狄的蛮荒之地，而被无情埋没呢？有人对他说："以慰夫贤而辱于此者。"这美景原是来安慰如柳氏一般贤良的贬谪之人的。柳宗元却没有接受这个说法。我并无从知道，柳宗元他心中给出自己的答案。或许，永州之山水奇景便是为他而生的，在那里，等候着他的到来，用了千万年的光阴。那之后，永州之山水，因柳宗元而闻名天下，不再因生于南荒，而被冷落遗忘。

永州成就了柳宗元，同时，柳宗元亦造就了永州。

这一组《永州八记》，不只是柳宗元一人在贬谪中的清歌，更是一列列青山，一潭潭池水的诉说。此境之中起此心，此心之上生此境。人与山水，心与情境在他的妙笔之下已是水乳交融，无分彼此。

婴宁
——读《聊斋志异》之《婴宁》

花枝间是她花一样的笑脸。

"丛花乱树中，隐隐有小里落。……舍宇无多，皆茅屋，而意甚修雅。"

婴宁是属于这般诗意的风景的，她是在恬静中烂漫着的女子。

她，"拈梅花一枝，容华绝代，笑容可掬"。

她，"年已十六，呆痴裁如婴儿"。

她，"笑处嫣然，狂而不损其媚"。

这样的婴宁纯真可爱，少了封建女子的脂粉气和泣涕泪眼。

她的笑与当时封建教条的反差，使"满室妇女，为之粲然"。

不合礼教的笑，止不住，"犹掩其口，笑不可遏"。婴宁近于疯狂的笑就像一条皮鞭，声声鞭打着那昏昧可笑的教条。

她的笑却没遭到人们的拒绝，王子服因笑痴迷，王母因笑解忧，邻女少妇因笑"争承迎之"。

婴宁笑得率真，笑得痛快。即使是在婚礼之上，仍是"女笑极，不能俯仰，遂罢"。她确是像个婴儿——纯纯白白的，一尘不染。

婴宁坐于花枝间，她不知，她自己俨然就是一朵最美不过的花。她是属于那里的，她是大自然的。于是，婴宁可在王子服提及"夫妻之爱"时问："有以异乎?"能在王子服说"夜共枕席耳"时答曰"我不惯与生人睡"。

这样可爱得如婴儿一般的女子，应该永远在那乱花丛中微笑，本应永远让她天真烂漫地挥洒。然而她终是离开了谷底桃源似的生活进入了世俗。

于是，最后，她的笑终被凡尘磨灭，婴宁终于因为一场由不诡之人引起的风波"不复笑，虽故逗，亦终不笑"。母曰："人罔不笑，但须有时。"也许婴宁确不该向那西邻子"不避而笑"。而那般憨痴的婴宁又如何料得这许多，且西邻子的下场也是应得。心灵的伤害无以填补，于是曾经笑容可掬的她，永不再笑。一个烂漫的女子终是被无情的教条变成了一个终日不笑的少妇。婴宁并非无心之笑，她的情谊饱含于她的笑容里，却最终以泪水释放，她"凄恋鬼母，反笑为哭"。

婴宁的心清澈透明，流于心底的本是一溪欢畅，却都被酿成了苦涩的泪。

这笑与泪的反差，怎不令人动容? 好一个如花的婴宁，好一个可人的婴宁，好一个重情的婴宁。

但婴宁的故事读来却总觉是悲剧，总有暗暗的心痛涌动。

因为什么?

因为再不见那个花枝间花一样笑着的她了吗? 是的，她的笑，正是那嗅之则笑不可止的"笑矣乎"，使"合欢忘忧"无颜色，"解语花"在她面前亦显做作。

还好，婴宁的儿子和她的笑一样，"大有母风"。

朦胧间，竟恍然见婴宁依旧立于乱花丛中，南风徐动，她笑着，笑着，一样的纯真，一样的美……一如从前。婴儿一样。

不可求

让我相信么，那一切美好的可能。

读聊斋，总会有感于花妖狐魅的真情。

那一个亦真亦幻的世界里，有报恩的狐，有惩恶的妖，有助善的仙。

《香玉》一篇，写黄生与牡丹花妖香玉的相爱。

当牡丹花被移植，以致萎悴而死，黄生作《哭花诗》五十首，日日临穴涕洟，独对冷雨幽窗，辗转床头，泪凝枕席。

他哀吟：

> 山院黄昏雨，垂帘坐小窗。
>
> 相思人不见，中夜泪双双。

花神感其至情，终使香玉复生。后黄生入山不返，两人恩爱相待，一如人间夫妇。

他每指璀璨似锦的白牡丹说："我他日寄魂于此，当生卿之左。"

黄生实践了自己的诺言，临终前，他笑对其子："此我生期，非死期也，何哀为！"

他亦化作一株牡丹，生于香玉旁侧。那是一株不开花的牡丹，默默伴随在爱人的身旁。

院中的小道士，却因其不曾开花，而将他砍去。随后，白牡丹便也憔悴而死。

这是一个近乎于童话的故事。虽然，没有公主和王子，没有华丽的舞会，没有美满的结局。

但它所描述的爱情，已远比童话的甜美更令人动容。

这是美到不食人间烟火的传说。生与死的阻隔，人与物的分别，被一一打破。

因为是爱，因为是真情，死可以复生，人可以化身为花。正如蒲松龄所评："情之至者，鬼神可通。"

爱情，是否原本应该是如此的模样？爱情，是否就该有生死相许的勇气？

古人的心中，有那一份情的敬畏，于是，有这样美丽的故事，有人们联翩的浮想。

有多少读了这故事的人，开始妄想化身一朵牡丹，安守在爱人身旁，静静度过山中的岁月。

可遇不可求的美，却唯有想象，唯有等候，唯有听任缘分的安排。

人与妖的相爱，凄丽得荡气回肠，摧人心肝。人间的深情，也同样令人下泪。

《瑞云》写贺生同名妓瑞云相知，却无财力为其赎身。

后有客过，以一指按女额曰："可惜，可惜！"瑞云额上便有如墨的印黑，并逐渐扩大，最后竟使原本光洁的面容丑状如鬼。

门前仰慕者络绎不绝的车马绝迹了，媪母拿走了她先前所穿用的首饰和衣物，将瑞云驱使为奴。

曾有的光华，瞬时间消散，孱弱的女子，不堪繁重的劳活，日益憔悴。

正是这时，贺生货田倾装，为其赎身。

瑞云自惭形秽，面壁自隐，贺生对她说："人生所重者知己：卿盛时犹能知我，我岂以衰故忘卿哉！"

这一句，真是振聋发聩，令人深叹。

以色事人者，色衰而爱弛。这仿佛是美丽女子们自古以来的悲惨命运。

从"无与士耽"的告诫，到美人迟暮的悲伤，总是诗人低唱的哀歌。

而颜色不再的瑞云，却幸得一位有情的贺生，对于已丑状如鬼的她，仍痴心不改，不顾世俗的讥笑，而情深宜笃。

故事的结局是完满的。贺生巧遇了当初按女前额的秀才，终为瑞云洗净面容，复成艳丽光洁的佳人，一如当年。

秀才说："天下唯真才人为能多情，不以妍媸易念也。"

真情，是不该因美丑而有所改变的。

他当年在瑞云身上施下法术，也是因为"惜其以绝世之姿而流落不偶。"

瑞云是幸福的，幸遇"怜才者之真鉴"。而又有多少人，能够拥有这样的幸福？

年轻的时候，我们总是难免爱上彼此美丽的面孔。

然而，如果爱只停留在这肉皮的光艳之上，它该有多么脆弱。谁也不愿接受色衰爱弛的结局。

年华流逝，我们有多少美丽，可堪时光的消磨，我们又有多少爱，经得起青春的告别。

女子总会问她的爱人，你爱我的原因。

女子希望自己在情人眼中是美的，却又担忧他不过爱她的美。这是无法改变的矛盾。

若当我失去了美丽的面孔，你是否能够依旧，将我温柔地对待，小心地呵护？

瑞云，是女子们的一个梦，恒久不醒的梦。多少的故事里，总是难遇有情郎。

在茫茫人海，我该如何在最美的时候遇到你，我是否也需在佛前求下五百年，而得与你凄婉如落花的姻缘一场？

深情厚谊，生死相许，也许都不过书页上的荒唐梦。

爱，不过一次燃烧的炽热，不过两双渴望的眼，一种牵挂的心情。

但爱，在我们的心中有过多少奢望，便会有多少美丽的故事，被想象，被流传，令人辗转，令人反侧。

聊斋，在那个如烟似雾的世界里，成全着我们。

善与美，惩戒着恶与贪婪，有情的人，感动着天地，终成佳侣，心生邪念的，果有业报，大快人心。

一切人间的理想在这里实现，有情的鬼怪，比无情的人，可爱也亲切许多。

一只狐，一枝花，一只鸟，全部是重情重义；一段奇遇，一次行旅，一场爱情，亦都是波澜壮阔。

这此处与彼岸，人间与虚构，竟叫人不辨真伪，不分虚实。

哪一处，是我们真实的寄托？

一侧是触摸到的生活，一侧是不消失的想象。蒲松龄神游的世界，在字里行间，引人陷落。

我向往那里的明亮与纯澈。

我愿化身为花，我愿相遇一个有情的你，许我一世的深爱。

所有的情节，却无法被我们自己撰写。

一切的一切，只可遇，不可求。

思想是一个美人

那天乱翻书，读到废名先生的诗《十二月十九夜》：

深夜一枝灯，

若高山流水。

有身外之海。

星之空是鸟林，

是花，是鱼，

是天上的梦，

海是夜的影子。

思想是一个美人，

是家，

是日，

是月，

是灯，

是炉火。

炉火是墙上的树影，

是冬夜的声音。

读罢，立即用钢笔像个初习文字的小孩子一样，一笔一画细心抄录，丝毫不敢怠慢。

喜欢那遥远冬夜的炉火，喜欢诗人静默于天地的玄思。

爱这一句：思想是一个美人。

眼前于是是高山流水，月夜星空，是寒意袭人的星光，是繁花锦簇，是鱼龙潜跃。

思想的光芒，如一炉寒夜里的熊熊火光，映亮面颊，温暖整个世界的冰凉。

这里是安静吧，是独自的嗫嚅吧。

诗人该是面朝着灰蒙潮湿的窗口，任精神的飞马驰骋，上天入地。

思想是那红袖添香的美人，美目流转。

在这个俗世之外，觅得一处清寒的境地，读一卷书，写一帖字。

让梦里有松涛阵阵，有落花轻盈；与仙人下一局棋，看手中的斧头锈蚀腐烂，日月如梭。

人却如何逃开，尘嚣烦恼，滚滚红尘？

在思想的怀中藏匿，在思想的照耀里沉醉吧。

文字的脚步是这样轻。

一步步，踏过雪，踏过生命的微风。

乱翻几页书，读几句安静的诗。

在冬夜，我的世界便也有炉火，有夜的声音。

楼

生命为什么不挂着铃子？
不然丢了你，
怎么感到有所亡失？

萧红《沙粒·十七》

当春风穿堂而去，眼前的小楼，旧去的墙面显出时光的疲惫。散碎的落寞，在歪斜的门板，残损的壁炉，一丝丝渗出，溢满房间四处。人去楼空，这废弃书房。当我们站在吱吱呀呀的木板上时，萧军早已不在，只留婆娑树影依旧透露着往日，这窗上风景的旖旎。

老照片上，是笑意盈盈，相依的恋人。他们的故事，好像这生命，不曾挂一只铃子，不曾待年年的春风吹起，来告知获得和丧失。丢弃的热情，冷如灰烬，任时光的书页翻卷，请文字徒劳地记忆着并行的路途。目送着移情的萧军，萧红只有饮独自的苦杯，怅怅地写下：说什么爱情！说什么受难者共同走尽患难的路程！都成了昨夜的梦，昨夜的明灯。

再没有一盏灯，亮起在萧军的书楼，没有一首诗，用浓情的唇舌，写给新的情人。已成为危楼的旧居，好像飘摇于时光的一叶。

墙壁上，贴着九十年代的挂历，定格在十二月，空白处用铅笔草草写着，预计搬家的日期。顶棚被油烟熏染得焦黄。而房间的角落，堆放着原住户丢弃的物品，落满尘埃，单只的皮鞋，孤零零的红沙发。显然，解放后的很长时间里，这里有许多个家庭混杂居住。在楼下晾晒被子的女人告诉我们，这里在七年前便不再有人居住。

这曾经必定风光一时的西式小楼，而今在前海的岸边，孤独而决绝地被废弃在原地，眼见一街巷的灯火迷离，红男绿女。它也许目睹了，曾经的淑女名媛，绅士文人，进进出出，一栋栋精心安置的楼宇，在某一年的春风里，依在楼上，挥一条喷香的绢帕，握一支海外的香烟。它又亲见了，所有人的消失，那些宿命的浮沉，在时代的变革里，每个人都逃不过，命运的玩弄。萧军，在这楼上远眺水波的温柔，他不知道，这小楼的明日，想不到几十年后的自己，只可以躲在储物间的一角，小心地安身立命。我们站在"文革"期间，萧军的"蜗蜗居"，阳光从墙上的小天窗漏下，从这洞似的窗口，可以望见邻居的屋顶，和他们房上的瑟缩歪斜的黄草。

谁也不会停留，没有人可以完全占有。我们的拥有，只是匆忙，不及眨眼的瞬间。楼上，楼下，枉然千古，多少人怅惘过，迷失了，在不可知的人间。那些不忍回味的思念，遗忘，和变迁。

燕子楼空，佳人何在，空锁楼中燕。东坡的梦里，有当年风姿卓越，一心痴情的关盼盼。茫茫黑夜，却无处可寻那时的风情万般。夫死守楼十年不嫁的盼盼，被古代文人传为美谈。这并无关封建道德，只在乎一个女子的痴心一片，是士为知己者死一样的勇毅豪迈。

古今如梦，何曾梦觉？但有旧欢新怨。全部执意过的感情，在空掉的小楼，随流年偷换了窗口的春花秋月。再回首，不过空茫茫的一处无可填补，不过一场人物皆非的浩叹。所有的楼，都藏着美而悲伤的往事，所有的楼，都等待着风光的消损，如佳人的玉颜，永无挽回地，一寸寸烧成回忆里，捉摸不定的光影叠错。

当月光如水，水如天的夜晚，这楼上的尘埃会不会积成满天星辰，会不会叹息一声，来吊唁已渐成烟的岁月。爱人的脸孔，空掉的楼宇，好像我们经过的那些风景，萧瑟着，投入历史的洪流，粉身碎骨，万劫不复。谁还会记得，你们的山盟海誓，谁还会念起，檐下零落的许多风雨。所有爱恨，终将被时间掩埋，像所有黄土之下的沉睡，归于恒久的混沌与安宁。于是，全部的新怨与旧欢，都不过云霞似的虚妄。轻轻吹过，生命从不出声，不像挂在风口的铃子，清脆地预告着季节的离别。我们各自的亡失，在时空的无限中，显得过于微小，而不可以挂上铃子，发出声响。

老照片上，恋人的脸孔早已破碎不堪，人去楼空后，爱恨情仇，显得徒劳无功。一生寂寞零乱的萧红写下绝笔："生平尽遭白眼冷遇……身先死，不甘，不甘。"而不甘的心，在冷冷的坟墓里，也终于会获得宽慰和原谅。当暮年的萧军，在桌前整理着当年的书信，并一一作注又编排成册时，是不是也深深叹惋起旧的时光，那曾痴心依恋的爱人。春风年复一年，穿堂而过，这一天，我们站在这里，从碎的玻璃窗望去，你们昨日的纠缠怅恨。一切，都宛若近在眼前，一切，又都迷失在当时当地，郁结着遥远的情绪。淡淡的，不可触摸的痛，却发不出声响。

小楼的前世今生，同我们的经过一般，是一场安静的宿命。

关于民族文化和音乐的一些
——由卞之琳《尺八》想到

读卞之琳一首《尺八》，不由怅然良久。

像候鸟衔来了异方的种子，

三桅船载来了一支尺八，

从夕阳里，从海西头。

长安丸载来的海西客

夜半听楼下醉汉的尺八，

想一个孤馆寄居的番客

听了雁声，动了乡愁，

得了慰藉于邻家的尺八，

次朝在长安市的繁华里

独访取一支凄凉的竹管。

…………

尺八，现今听来已全然陌生的物件，原本是汉民族常见的乐器。尺八，亦称"箫管"，相传产于印度，至迟在隋唐间已传入中国，唐时定制为一尺八寸，故称尺八。但到宋后便失传不用，大约于七八世纪传入日本，至今仍然流行于日本，称"普化尺八"。《尺八》一诗写就于一九三五年，当时诗人因事客居日本，而日本帝国主义的铁蹄正肆意践踏着中国的土地。一支小小的尺八，吹响千年之前的盛唐余韵，"开启了一个忘却的故乡"。

…………

归去也，归去也，归去也——

像候鸟衔来了异方的种子，

三桅船载来了一支尺八，

尺八乃成了三岛的花草。

归去也，归去也，归去也——

海西人想带回失去的悲哀吗？

当海西客动了乡愁，想着海那一头，战火纷飞的家乡，又如何不起凄厉的悲歌？月亮，依旧是长安的月亮，依旧是那一处清辉盈盈，而这一曲尺八的悠悠，已成异方的种子，已成三岛的花草。遥远的辉煌，随海风，随谁枯坐无眠的夜晚，一同恍然间去了，好像荒芜了的一处旧园，少了车水马龙，花月春风，只留丝丝烟雾，伴人回望时的怅惘。再闻那尺八的乐音，于华夏消逝良久的乐音，陌生得好似素未谋面，却又分明熟悉，熟悉得如一把钥匙，开启了忘却的故乡。而唐人手中的尺八，是如何不见，壮丽的王朝和民族又是何以沦落。海西客，只是哀伤，在三桅船上想念长安繁华。谁有答案，还我一处清醒，有多少精妙，随这海风吹去了海的那一头，就再不归还，有多少美好，顺国人的指间滑落，碎成烟尘，不见踪迹。我痴痴地想，许多的尺八，许多的如金似玉的细末。我们不以为意间，丢失了，丢弃了，也便永远地失去了。我们总是以为拥有许多，所以忘记了珍惜和保护。好像那小小的尺八，孤单的尺八，只有在异方的土地开成花朵。却成流血落泪的枝丫，生出丛丛的刺来，刺你的心怀。

不能够否认，许多发源于华夏的文化，是在异乡的土地发扬光大。好像茶，好像陶瓷，虽然在我们的今日依旧常见，但却总少了文化的滋味。我们少了先人的精细，和审美情趣。喝茶便提壶而饮，造瓷便造蓝边粗瓷大碗。我遥想宋人煮茶听琴的雅趣。想一只黑色茶盏的精巧妙处。又如何不想起如闻尺八的怅惘？推究这原因，或许会归咎于近百年来的落后，会归咎于贫穷。是的，我们的民族，在近代饱经磨难，在吃不饱的时候，你是没有理由去要求一种乐器的音色，一只茶具的内蕴。而这并不能成为我们漠视文化沦丧的理由。想我中华，千年文明，其中不乏兵荒马乱异族入侵的年月，而我们的文化没有断绝，汉文化以其独有的魅力融合了这片土地上的居民，成就华夏文明的延续和辉煌。一个民族，是不可以没有昨天，没有历史的。你是否想过，你流着的血液，是奔涌着千年文明的乐音和琴声的？

当这个世界越来越小，当人们穿着越来越相近的衣服，吃着越来越相同的饭菜，我怎么不去深深地担心，中国，我的中国，我的文化，我们自己的文化，在哪里？我们是谁，我们在哪里？这个世界在吞噬，吞噬属于民族的痕迹和精妙。人们在迷失，于这偌大的匆忙世界。谁还会于静穆的月夜，焚香抚琴，听一处高山流水？谁有精力来关心自己的心，奏一曲，不去取悦，而在娱己？中国的音乐，安静在自己的一处，关乎神魂，关乎心灵。你只是去听吧，需放下尘世种种。有泛舟湖心观雪的静定，有山间听松子坠落的淡泊。好像，是一脉无尘无垢的清流，穿室而去，你摸不到行迹，却体会到清凉的境地。那是远去了今日世界浮躁轻忽的天地。可以冥想，可以遥望，带着中国人的心，摒弃浮华，真正地触摸自己。音乐，就成了迷失之时的灯塔，于暗黑无际的汪洋之上。属于我们自己的灯，放着迷人的，如千年前星光般的光芒将你我召唤。

是不可以轻易丢弃和忽视的文化。我们并没有许多的尺八来荒弃和遗忘。或许，你并不需精通，但你须了解，你须热爱。因为这是属于我们的，属于我们民族的一切。只有有了文化的支撑，我们的民族才有了复兴的希望和底气，才不会一次次于尺八声里，教远游的人儿落下凄凉的泪来。我们本有丰实壮美的庭园，不该让几年的荒芜遮去甚至掩埋了它的风姿和光华，来修剪枝条，来重整园圃，来造就新的丰收。

从那么许多细末开始。不要漠视，我们自己的拥有。

我想，每个华夏儿女总须记得那些炮火纷飞的日月，总应想着消逝在长安夜空的尺八。一声声悲叹，一首首哀歌，燃起的不该是仇恨或怒火，而是一颗觉醒和自强的心。

读一首《尺八》，我怅然中想到。

寂寞

园中野草渐离离，
托根于我旧时的脚印。
给他们披青春的彩衣；
星下的盘桓从兹消隐。
日子过去，寂寞永存，
寄魂于离离的野草。
像那些可怜的灵魂，
长得如我一般高。
我今不复到园中去，
寂寞已如我一般高；
我夜坐听风，昼眠听雨，
悟得月如何缺，天如何老。

——戴望舒《寂寞》

冯至在诗里写道："我的寂寞是一条蛇。"它把爱人的梦境衔来，像一只绯红的花朵。

望舒的诗中，寂寞却如野草，在空阔的世界，听风，听雨，与天地一并荒老。

诗人坐在原地，仿佛默语着天地玄机的哲人，了却了尘世，了却了纷扰种种，独与天地往来。

一首没有人间烟火色的诗，在素白的纸页上开启着现实之外的境地，却不是想象，或不止是想象。

正如诗人所说，"诗是由真实经过想象而出来的，不单是真实，亦不单是想象"。

那是一件游走于现实与梦境边界的事。那是不可以轻易说出，却又无法在头脑中久居的话语。

诗是流动的水，诗情是刹那里飞溅而起的水花。

让诗人们说起寂寞，为了美，为了爱，或者，单单为了生命本身。

这是逃不去的真相。每个人的寂寞，如此分明地展露在一个个看似恒久，却转瞬消散的日月。

我无法触摸风，我无法留存雨，我只有读这些远去的人们的诗，摸索着散发出墨香的纸页。

书写着寂寞的人，已安眠在广漠的大地，皈依于自然的怀抱。

阅读着他寂寞的人，从文字的缝隙里，侧身走入了，他那渐行渐远的世界。

而光阴如旧，一寸寸移动着日影，一天天消磨着尘世。

几十年的时间，隔绝着生死，却也令人对字句的寂寞，有了更深的体味。

诗人长眠。这一年春天，我手捧纯白的雏菊立于他的墓前。

每一夜，这小小的坟墓中，他是否仍然听着夜风吹去。

每一个白日，他是否还在睡梦里，感受到细雨的缠绵。

那个雨巷里的女子走远了。一把油纸伞，却撑起了多少人的愁思。

诗人大约忘却了这个纷繁芜杂的人间，却在身后的世界里，引发了多少，对于生命的思索。

寂寞。你说，寂寞永存。

墓中的你，永恒地享用着无尽的安静。从人间到彼岸，你是否早已悟到，生死的全部奥义。

只是，你没有说出。只用手掌，抚摸过你深爱的土地，只离开了园子，任由寂寞离离如草。

我们原都是这样如草的生命。生长在岁月的园子。等候着一种荒芜，或者，一种终归于寂的繁华。

只应守寂寞，还掩故园扉。

是谁对我说，一个人，首先要学会的便是耐住寂寞。在生活那些冰冷里，我们要有独行的勇气，一个人只身穿越。

寂寞，不是一种羞耻，寂寞，是人生的常态。

能够在寂寞中处之泰然，甚至有所收获，才是真正懂得生命的开端。

轻掩上小园的柴扉吧，独自守住风雪的夜晚，让野草在院中萌生，让落花铺满了小径。

一个个日子，我们度过自己的心，度过着困境。一个强大的灵魂在生长，知道我们看清，那些青春的彩衣，是怎样的迷离。

该消隐的，已经消隐得毫无踪迹。园中的草，已如我们一般高。

寂寞，恒久如不变的日月。它坚韧地生存着，郁郁葱葱，一派生机。

寂寞，却也恰是最高的清静。

夜晚的枕上，我不只听风，亦听那空山的松子落下。

月出惊山鸟，我披了寒衣，独步在曲折的花径，数天外的星斗，一颗颗，像智慧的眼。

寂寞，是这样的草，用碧绿的纤纤身躯，淹没我们的心，我们的身躯。

人在寂寞里，悟得天地的教诲，懂得月轮盈缺的轮回，和天地的深情。

一并与天地荒老吧。

诗人说，"我躺在这里，让一颗芽穿过我的躯体，我的心，长成树，开花……《致萤火》"。

把我们自己归还给世界。

把寂寞的真相归还给世界。

在诗歌里，我们随心地导航，无拘束地邀游。想象与现实，是如此近了，却又仿佛如此远。

是谁把你从前的梦境衔来，夹在我今日的书页，如一朵绯红的花朵。

在此刻一样野草离离的园中，我听到雨中的山果，灯下的草虫。

幽人应未眠。

诗人，却含着微笑睡了。

情怀

收拾书架，无意在底层翻出一本《席慕容经典作品集》来。素净的封皮，开着纯洁的白花朵，下边齐整书写分辑的名称：七里香，无怨的青春，时光九篇，请柬……每一字也是芳香溢满，引人遐思。

是中学时爱不释手的书。席慕蓉，有美丽的名字，写美丽的文字，却是一个并不美丽的女子。读她的诗，或许是每个少女都曾深心沉浸的事。

随手翻动几页，对身边的莫迟笑说，我该细细重读，来温习少女情怀。

这些字句，依旧安静地排列，带着陌生又熟悉的表情。其实其中的很多，我都曾反复抄写，记在随身携带的笔记本上。一些抄写，还是在课堂上完成的。

那时，我的座位下，总会藏着诗集，徐志摩，北岛，顾城……这本席慕蓉，还有最挚爱的宋词。中学的我，大概是个大胆的学生，会把这些书包了写上数学两字的皮子，堂而皇之拿到桌面来读。那个自己很可爱，凭着那么一点小聪明，混迹在好学生的范围里，为所欲为。

现在的自己，显然是愚笨了太多。

想到中学的自己，就想到蓝的裤子，白衬衫。想到一道搭公交车的静静，想到她把新买的本子递给我，请我在上边写些字。那是我极骄傲的事，于是总是挖空心思，想出华美的词句来，再一笔一画小心写上去。

她说，她还留着那些东西。

字迹该还是十六岁时候的模样，而我们，记起那个十六岁的自己已经隔了重重雾色，如烟似幻了。时光是小偷。

中学的对街，有一处居民花园，周围种着许多玉兰，桃杏一类的树木。午饭后，我们总是喜欢买一只冰棒，用舌头舔食着，到那里散步。

有时，说一说昨晚看的连续剧，有时，谈一谈班上的男生女生，就是在这样的谈话里，不知道多少谣言被制造又迅速流传。许多谣言或许也会与自己有所瓜葛，但是女孩子们依然乐此不疲。没有人会因为怕谣传有天降临到自己头上而甘心牺牲这谈话的乐趣。况且，有谣言，大概也是一种受人关注的体现，多少会满足虚荣的心理，填补调剂无聊的课业生活。

在那些花树下，留下女孩子们的闲言碎语，留下青春的苦恼和悸动，留下她们花季里的倩影。她们在春天的第一棵杏花下拍照，笑得比花更娇美。她们郑重地收起这些照片，夹在最爱的书页里，仿佛留作年轻和美丽的证据。

曾有那样的一张照片，被我夹在席慕蓉的书里。正是写有《一棵开花的树》的那页。

在心里偷偷问了上千次：如何让我遇见你，在我最美丽的时刻……

从没有人来回答。多少个女孩子，如我这般，虔诚在诗歌，虔诚在年光的佛前，等待一个人的来临。那个你只愿在最美丽的时刻遇见的人。那将是万分幸运的，于芸芸众生的洪流，于亿万年时光的无涯。是恰好的时刻，恰好的美丽，恰好的他。这相遇也许不过换得无视的走过，也许，花瓣零落一地，但这相遇已足够美丽了。我们，有什么理由去奢求完满。有时，是遗憾和悲伤，保鲜了爱情原始的模样。

重读席的文字，在经年的改变后，它们有了崭新的意味。

她说，"在年轻的时候，如果你爱上了一个人，请你，请你一定要温柔地对待他。"

她说，"我们去看烟火好吗。去。去看那。繁花之中如何再生繁花。梦境之上如何再现梦境。"

女子，是为爱而生的动物，是为情所困的生灵。

从古至今，她们痴心，她们神迷，她们物我两忘，唯见爱情。所以，有人嘲笑女人的感性与不理智，有人默认女人无法成就大事。

她们细致，敏感，她们望着南归的大雁，一次次神伤，长跪读那远方托鱼腹传来的家书，泣不成声。

张爱玲有名的那篇《爱》里的女孩，历尽人生劫数，到老了还记得那春天的晚上，记得桃花，和那后生的一句："噢，你也在这里吗?"细微的瞬间，可以用一生一世来记忆，枉然的经过，也能够入梦夜夜，只有女子，只有真正的女子，能够把情爱这样深沉地收藏，又温柔擦拭。

从江南采莲的女子，到桃树下的佳人，她们总比男子有更热烈的爱，却更迷惘的神情。男权的世界里，女子因这情深悲哀。我却愿歌颂，女子的美好，不只是形态身躯的优美静好，更是整个生命的天真纯澈。所以，那些嘲笑女人的人们，该反思下自己受到了几多世俗的毒害，还扬扬自得。

少女情怀总是诗。或许，不过随口的言语，也是唇齿生香。年少的日子，该好好珍爱，该用心来度过。让三月的阳光照着每寸肌肤的细润洁白，让熏风浮动吹过发丝散发着的花香。女孩子们挽着手臂走在春天，每一年的风景似曾相识，只是裙上的花朵变了，只是唇上涂了新的唇彩。

这生活亮晶晶的，花树在酝酿，春的诗歌也在酝酿。却又有多少情怀是随时间一去不返的呢。我却不会有丝毫失损的悲戚，因为是三月。她说：

> 让我相信　亲爱的
> 这是我的故事
> 就好像　让我相信
> 花开　花落
> 就是整个春季的历史

此恨

放假的时候，偶然拿到一本小说，王安忆的《长恨歌》。便顺手读起来，不知不觉里有了情味。

这一晚，上个世纪四十年代那个繁花锦簇十里洋场的旧上海铺展开来。竟叫在北方出生又长大的我，于空气间嗅到丝丝桂花糖的酥香。

夹竹桃层出的花朵，老虎窗外，氤氲着女人脂粉气的天空，留声机里回转往复的"四季调"，有轨电车不休的"当当"，一切恍如隔世，却真实可触似的，从字里行间浮上来，一丁点一丁点地

212

清晰。

那个上海弄堂的女儿，王琦瑶，静等着她的时代，也用美貌与聪慧酝酿着一场致命的悲剧与传奇。她是那种有魔力让男人一见倾心的女子。因这，她有了非凡的经历，有了用来挥霍的资本和勇气，也有了数着日影度日的寂寞无赖，有了干涸的眼里唯余的一颗老泪。

她被男人捧着，爱着，宠着。她穿着婚纱走上选美的舞台，却想着，"也许穿上婚服就是一场空，婚服其实是丧服"。

后来，王琦瑶的预感应验，她没有真正地做过新娘。她被命运的流变碾过如花似玉的年华，她在男人的世界一败涂地，无限风光的"三小姐"，用骄傲和那害人害己的聪慧与美貌，断送着一切幸福的可能。

她知道，像她这样的女子，是不能够结婚的了。

那镜里的美人，风韵不减，心却冷如灰烬了。最后的日子，她的依靠与慰藉，是那一盒金条。王琦瑶明白男人是靠不住的，却还是取了那装金条的木盒子，想把最后的赌注压在男人身上，"王琦瑶挣着手，非要开那盒子不可，说他看见了就会喜欢，就会明白她的提议有道理，她是一片诚心，她把什么都给他，他怎么就不能给她几年的时间？"而一切，终成虚空。

大概谁也不会记得，那间阁楼上住着怎么样的一位女子。或许，有人偶然想起，也会自然把她归为"那种女人"的行列。

旧上海，沉浮着多少如王琦瑶的女人。她们住在如爱丽丝公寓那样令人无限遐想的房子，她们总是那些正经女人的不屑，总是街头巷尾四起流言的主角。

而有多少女孩，又终是经不起那花花世界的诱惑，义无反顾地纵身跳下了呢。百乐门的歌舞不休，这不夜的城市，充满了纸醉金迷的气息，由不得人清醒。甚至，那些正经人，话里话外也在羡慕着这许多的王琦瑶，不屑的口气里竟有着嫉妒的成分。

住进爱丽丝公寓的，总是抱着女人中的佼佼者一般的姿态。她们多有一张光鲜可人的面皮，有足够多的光阴和年轻。而这些，或许已经完全能满足一个女人的虚荣。

她们仿佛是被特别爱着，眷顾着的。又分明是被幽禁与弃置在了华丽的囚笼，一半是这空荡的公寓，一半是那浮华过后的虚无幻灭。她们却永要保持着那佼佼者的姿态，哪怕生活已经满目疮痍。

我隐约读出女子的悲哀。几千年都是一个模样。正是那句红颜薄命吗。

美貌是人们梦寐以求的，获得的人却又往往因它围困了一生。"坏女人"多是漂亮的，"那种女人"少有不是独具风情的。有人说，红颜的不幸是男权社会的罪孽。萧红说，她一生的不幸，都是因为她是个女人。

在那个旧上海，我却看到女人是甘心被男性控制与评判着，并以此为荣似的。好像王琦瑶的妈妈说的，她的贱是自己作的。而悲剧的始末又怎能归结于一个弱女子的自轻自贱简单了事？

王琦瑶只是那茫茫背景下，一个随波逐流，无依靠无目的的浮影罢了。

她以为男人能给她世界，却把世界给了男人，一无所获。她是太美的女人，连自己的女儿也要心生敌意。可见，女人确是生来的天敌。这个充斥了红男绿女的人间，何处才是得以喘息的港湾呢？王琦瑶心里没有答案，只是紧守着那一日日削减的风韵，徒然地经过，又消失在摇晃的灯影里。

人们读王安忆的上海，就想起张爱玲的笔下。那里，也有一个上海，花园洋房，绅士淑女。而张的上海，透着细小微妙的精致，有小姐呼吸里吐露的香水气。她讲的爱情，总那么勉强与无奈，又带着狐步似的优雅和轻佻。

这长恨歌里的上海，总觉得小家碧玉一样的真切。那些姑娘家细碎的心事，弥漫在弄堂的姨娘们的不满与闲话，一个衣冠楚楚的少年，一句无心的却引出伤心的调侃，那么自然平常，又处处隐着悲剧的伏笔。

王安忆在讲的故事，是人与人无端的相聚与失散，是爱与虚荣的悲怆和无情。她没有一针见血，却一点点撕开伤着的皮肤，露了血肉给你看。

这长恨歌的"恨"字不知究竟该哪一个解法才合适。是遗憾吗，若从古汉语的角度来看。还是仇恨呢。最后的王琦瑶，横陈床上，因那一盒金条断送了性命。小说的最后一句"对面盆里的夹竹桃开花，花草的又一季枯荣拉开了帷幕"。是否在预示着什么，那夹竹桃是否在等着另一场悲剧的开演，于这城的艳美和躁动中。

王琦瑶，该是那永远锁在文字深处的弄堂女儿，该是永远的沪上淑媛，在旧报纸上微笑。让鸽子飞过，让它们知晓人间那些亦真亦幻的风闻与传奇，秘密和悲歌。

白蝴蝶

诗人在静默里熟睡，任时光如书页开合寂寞，若小小的白蝴蝶。他的墓，不过朴素的石碑，与众多的墓比邻而居，没有张扬，没有墓志铭和赞美诗。诗人的睡房，与他精美的诗句相比，是显平凡与简陋了。

三月的日光洒满，我站在他的墓前，看松树的碎影子在碑上婆娑，耳畔是远的近的，不可辨识方向的风。碑文是茅盾先生的笔迹："诗人戴望舒之墓。1905—1950。"那日期，划分了生死的界限，用轻描淡写的笔触，为逝者的生命作以最庄严的总结。百年的时光，就这么，随一成不变的树影，轻摇如梦。我相信，他是熟睡着，偶尔也醒来，听墙外白杨树上歌唱的小鸟，听来访者的脚步悄悄，听他们在他的房前读一首雨巷。

撑着油纸伞，那丁香一样地，结着愁怨的姑娘，从旧时的巷口经过，与行人擦肩，又同光阴一并隐逝。微雨的江南，氤氲淡紫色的忧伤，从姑娘的款步，从诗人的眼底。他的恋人羞涩，他的恋人有桃色的脸，桃色的嘴唇，天青色的心。我读诗人的诗歌，我想他的安睡，想他爱的炽热与伤痕。你会听到这熟悉又陌生了的字句吗，你是不是知道我的到来，是不是在百年时光模糊了的这个午后，在心底酿着更凄美动人的诗。为尘世，为不灭的魂灵？

不远处，是大钊先生的烈士陵园纪念馆，正在重新修葺，工人们来来往往。那里的热闹，更衬托此处的寂寞。工人不时向这边看看，用我读不出的眼神。同莫一道，将白色的菊花献上，鞠躬。

花朵在阳光下，那圣洁又肃穆的情态，正如小小的白蝴蝶，在时光里飞逝，在永恒里凝定，因为美，因为纯粹的心灵。我说，生死原本如此完好，一个浑圆无缺的圆圈一般。从混沌无知中游来，又向那亘长无限的沉睡中遁去，皈依于大地的拥抱。莫微笑着，对我讲歌德的看法：人的生命如雨水，降生如雨，而后又蒸发消散如雨。

诗人墓的旁边，是一座小而失修的墓。建于民国，葬着一位二十四岁的姑娘。多少年轻而美好的生命，是这样，无情又多情地告别了。我想到，张爱玲小说里那一篇《花凋》。那眼见着幸福远离，而无能无力的女孩。那曾是一位美丽的姑娘。此刻睡在这封土之下的，该也曾是一位美丽的姑娘。或许，她也曾结着丁香一样地愁怨，在徘徊，在彳亍。现在，她小小的墓，与诗人紧邻。诗人会对她讲起诗中的世界吗，她会在笑意里倾听吗，他们会偷偷地讲话吗，在我们这个世界睡熟了的时候。

早春的风，还不免干燥与坚硬。虽然墙外的树梢，已吐露幼芽的鹅黄，远山也涂了浅浅的胭脂。大概，我们是在这个春天来看望诗人的第一个人，我不无幸福地想。他会快乐，我知道的。离开前，我们对诗人道别，约好有空再见，那情境仿佛熟识的朋友。

我们献上的白色花束，倚着墓碑，开放得坦然而安静。没有惊奇，没有赞叹，像太多的日期一样，被我们生活过了，被人们爱惜过了，又在日后被未来的某天重新记忆，隔绝了时空，失去了真相的触觉，却增添了距离的芳香。我们祭奠逝者，我们没有一滴泪水，我们洞见多少流变无凭的爱恨，多少鲜活，多少消散。这土地里，将沉睡着你，也将沉睡了我，不发一言，把所有的纠缠与留恋深埋。

这墓园，亲见了多少的春天。这墓前，默立过多少的足印。一枝早已枯了的火鹤，萎在诗人的墓前，我们的小小白蝴蝶，也会一样地平安枯萎吗，陪伴诗人，用短促却爱娇的生命。

时光被风吹起，如书页开合，转眼便已百年。诗人的诗歌，被印在崭新的书页，一如既往地，散发油墨与诗情的芬芳。

读诗人的诗歌，在他的墓前：

…………

翻开的书页，寂寞；

合上的书页，寂寞。

临界·留念

从遥远的西天，

从余霞中间，

飞来一片枫叶，

飞来一朵火焰。

我把它拾起，

作为永久的留念。

顾城的《留念（一）》，关于秋天，关于淡彩的流云，和火样的叶片。

在粗糙的石壁上

画上一丛丛火焰

让未来能够想起

曾有那样一个冬天

《留念（二）》，关于冬季，和丛生如野草，如花朵的火焰。

我读他的诗，天真如孩童的字字。想他说的，人可生如蚁，而美如神。

总相信，我们的心里，藏着自己的神灵。我们是自己的佛，有慈悲，有光辉。只在心灵安宁洁净的黑夜，显现降临。

我听心跳的节律，符合着四时的流变，顺应着天地的安排。我们站在晴空下，站在雨雾里，站在生死的临界之上，无限怀想，无限眷恋。爱万物，爱众生，成全着，时光转眼间的大美与大爱。

这是不可奢望的境界，一沙一世界，一花一天堂。

我们的灵光总随着白日的轮转暗淡下去，唯有孩童，保持着天然的恩赐，纯净无染；唯有在黑夜，我们蜕去日光里的伪饰，通体洁白。

在生命的最初，在黑夜的最深处，我们感受了真存，我们发现了不可言，不可解的奥意。

顾城，是那个黑夜里写诗的孩子。黑夜给了他黑色的眼睛，他却用它寻找光明，那藏在生命里，度化自身的光辉。而他，却又是那么任性的孩子。

我们永远看不清身处何方，我们永远只是被时间无情地流放。我笑笑，看看秋天，叶子就黄了，簌簌飞去。我们站在正午的林子里，目送一场闪烁光芒点点的告别，再见再见，我们默许了承诺，要把鲜活着的每个日月都倍加珍爱。细数流年，去懂得草木，懂得雨雪，懂得，一颗心的盛开和凋谢。我们，也是孩子，我们站在一种临界，无所畏惧。我知道，风起的下午，整个世界都在做着飞行的梦。

我感觉快乐。

我看见秋天里的你，笑容恬淡。我听心脏里血液的流动，像一条春天的河，那么奔放，那么轻快。我的神灵，在这样不想不梦的时刻一闪，又消失。我是在老去，无可挽回与拒绝。爱，对于天地，对于人间，却愈加浓郁。许多滋味，是需要陈年酿造的，有些人，是用来反复阅读和体味。我看见秋天里的你，笑容恬淡。于是放心，可以安宁下来，一句句读着汉朝人的古诗，一丝丝陷落在风飘万点的悲怆与凄美，那接近了生命本质的境地。是的，是悲伤而美好的一切。你说我是悲观的，我却相信，悲观的人更懂得快乐。

我感觉快乐。

良短信说，看看火烧云，好像美洲大陆板块。

正静坐一处的我忙推窗去看。凉风吹进，我探出头去，只是西边的尽头红灿灿的几块碎片。良眼中的大陆，被遮挡的高楼切割了。我这里看不到，但是我很开心，你看到了。我说。

我想着穿衬衫的他，站在我们初见的地方，一个人看天际的云霞。我们都会生了思念，种在彼此的心田。你，是走失的另一个我。

我喝一杯清水。黑夜浸润了房间。我感觉恍惚，因为诗歌，因为爱，和时间。镜子里就有了神情零落而甜美的孩子，正在老去的孩子。她想不通了，她不明白了，这个世界。却也是在那一个点刻之上，她的身躯还原到通体雪白。是在不解的境况里，我们得到真实，发现光辉。

任性的孩子在精神里说话：整个下午都是风季……你是水池中唯一跃出的水滴……一————滴。

我们是水做的。我们在生死人神的临界。

苦恼，却幸福万分地活。

这个冬天，我用些什么，作为留念。我也有，黑色的眼睛。

重读史铁生《记忆与印象》

他说，最后的练习是沿悬崖行走。

他写下徘徊在头脑中的短诗：

> 梦里我听见，灵魂
> 像一只飞虻
> 在窗户那儿嗡嗡作响
> 在颤动的阳光里，边舞边唱
> 眺望就是回想。

轮椅上的史铁生，他的地坛，他的笔，他的灵魂，给多少迷失的人以勇气。

生命，是这样一次不可思议的旅行，我们从不知道下一站的风景。

也许，是风和日丽的一马平川，也许，是雷电缴交的荒山野岭。

遇到怎样的路，便有怎样的经过。有时，是信步徜徉，有时，是艰难跋涉。

他在对未来充满无限期待的年纪上坐在了轮椅里。他不再能够行走，他眼见着命运，如此残忍而决绝地重重倒下。

现在的他，又行走在生命的悬崖，更加险恶的疾病令他的肉体受尽磨难。

在偶然清醒的时候，却依旧不忘生命的思考。他写下一本本书，一字字都是心灵深处最纯澈的感悟。

其中，有一本书被命名为《灵魂的事》。

生命，大概从来不是肉体的生命活动，而是灵魂的觉醒和成长，是灵魂的事。

不然，人又何以为人，不过一具行尸走肉罢了。

活着，便该有所知觉，有所思考。

活着，不是简单的呼吸和心跳，而是在生命的有限时间中，勇敢地独行。

每个人，都是练习者。

练习着行走，练习着爱恋，练习着承担人生的重量。

史铁生在沿悬崖行走。

他没有恐惧，他知道，这同样是一种练习。

面对命运的无常和残酷，有些人足够坚强，摆出战斗的姿态。

他们向命运宣战，面无惧色，笑对刀锋。

有些人，如一局外人，静观命运起落，风轻云淡。

他们把一次次的挫败和不幸看作练习的过程。他们知道，没有人能够扼住命运的喉咙。

擦干泪，不要问为什么。

战斗的人，他们的精神值得人们敬佩。练习的人，却给生命更多的自由。

不要让自己像一只困兽。给自己豁然的心，接受命运，并学会从中有所获得。

于是，我们能够不只是失去，不只是命运脚下的失败者。不必用仇恨的眼，看它的无情。

史铁生坐在轮椅上，心灵却走了比常人更远的路。

灵魂在病中行进，灵魂在磨难里升华。这是他肉体的不幸，也是他灵魂的幸运。

让我们练习去真正地生活。

而不只是简单地活着。

K

布拉格，卡夫卡的门前。

"K到村子的时候，已经是后半夜了。村子深深地陷在雪地里。

"城堡所在的那个山冈笼罩在雾霭和夜色里看不见了，连一星点儿显示出有一座城堡屹立在那儿的亮光也看不见。

"K站在一座从大路通向村子的木桥上，对着头上那一片空洞虚无的幻境，凝视了好一会。

"……"

这一段来自《城堡》开头的文字，反复读来，都感觉像卡夫卡对于自身生命状态的一次形象化概括。

冷峻，苍凉，如照片上卡夫卡双眼中洞射出的含义复杂的光芒，那里，一半是无所不在的恐惧，一半是旁观者般的镇静。

在漫无边际的黑夜，在空洞的幻境面前，土地测量员K在原地凝视。

一九二二年，已罹患肺结核的卡夫卡，在生命的黑夜里，在现实的空洞中，写下了这部后来被视为他代表作的小说。

没有谁不会去联想：K莫不是卡夫卡（Kafka）的缩写？

这样的疑问不会有回答，但可以确定的是，K所遭遇的荒诞情节，在无数的生命体上曾无数次上演，并在持续上演。

K的遭遇，是人所遭遇的众多困境的一种概括。

也许在卡夫卡看来，每个人都是土地丈量员。他曾在笔记中写道：

"道路上没有尽头的，无所谓减少，无所谓增加，但每个人却都用自己儿戏般的尺码去丈量……"

因此，与其将K简单看作作者自己的简称，倒不如将其看作整体人类的概称。

K之存在，其意义大约早已超越卡夫卡本人创作的单纯目的，而在广泛的人群中得到共鸣，引起了灵魂的颤动。

也正是因此，卡夫卡的作品，才能够在他去世后独立于作者之外，用自己的心脏跳动生存，经久不衰。

站在雪地上的K，去苦苦寻找进入城堡的途径，一次次地尝试，一次次地失败，却义无反顾地继续向目标进发。

城堡，那仿佛无可到达的地方，在阅读过程中令读者感到无限的焦虑和绝望。

卡夫卡似乎是在刻意将这一种焦虑感在文字中扩大，令它笼罩住整部作品，紧紧揪住读者的神经，压抑你的呼吸。

二十世纪的人们对于这样的焦虑感到熟悉莫名。透过那或许略显艰涩的文字，人们在K身上见到的分明是一个同样挣扎于其中的自己。

当人在一夜之间变成了虫子，当人开始与曾经的那个人的世界格格不入，显得异样，而充满不安，这个世界的焦虑便开始了肆意的蔓延。

比瘟疫蔓延的速度更快，比瘟疫更加无影无形，且无孔不入。

卡夫卡用一只甲虫点醒了世人的异化趋势，又用一座无可到达的城堡揭露了人生的终极困境，和残忍真相。

这样的冷峻无情，他有怎样的勇气，来直面这看得过于透彻的一切。卡夫卡因此是孤独的，卡夫卡因此是痛苦的。

他说，只应该去读那些咬人和刺人的书。

"如果我们所读的一本书不能在我们脑门上击一猛拳，使我们惊醒，那我们为什么要读它呢?"

毫无疑问，卡夫卡的作品便是这样咬人的:刺人的书，使我们惊醒，醒来在浑浑噩噩的生活里，让痛感使我们清醒。

卡夫卡把写作当作一项神圣的使命。写作对于卡夫卡的意义，远远超过了一般作家，虽然，直至他去世他也只是一个默默无闻的业余写作者。

他在信中写道:

"倘若我不写作，我就会被一只坚定的手推出生活之外。"

写作从不是他谋生的手段，却是他生命的依靠。在卡夫卡看来，人生的意义绝不在于延续肉体的存在，而在于寻找到精神的家园。

于是，我们是否可以对于城堡做这样一种解读:无可到达的城堡，正是人们所追寻的精神家园，而到达精神家园的过程，亦如去往城堡一样，一样的令人焦虑，绝望，充满了痛苦与折磨。

然而，即使如此清醒地意识到这一条道路的真相，卡夫卡依然不曾屈服或者放弃——K倔强地继续着他的寻找。

和卡夫卡许多的小说一样，《城堡》也是一部没有完成的作品。

但或许没有完成，正是它最好的"完成"方式。好像关于人生的太多发问，好像宗教世界的太多悬疑，是不可解，亦无解的。

K是否最终进入了城堡？K是否完成了他的工作任务，丈量好土地？这些，都已无关紧要了。

重要的是卡夫卡让土地测量员K凭空来到这部小说里，接受着煎熬和折磨，荒诞地经历着一次次的尝试和失败。

卡夫卡让我们想到同样是凭空里来到这个世界，接受着与K相似经历的自己。

没有人不是那个无辜的土地测量员，没有人没有一座自己的城堡。我们都在渴望进入，却又无从进入，焦虑与恐惧在这其中生长。

有多少人能够坚持如K，倔强如K，固执地去寻求那一条路途？这是永远不得而知的事情，没有回答，没有结局，像这一部貌似离奇的小说。

孤独的卡夫卡，在病痛与感情的折磨下思索，在恐惧与压抑中走过短短四十一年的生命。

他有瘦削的脸孔，窄窄的肩膀，一双因冷峻而显残酷的眼。他用一支寂寞的笔，震惊了后世的灵魂。

他不曾停止的是思考，不曾停止的是追寻。

布拉格，卡夫卡的故居，朴素的墙漆着蓝色，那是天空的颜色。门前的小巷貌不惊人地延伸，多少人从这里经过。

一定会有人，恍然间记起他的那句话：

"目标确有一个，道路却无一条；我们谓之路者，乃踌躇也。"

读起这样的话，我只想说，也只能够说：哦，我亲爱的，残忍的卡夫卡……

与书有关

精神的家园，只容许我们保存固执的洁白。

将沉甸甸的一袋书归还图书馆，看它们被一一放上书架。走出门，迎上透明的秋阳，光灿灿地照在发梢和睫毛，冰凉的安详感溢满心田。

梧桐树庄严站立，天空高远，路过的人行色匆忙。这个偌大的世界上，原来，只有人间是热闹而慌张。

想在这样的季节里，在刚好的光线中，将自己铺展。像一本书那样，被平放在微风的窗口。让风拂过，让空气翻阅我的身体，一页页的言说不尽，沉默着芬芳的文字。这会是毫无声息的午后，足够明亮；这该是忘记了获得和丧失的时刻，我的生命，成为这样的一本书，成为文字，盛开着，如一朵绯红的小花。我只愿是这样，无所忌惮，无所忧愁地存在。仿佛人间之外，我只被巨大的宇宙怀抱着，放在蓝空的摇篮。一个遥远的声音对我说着，感恩，善良，美，和爱。

如果书有知觉，那么，它们该是最幸福的精灵。它们不发一言，却懂得所有。它们在书架上等待，一只手，一颗爱知识的心灵。有时，这样的等待会经过漫长的时间。在图书馆的旧书区，我遇到许多在等待中老去的书籍。它们书页的齐整，让我得知它们长久的寂寞，落满的尘埃，又泄露了时间的沉淀。我翻过它们的书页，手指在纸页间摩挲，停留下我的目光和温度。书的封底，还插放着旧式的借书记录卡。日期停顿在一九八六年的春天。那也正是我出生的春天。二十个春秋，这世界上多了一个爱书的孩子。二十个春秋，它在书架上等待。人与书的相遇，你若用深情的心去体会，也感觉出一种美妙。

那小小的借书卡片，记录下每一个读者经过的印记，是一个个到访者的留念和签名。想到《情书》中的藤井树。他在一本本书的卡片上签上自己的名字。他热衷于作卡片的第一个签名者。他签下的是自己的姓名，也是那个他爱着的，与他拥有相同名字的女孩的姓名。在影片的最后，多年后的女孩，见到了在背面绘画着自己素描小像的借书卡片，才了解了那份遥远而纯粹的情谊。这样的故事，也许从未真实发生过，但可以肯定的是，以后再也没有发生的可能了。借书卡片，退出了工作的岗位，取而代之的，是快捷方便的磁卡。关于书的记录，全部被保管在电子系统中，却让我们真切的视线中一片空白。我们都成为了不出声的过客。我们再无从知道同一本书，另一个阅读者的存在。

图书馆，该是一个学校中最舒适的地方。有时，它像一处避难所，让你在喧嚣里逃出，得以藏身。

自习室总是人满为患。大桌子上堆满了书和各种资料。我喜欢图书馆。喜欢找一个小角落坐下来，读我的书，写我的字，发我的呆。

看看形形色色的人，来自不同专业，不同生活。每个人，貌似安静地坐着，却分明在这安静之下流动着难以平复的躁动和不安。它们属于这个时代，任何人都无以幸免。知识，多少时候仅仅成为了我们谋生的工具。知识，越来越少地带来快乐和丰富，越来越多地造就了压力和空虚。也许，这是别无选择的事。我们被特定的时间推上了这样的境况。人，或许能够侥幸逃过现实的烦恼，却永远逃不过时代的控制。带着一身的欲望，而不是理想，你要怎样才能走得轻巧有力。而此时此地，正是一个充斥着欲望，却缺失理想的年代。听教授们回忆八十年代的生活，讲那时的热血青年，他说，爱情故事大多发生在图书馆，他说，路过的姑娘们在谈的是美学，他说，普通的工人也读黑格尔。怪不得，八十年代还有诗人的存在。那是一个崇尚知识，渴求书籍的，诗歌一样奔流着真情和热情的时代。二十年，离我们已经很远了。现在，我们日复一日坐在自习室读英语，背政治，谋划着一个将来，感觉疲惫。

这是个没有诗人，也不可能有诗人的时代。当所有的青年，都忧心忡忡地急着把自己打磨光滑，你又怎么敢奢求，一个单纯的心灵，一个嘹亮的声音？

我只想躲在小角落里，我开始恐惧人群。我知道，人流会把我带离自己的方向。

这个世界，虚妄的东西越发真实逼近，真实的东西却越发缥缈涣散。我伸出手去，只可以从书架上取下一本书，却摸不到，这路途上，人人奔波的方向。或许，这是属于青年的迷惑和彷徨。也但愿，这些体验只是年轻的偏见。但人间的热闹与慌张，在自然的静穆平和之下，显得如此卑微可笑。天空在观望，星辰在观望。看你从岁月的这一头升起，不知所以地奔跑，撞上墙壁，撞上生活，时而悲伤，时而幸福。我们总是不辨真假。我们难以明白，人真正的需要。只是不断向外索求，一切别人也在索求的。却没有用自己的心和头脑去思考，那是否确实是我们想要的一切。于是，错失是难免的。而事实上，又有谁，能做到一无所失呢。

大概，丧失是常态。而获得，才是异态。

于是，我开始羡慕一本书。羡慕它的安静，它的知识，它的姿态。可以么，就任由我，平卧在微风的窗口，做一场大梦。让我忽略时间，忽略记忆，忽略一切。我仿佛只需等候，一只手，一颗爱书的心灵，穿越了重重春秋的厚度，来到我的面前。这又好像那古堡里沉睡的睡美人，睡在荆棘丛生的宫殿。然而，荆棘终于会开出花来。正如一切美好的事物，终于会为生命带来希望和明亮。一个声音轻轻地说着，感恩，善良，美，和爱。这些，或许是我们所有赖以生存的养料。如此简单，又如此困难。

只有书从来都是单纯可爱的。

茉莉

那是一次无可奈何的回眸，如窗台上茉莉，苍白无血色的脸孔，依旧含着迷惘的微笑，对这尘世流年变换。

茉莉，平凡里透露着骄傲，淡定中隐藏了哀愁。小的花朵，白的花朵，没有张扬，安静到令人心疼。只有四溢的幽香，搅乱了静止的时光，吹过夏夜的凉风，深入记忆的底层，为一切的昨日，沏泡一杯清绝的花茶。我曾坐在这样，开放着茉莉的夜晚，映一盏昏黄的灯，读书写字。在世界沉默的时刻，书页与指尖的摩擦成为人间的全部声响。我是在这样的夜晚，嗅见茉莉的芬芳，凉的，不动声色的芬芳。

窗上，是远处高楼的灯火忽明忽暗。枕上是与文字耳鬓厮磨般的纠缠。流散的香气，令人生出哀愁，想着，这夏夜的深邃，星辰的升起和坠落。我像园中的植物一般，兀自在房间里生长和老去，等候着雷与闪电，光顾生命的空无寂寞。

这是我度过少女时光的方式。伴随着那些花朵，美而苍白的脸孔，书写阅读，痴心妄想。不知道有谁，如我一样，善于矫情在自造的情绪纠结。每个女孩，都有她的方式，来度过那最美的几年。我要拍照，要写下日记，作为日后的证据，好在某个老眼昏花的日子，对什么人炫耀，你看，我也曾年轻过。而现在，我在无休止，不厌其烦地面对着镜子。我们的面目，将被雨水洗净，如那些落在脚边，绝情地萎黄而去。我的爱人，你要记得，我最美的时光。

小鹿穿了白色的连衣裙，在我的视野里，踮起脚尖，转轻巧的圆圈。五月的阳光和暖而明亮。多么美好的下午，绿树用翡翠色装点了我们空的窗口。我们享用生命的恩赐，用那么贪婪的心。时间变得洁白，如小鹿的裙子，如云朵，如茉莉。却又因为美好，而充满了眷恋的忧伤。

最近在上映的电影，被封锁了三年的《茉莉花开》。

讲述三代女人的故事，在上海，那逝去的风月无边。自然想到张爱玲、王安忆，想到海上繁花般，梦里凋零着的精巧。

三个女人，茉，莉，花。各自不同的命运，在三个截然不同的时代。却遭遇了同样的命运，被男人抛弃的命运，只是用各自不同的方式——逃离，自杀，或移情。男人没有错，只是女人玩弄了自己的青春，把它们挥霍一空，又徒劳挣扎。感情，像这命运的外壳，最薄弱，也最冰冷，仿佛给你无限希望，再让你由谎言与虚妄臆造的高空坠下，殒身碎骨，万劫不复。

影片的介绍，这是一首女性的悲歌。而我，却更愿意认为，这是男人与女人共同的悲剧，不可以预防，只能够治疗。

电影的原著，苏童笔下的《妇女生活》。有人说，电影把小说改得体无完肤，苏童看了会哭。读过小说，读拥有另外姓名的三个女人，娴，芝，箫。一样的悲剧，只是更接近着世俗生活的真相，和那些我们眼见的生活。没有茉莉，没有那些翠色的旗袍，衣衫，和场景，小说里的女人，和苏童作品里其他的女人一样，永远在暗地里进行着一场争斗。即使是亲密的母女。我想到《长恨歌》里的王琦瑶和她的女儿。女儿对美丽的母亲充满了不可消散的敌意。这缘由，归根结底是男人。好像苏童所说，女人共同的敌人是男人，但女人却是为男人而死，这不是一件公平的事。

电影把已经被小说揭露的真相，善良地怀着慈爱遮起，用唯美的光影和画面，粉饰一新。我想，这更合乎大众的趣味，更符合普遍的接受能力。生活的残忍，总要涂了胭脂，擦了粉，才敢晾晒在电影里，来博得适度的同情和感伤。电影用来欣赏，而小说用来思考。

茉莉，仿佛已成为一种象征。当她们唱起那首《茉莉花》，你怎么不感到岁月向深渊坠落的无尽悲凉。我们在书籍与电影里观望她们的命运，落一两滴，真实的或虚伪的眼泪。生活的现实里，我们又各自触摸着凹凸，踏过茉莉玉体横陈的时光，一路向注定或未知的明日奔赴。有孤单，有倔强，有感伤，有矫情，却从不敢绝望。那两个字，一碰，就是灾难，是无可挽回的倾塌。

用我们的方式，度过少女的时光。再用我们的方式，追忆一切美好的，遗憾的过去。全部，是值得付出的代价，无论过度的欢乐，无论肆意的悲伤。青春的脸孔，从来是经不住端详。我愿意坐在，栽了茉莉的窗里，我愿意有夏夜里的幽香，即使，那会勾起许多，徒劳的情绪。我以为，生命的全部过程，正是不断的瞭望与追溯。至于今日，是我们踮起脚尖，是我们在镜子前，消磨的，荒废的，却不肯轻易放弃的时间。

我只需要记忆，无论那苍白的脸孔是否已经呈现出病态或衰老。我要握住，这些命运的仓促，即使，一切的拥有或许只是安静的沉重，那也将芬芳而明亮。

丧失

在醒来的十二月早晨，在灰的天空下，她说：

All we have is how you'll remeber me.

我们拥有的全部，是你将如何将我回忆。

她的面容苍白，她的声音却坚定。

And I need that memory to be strong and beautiful.

为了拥有，她选择了丧失。然后那些经过的回忆可以获得永生，在无尽的遗憾和心碎里，酝酿着甜美。她是聪明的女子。在无可抗争的命运面前，做出惊世骇俗的决定。让十一月就此结束，让我们彼此的相爱经由丧失，来抵达永恒。

尽管，她曾以为在这段约定好起始与结束的感情中，她能够操控一切。尽管，她曾以为坚强无情。当Nelson将手机与手表，那禁锢他、阻止他作为一个正常人来热爱生活的东西，通通丢入水池，向她求婚时，她哭了。她知道自己的不能够，而他，是她唯一想答应的人。

一切，超出了原有的规划。她无力自拔，在她自己制定的游戏规则里，她第一次并最后一次痛苦不堪。

《甜蜜的十一月》。一部悲剧性的电影。身患绝症的女子，在影视作品里早已滥觞。不同的是，她去面对命运的方式。美得令人费解，令人讶异，令人叹息。她是在挥霍最后的时光，她微笑，她貌似幸福，与一个个男人约定，同居一个月，一天不多一天不少，然后各奔东西。离开时她总是决绝无情。这是约定好的结局，她不曾丝毫留恋。直到他的出现，她以为她能够做到的一切，都被彻底摧毁。他们相爱了。以她未敢想象的方式。I never thought I'd have the chance and you gave that to me.他给她爱的滋味，她毫无预期的幸福。

然而约定，终于要履行。不因为彼此的心灵，只因为残酷的，已被书写的悲剧性命运。他在房间挂满了十一月的月历：Every month is November，and I love you every day.他说。他拒绝离开这甜蜜的十一月。她依偎着他睡了，这最后的夜晚，笼着温暖的橙红色。

为了让你记得，我只有选择离开。

她用围巾蒙上他的双眼，如无数次做过的一样。在十二月的早上，灰的天空，这桥上。让爱情随吹去的枯叶消散，让她离开，让他在黑暗里，忽略离别的疼痛。当他取下围巾，只有空荡的视野。十一月，销声匿迹。而他，又如何忍住泪水。

他们知道，所有的疼痛，是记忆的代价。要那幸福的时光，永远明亮着，在更深更深的拥有中。于是，只有让十二月真实地降临。

相爱，是多么困难的事情。永久的拥有，便更是奢望。有时，在现实的不可得，唯有于丧失中，反而能以某种独特的方式得以成全。是记忆，是疼痛，是时过境迁后的念念不忘。

我们拥有的全部，只不过，是给予彼此的回忆的全部。我要那是完美的，无可挑剔的。

　　想到《断背山》中最后的场景：衣柜，衬衫，照片，窗外绿油油的麦田。我一直紧张的心竟然轻松下来，我知道，他们终于在一起了，永远不会分开，永远。

　　因为丧失，他们在另外的世界和层面中得以相伴，直到生命的尽头。我知道，他会这么看似孤单，实则满足地生活下去，不会自杀。因他要让那些记忆活着。那是他们两人全部的，最珍贵的拥有。

　　是谁说，我们曾付出的热情的全部意义，只是在日后用来凛冽地遗忘。

　　那些细微的时刻，是不能够磨灭的，一切气味，光线，甚至眼神与体温。时光令我们不断丧失，一个个自己，一场场爱情。谁绝情的话，都不过自欺欺人的虚假，如果你真正付出过热情。

　　爱情，从不会是理智的。这也是多数爱情会有遗憾的原因。而这，大约是爱情必然付出的代价。

　　我只想，用接近完美的过程，来霸占你的回忆。我只想，用有限的青春，来焚尽年华的美丽。生命不曾完美，我不曾完美，我们只有接近，而永无到达。那宛如彼岸之上的承诺，让人来举目展望，而从不要希冀登陆吧。因全部的拥有，正是此刻，正是手中温热的轻握。

　　我将绝情地老去，请你，一定要记得我最美的模样。

　　我的丧失，可以成全最浓最厚的幸福，在我们的今天，在我们的明天，在明天的明天。

　　我愿意，你在年老时想起我，指着我发黄的照片，对什么人讲起，我们曾拥有的，最明亮的快乐。那会让生命的痕迹如雪上的脚印，坚实而圣洁。那会让我，在某处你不再知晓的角落，幸福得默默哭泣。

为了这样的拥有，为了我们的爱。我接受，所有的未知和恐惧。只要你是记得的。只要我们的心灵，是那么近，那么近。我敲一下墙壁，你的心房就可以听见。你懂得这一切。你明白我爱的全部秘密。

我愿是你爱的人，你世界里最善最美的女孩，永远。

If I know that I'm remebered that way, then I can face anything, anyting.

理想的爱情是哑的

高圆圆新片的海报《男才女貌》贴到了知春路上。据说，她在片中饰演一位聋哑女孩。

从《十七岁的单车》到《青红》，我所知道的高圆圆都是出现在王小帅的镜头里，于是，都是青春成长的主题，一副青涩涩的模样。

喜欢《青红》里不停下着的雨，喜欢被偷偷穿上的皮鞋踏过那条灰蒙蒙的街，喜欢吹口琴的男孩子伶仃的身影。

青红，好像就是青春的色彩。微微泛起的悸动，被羞涩的心包裹住，不轻易露出一丝痕迹。

那是一部悲剧。

故事的结尾，男孩被送上死刑犯的刑车。一个年轻的错误，成为他再无机会挽回的罪恶。

而年轻的爱，却从没有过错。只是，他们并不懂得，那终久是怎样的一件事。

是还没有来得及懂得吧。就这样在颠簸的山道上悄然结束了。

青红，是一个女孩懵懂而矜持的青春，是一个男孩痴情万般，却无从宣泄的挣扎。

簌簌的雨花还在下。从八十年代的故事，落到银幕的光影流动里。

多少人的爱情，在我们还不懂得的年纪里已无声埋葬，多少人，不曾真切地爱过，就匆忙地老去了。

如果有一天，我们能够骄傲地对什么人说，我爱过了，真正地爱过，大概也是一件无比幸运的事。

这一次，影片里是一位聋哑女孩。

似乎许多电影都喜欢把女孩子设计为聋哑人。很早以前，看过一部陈小春演的电视剧，女主角便是每天比画着手语。

前不久，看韩国的《悲伤电影》，其中的妹妹也是在一场火灾后成为了聋哑人。

她没有在成为聋哑人后而自暴自弃，却依旧是活泼可爱的女孩。

女孩的脸在大火中留下了疤痕。她便在游乐园担任扮演卡通人物的工作。每天戴上可爱的娃娃头，蹦蹦跳跳，给人们带来欢乐。

她爱上一位在游乐园为人作画的画家，却没有勇气以真实的面貌面对他。直到画家即将离开的那一个雨夜。

那天，她终于摘下了头饰，答应他为她画像的请求。所有的灯光都亮起了。眼前，是一个美丽的女孩，虽然她不能说话，只能够那样静静地坐着，默默注视着你的双眼。那一道疤痕已经不再重要了。

最动情的，大概便是这无言的凝视吧。也许，这也正是导演们的良苦用心。

爱情，本便是这样一件安静的事，无须言语，更无须喧哗。

让人从目光里读懂一切。而不是从口舌间获得爱的消息。

理想的爱，绝对是心有灵犀的，理想的爱，使诗歌和誓言都显得苍白可笑。

爱，从不必矫饰。于是，一个不会说出一句话的女孩，仿佛成为了爱情的精妙代表。

她是这样美的。又恰是如此安静。

原来，理想的爱情是哑的。

另一种绚烂

"那人是谁？"

"一个永远爱着我的人。"

"他说什么？"

"他说他永远爱我。"

在八十年代，北方某座小城灰暗的街道上，发生着这样的对白。不远处，是嘴里叼着半个包子的男人，他斜靠着自行车站立，车横梁上坐着他两三岁的孩子。

很多年，时光流变，那一个英姿勃发的伞兵不见了踪影。先前俊朗的面孔上徒增了风雪过后的疲惫。下巴上的胡子，却勃勃生长起来，很久没有去清理了吗。我想起，那一年荒原上的相逢。在年轻的时候。她，脸色单纯的女孩，白衣蓝裙，纤细的辫子轻垂双肩。当漫天的伞兵落下，当你落在她的车前，她这么深深地决定了：去做伞兵。

理想，在轻快的音乐中蔓延开来，揪住她的心，一刻不得喘息。她仰卧在屋顶。蓝空辽远，飞机隆隆飞过。本来，她也可以，可以登上那卡车，驶向自己的梦和天空。然而，没有。许多的梦，总是在未及去沉迷就被匆匆击碎。好像那傻哥哥手举向日葵奔向幸福的下午一样。向日葵绚烂如此，而幸福终于只是无力的幻想。只一个瞬间，全部的美丽就无情改变了。

她可以把自己缝的降落伞挂在自行车后，她可以就这么雀跃呼喊着骑车穿越闹市，她可以在自己狭小的缝里继续着空洞的迷梦。我知道，车轮飞快转动的那一刻，她以为自己可以飞，她以为梦想就在手心。这不失为另外一种幸福，可以坚定于一种虚妄，迷醉于变形的满足。

而终于，最后的缝也被灰黑的煤渣堵死。当母亲跟跄着跑去扯下车后的降落伞，天空被撕破了。多年后的某天，她在西红柿摊子前，簌簌落下泪来。西红柿鲜嫩非常，完满而美好，握在她纤弱的指间。会有谁知道，背负一个支离破碎的幻梦所需的坚强和力量？

"我刚才还和弟弟说，你一定会永远爱着我。"

男人停下塞满包子的嘴，把手上的油在衣服上蹭了蹭，半晌无语。

终只从齿缝挤出："您贵姓？"

她却依旧回答弟弟："他说他永远爱我。"

这并不是一场爱情的悲剧。是青春，是梦与理想在时代的深暗背景里沉沉地喘息。我坐在空荡的电影院里，看这一幕幕悲喜无常，透过另一个时代人的眼睛。

去看《孔雀》前，有人告诉我："八十年代后生人，不会看懂这一部电影。即使明白，也不会深切。"那么，我应该是没有看懂。因为不同的思维方式和价值观念。我只是浮在这是非的表面，却无法沉入水底。然而，在影片的最后，当兄妹三人各自携家人从孔雀笼前走过，我竟有了想哭的冲动。是有什么滋味和体会在暗中轻轻交会了，穿过茫然的许多年头。

弟弟说，走吧，反正孔雀冬天也不会开屏。

是吗，但最终我见到孔雀那一身绚烂无比的羽翎，瞬间绽放。

有人说，人就好像那笼子里的孔雀，这一生的绚烂，只是给别人欣赏。我却想起姐姐骑车飞驰过闹市的样子，车后的降落伞灿然张开。那样子，像极了孔雀开屏，不是吗。只那一刻，梦想如此近了，近了。怎么会是给别人欣赏，那一种绚烂。

只在那一年，纯白无染的心灵中绽放。姐姐可以坚持着，心灵中早已残破褪色的梦。她竟那么执着地睡去，不肯清醒。

清醒了，便又是清晨。蓝空空阔，没有了伞兵，亦没有了绚烂。

青春与理想，长久地活着，却可以痛哭。只有另一种绚烂，于寡淡的日子里，瞬间绽放。

我们终于会遗落一些什么是吗。

却也总会有些，坚定地相信和执着。

瞳孔之内

两米之外，你站在我面前，我们四目相视。我知道，透过瞳孔，我进入了你的视线。我的一举一动，都将成为影像，存在你的记忆，或者在转眼后瞬间忘却。瞳孔，仿佛一台摄像机，时刻捕捉着周遭的一切发生，再合成为我们生活的情节。这是一场鲜活可触的戏剧一般。你眼见着我，有意无意的表演。我目睹着你们，一场场的悲喜，一幕幕的是非。两米之外，也许，你不懂得我真实的表情，听不到我由衷的话语，你只是在观赏，我表面的生活，貌似繁华如梦。

　　一部经典之作《楚门的世界》。看一个虚拟的人间，在大众的观赏需求下，被导演一手操控和安排。看Truman由浑然不知，到抗争逃离。这一个完满的，滴水不漏的世界，被人工制造。所有的命运早已写定，每一天的生活也被精心安排。没有任何意外的出现，也不容许有任何意外。Truman要沿着导演划定的道路，一步步"幸福"地前行，由他生命开始的那一刻起。每个人向他和善地微笑着，鲜花开放在他的花园，妻子温柔体贴，生活如此，从出生到死亡，完全是观众电视机前的消遣。Truman在这舞台中央，被操控着，度过一个个似乎平常的日月。如果，他不曾有所察觉，如果拍摄人员的工作没有出现疏漏。Truman将永远不知道这一切，直至他在全球亿万人的电视前死亡。他将用一生的长度，完成这样一部耗资巨大，影响全球的真人秀。而这颗星球之上，除去Truman，所有人都知道事情的真相，只有他一个人，活在彻头彻尾的谎言和骗局之中。这是多可悲的寓言，令人不寒而栗。

　　也许，现实的生活，也正是这样。从表演，到观看，从窥视他人，到被人观看。没有人不是Truman，没有人不是浑然不觉的表演者，站在独自的舞台中央。只是，这里没有隐藏在四处的针孔摄像机，那些高科技的监控装置换成了更为无孔不入的，人群的眼睛，那一双双敏锐的瞳孔。我们被暴露在空气里，便意味着暴露在这人间的舞台之上，无可逃遁。我们是Truman，一个不知情的表演者，自觉，不自觉地扮演着自己的角色，自然，不自然地道出一句句独白。我们的生活没有导演的操控，却也终于逃不过命运冥冥中的安排。只要是被观看的，我们就不可能不去在意他人的目光。人群的目光，不断用多数人的价值尺度把你的生活测量和评价。你不得不做出选择，屈从于大众，做讨好的表演，或者，坚持自己的方式，做难免孤独的舞者。人生的舞台，比Truman的世界更加虚妄和险恶。故事的结尾，他终于得知真相——所有的人都在表演，而我们，却永远无法获知，谁在表演，谁在生活；也永远无法左右，自己的言语，哪一句是台词，哪一句是真实。这样看来，Truman比我们幸运许多，毕竟他所生活的世界，是被安排好的一派纯美和安宁。

电影中，最震惊的画面是，愤怒的Truman，决定驾船出航离开这个虚拟的小镇，经历万般险阻，最终却在"天边"撞上墙壁——天空也是假的，海洋也是假的。Truman走下船来，影子被照见在碧蓝的，绘画着云朵的墙壁。他抚摸着那面墙。那画面，只令人感觉到苍凉和绝望。我们是否也有这样的一处天边。这偌大的人间，可曾有过真实的天空与海洋？莫非，每个人都是如来佛手掌中的孙大圣，跳不出，这生活的茫茫。Truman的行动没有过真正意义上的自由，他被封锁在这小镇之上。现代人却仿佛拥有着从前时代从未享用过的许多自由。人们在物质充裕的城市，尽情地满足各种欲望，消费、刺激消费，成为时代的主题。这繁花似锦，光怪陆离的都市，是多么醉人，多么美妙的天堂。人们似乎是无比自由的，你可以用金钱去购买，你所需要的物质。一个物质的人间，被锻造得华美光鲜。然而，这些自由，给了你幸福吗，令人们快乐吗。弗洛姆在比较中世纪与现代时说，中世纪的人们是安全，却不自由的，现代人是自由，却不安全的。在那些远去的时代里，人们的社会关系，和角色分类十分单纯简单，人们的生活，充满着儿童似的盲目信仰和天真。好像我们读着诗经时的感觉，所有的情绪，无论幸福或悲伤，都是静穆安详的。也许，人们的物质生活并不如今日的丰富，但人却是更接近于人的本质的，对泥土，对山川，对生命，都充满了虔诚的热爱。现代的人，看似是在使用物质，却分明是被物质奴役了。于是，也才有了所谓房奴，车奴，卡奴。银行贷款给了人花钱的自由，实则，让你变成了实实在在的奴隶。为了物质，为了还款，你只有拼命工作。这样的生活，是自由，却充满了不安和动荡。为什么，我们不能只去取用我们需要的那一部分呢。为什么，人们一定要透支掉一些什么，来换得暂时的满足呢。显然，我这样的想法是不合乎这个时代的。所有的广告，都在刺激你，去消费吧，去满足你的欲望吧，尽情享用生活吧。没有人去告诉你，欲望是怎样的魔鬼，没有人向我揭露一切的真相。我们被操控着，那双巨手比电影中的导演更为有力，控制着我们的身体，我们的行为，甚至，我们的思想。在生活里，人从不是自由的。真正的自由，是人们的想象。Truman被控制的只是行动。现代人被控制的，却几乎是全部。

　　在这充满了控制，充满了摄像机的人间，你如何从容生活。多数的时候，我们在大众的价值取向，和个人的欲望面前不知所措。我们被人流推挤向前，你好像没有自己的双脚，你只是这样，被动地跟随。从出生，到上学，到工作，再到死去。也许，最幸运的是那些从不会思考这些事情的人。他们只需生活，只需跟随着人流无知觉地前行便好。而每一个，在这个过程里，有所质疑的人，都将深感痛苦和迷惘。好像终于发觉了真相的Truman一样。如果他没有察觉，他便没有痛苦，只是浑然不觉地继续一场秀便好。不幸是从他的清醒开始，痛苦是从他的清醒开始。或许，糊涂的人更容易幸福？但装糊涂，却只会增加痛苦的程度。

两米之外，你用头脑记录下我的表情，我的举止。瞳孔之内，我观看你的人生，一点一滴，真实或者虚妄的发生。有谁不是Truman，有谁不比Truman无可奈何。我们的真人秀，天天上演，在彼此的视线。

《空房间》观感

一无所失，如同，一无所有。

电影《空房间》，一部适合独自锁在深夜观看的片子。

幽灵般的男子，沉默坚忍的女人，绝望暴戾的丈夫。

寂静的画面，了了的对白，在几十分钟的光影流动间，用另一只眼，洞穿现实身后的世界。

荧幕前的观众，不必有欢笑，不必有泪水。影片一帧帧播映，你所感受到的，不该是情节带来的快感。

这是一部淡如清水的影片，甚至因为空灵而显得诡异，亦幻亦真。

你只应默然地独品，每一种眼神的微妙，每一处精妙的隐喻。

一个在城市中无人居住的空房里四处寄居的男子，在又一次的寄居生活中遇到长期遭到丈夫虐待的女人。

他带她离开那所囚笼般的房屋。女人跟随男子继续他寄居的生活。

把传单塞入住宅大门，若几日后传单仍在，便撬开门锁，洗衣做饭，沐浴清扫，修理电器，一如在自家般悠然居住。

两个人，在城市中的空房里寄居，烧一壶水，冲泡一杯茶，安静地生活，没有一句言语，目光里的默契却又仿佛早已相识千年。

男子在音响里放一片音碟，让清越的歌声充满房间。女人沉默依旧，目光里却有如刃的锋芒。

男子给她轻轻的亲吻。一切的一切却依然是寂静的，不需要一句对白。

在漂流寄居的生涯中，他们遇到突发疾病死于家中而无人发现的老人。两个人将尸体用心清洗，又庄严埋葬。

却也因此暴露了寄居的行为。男子被捕入狱，女人回到从前的房屋。

女人几近发狂的丈夫不断实施着暴力，他咆哮着追问：你是不是在等他，你是不是。

女人从未改变的沉默，仿佛冰封的湖水，没有丝毫波澜。一张失却了血色与表情的面孔，在镜中苍白如纸。

直到有一天，她在镜中看到了男子。他在监狱中修行了神奇的法术，得以在他人的视线之外，自由游走而不被发现。

只有女人能够看到她。只有女人真切触摸到他的存在。

女人的脸上第一次有了笑容。她面对丈夫说，我爱你。令丈夫幸福到慌乱得不知所措。

他却不知道，在拥抱时，女人真正亲吻的是身后那个他所感知不到的男子。

在别人看不到的地方，男子以诡异的方式存在，两个人得以在现实之内超乎任何人想象地相爱。

影片的结尾，他们一同站在体重秤上，显示却为零。

世界在那一刻归于空无。

像所有无人居住的房间。也或许，每个人的世界都是一所空的房间，本无所有。

最后的一句话，出现在屏幕：

It's hard to tell that the world we live in is either a reality or a dream.

莫说人间如梦。梦又为何物，你可能说清。

空

《空房间》，由一所所无人居住的房屋，到最后归于零刻度的体重秤，所展现的种种意象，莫不令人想到空这一字。

空，仿佛是一种缺失，是一种不存在。但却又恰恰是完满与充盈。正如零，本是一无所有的数字，却偏偏最为圆整无缺。

想到卞之琳先生的一首诗：

> 我在散步中感谢
> 襟眼是有用的，
> 因为是空的，
> 因为可以簪一朵小花。

> 我在簪花中恍然
> 世界是空的，

因为是有用的，

因为它容了你的款步。

　　因为是空，方才有所用处。因为是空，方能有所容纳。空貌似是世间最大的缺乏，实质却是最无限的丰富。

　　影片里隐藏在城市各处的空房间，给寄居的男子以安身之所，因其空，而得其用。

　　男子淡定地居住在这样的空，没有陌生之感，比原本的主人更加安闲自在。

　　一家旅行归来的人打破了房间里原有的温馨和宁静。男子在其中洗衣，晾晒，拍照的盎然生活情味，竟在一个瞬间里踪迹全无。

　　男子仿佛不是一个闯入者，而是这空房间的真正主人。

　　归来的主人反而令人心生厌恶。

　　男子给这样一所所空房以另外的可能。他像是潜入了他人的生活，其实却是令空的房间获得新的生命。

　　空房间不空，空房间接纳着寄居者，也接纳着一种奇异却美妙的存在方式。

　　空房间，又是城市人空漠内心的隐喻。

　　从表面上看，男人和女人的行为令人感觉怪诞。但是也正是这一种怪诞的行为，与其他人的"正常"形成了分明的对比。

　　死在房间的老人，他无情而虚伪的儿女，在父亲去世多日后才得以察觉。孤独的老人，不知在人世忍受了多少冰冷的时光。

　　男子和女人为老人细心擦拭身体。比他的亲生儿女更加精细。

　　那一个画面令人在疼痛里升起温暖的热流。

　　寄居的两个人，以一种异类的形态，游走在城市的缝隙，那一所所空房。

所到之处，留下的是生活最平常也最动情的画面，女人在阳台晾晒一件件水淋淋的衣服，男子蹲在卫生间搓洗出肥皂泡沫。

所到之处，令人感到的是生命的美感，轻而浅淡的一抹红晕一般，在泠泠的人世，如林的城市，露出温煦的笑意。

一种空间的空，折射出城市生活的空，却有人在这空的世间布下返璞归真的简单。

许多个画面里，我被他们寄居生活中的细节所打动。

不过是一缕水壶的热气，一双等待落座的碗筷，竟如此真实地敲击着心灵深处最柔软的一块。

也许，在每个人的潜意识中都期望着一种朴素生活的可能。

与爱人默坐对饮，不去担忧住房和贷款，不去劳心失业或升迁。只于此刻，安享生活的一盏茶，一钵饭，一个吻。

这人世本如一间间空房。每个人何尝不是如寄居的过客。

于是，影片便成为一个人生的微缩寓言。

只去淡定地生活吧，而不要有恐惧，有忧愁。洗你的衣服，烹你的佳肴，爱你的爱人。

打开一扇扇门，在空的房间营造生活之幸福，而不是去用空房间囚禁什么，如那暴戾的丈夫，为了占有，而终一无所获。

迎接一所所空房间，迎接种种未知的可能。在空的世间游走。

因为是空的，而能够游刃有余，能够容心灵与肉身。

空而不空，谁又不是那个四处寄居男子，谁又能如那个男子一般。

梦

很难讲，我们所居住的世间，是真实，还是梦幻。

影片的结尾是童话式的，相爱的人获得美满的结局。这又是梦幻化的结局，男子独特的存在方式近乎一种梦。

于是，我竟会害怕，女人会在某个清晨恍然醒来，发现所有的一切不过昨夜的虚幻。

还好，影片就这样，在甜美的梦幻里结束了。

也许，这的确是一个梦，也许不是。他们失去了身体的重量，如两朵灵魂。

人的视线范围只有一百八十度。可能，这也正是男人得以逃脱常人视线的原因。

而人的身前与身后，是有两个一百八十度的。

也便意味着，在这个世界上，总有我们的视线无法到达的地方。

人对于世界的认识便很难全面。当你向前，再转身观看，这两个世界已经不共时了。

而时间，是最莫测的力量，无时无刻不再改变着一切。

海枯石烂，沧海桑田，莫不是时间的巨手在不知不觉间的游戏。

人的认识是有限的。现代人以为梦是现实世界的附属。

梦却又为何不可能是另一种世界存在的形式。

或许，现实世界才是梦的附属。我们的梦，才是生命真实的存在。

在这世上还未有你，到这世上没有了你，你莫不是在一种无知觉的混沌与黑暗中。

现实生命的知觉与之相较却好像沉沉睡眠中一次偶然的眨眼罢了。

真实的，无限的，永存的，不是眼前的光明，却恰是漫长的混沌与黑暗。

它与梦的存在方式更加相近。

不要因为只看到眼前那个一百八十度的世界，便全然否定身后的那一个不在视线之内的真实。

梦，让我们懂得人生存的意义并不只是活着。

如果，人世是无限的轮回，那么梦便如死亡，是这一次次轮回上的衔接。

梦，是一次练习。由白日到黑夜，由清醒到混沌，由喧嚣到寂静。

梦游的人在梦中行走。

清醒的人自以为清醒，其实仍不过是梦。

影片里的男女看似梦幻的经历，却可能是世间最可望不可即的美。

重量

"让我失去重量。好像不存在那样，却与你永生。"

这是我想象的一句对白。其实，在这部电影中增添任何的一句，都会显得多余。

只需要画面，只需要无声里的发生。空，无，静。

它好像一句禅语，不得说，一开口便是错。

只容你去体悟，画面背后所要传达的意念。

世间最重的是什么？

你说是人心，你说是感情，你说是欲望。

我看到被占有欲而逼迫入绝境的丈夫。那是一个也许被忽略了的，不幸的人。

他的暴戾是因爱而起。爱本无错。只是他的爱中，只有占有。占有，成为爱的全部意义和手段。

你是否注意到他的绝望。

一种无可消除的重，为了"有"，而压于他的生命，令他不得解放。

整部影片，绝望的丈夫，是真正的悲情人物。因为害怕失去而紧紧握紧的双手，终于一无所获。

仿佛执意要抓住一捧清水那样，徒劳无功。

女人是水。爱人是水。

不该，也不会被一双不懂得的手握住，而彻底占有。

世间最轻的又是什么？

是这一捧清水。

是相爱时，浑然忘我的两人。是情愿失去自己，交付于另外的生命。

那一刻，人间是空的，世界是无的。

万物无所重量。

这虚妄人间，因人之有情，方显珍贵。不然，人又何异于山石？

肉体是有重量的。

灵魂却是轻的。

相爱，不是两副身躯的交融，而是灵魂的合一。

《空房间》，是童话，也是寓言。

用空容纳了，非常的丰富。我所看到的，只是不足一百八十度的局限。

Lolita

一上午，躲在房里看 *Lolita*，中文译名《一树梨花压海棠》。很早的时候就在同学那里看到这个电影，喜欢海报上那个穿白色衣服的女孩。她的眼神是清澈而飘忽的。被划入情色范畴的影片，描写的也是乱伦的恋童女情感。看过包装背面的介绍，我最终没有借那张碟片。想象中，该是一部很变态的电影。于是，与它的再次相遇，被推迟到这个夏天。电影的原著《洛丽塔》被上海译文高调出版推出，很厚的一本书，封面是鲜美的柠檬黄。书的手感很好。翻看几页，终于还是受不了外文小说翻译后的语言。洛丽塔的名字却深深记住。后来，才知道，此洛丽塔，便是那个 Lolita。

影片从开始就揭示了悲剧的结局。满脸是血的 Humbert，驾驶黑色汽车，六神无主地在乡间公路上行驶。然后，回忆回到他年少深爱的女孩身上，那个十四岁，死于伤寒的女孩。她的笑容，在海边的小木屋里绽放，洁白的蕾丝裤边，和女孩的青春一样甜美而美好。她的死亡，是全部灾难的开端。美好的事物，似乎总隐藏着巨大的破坏力和毁灭性。

"洛丽塔，我生命之光，我欲念之火。我的罪恶，我的灵魂。洛丽塔。舌尖向上，分三步，从上腭往下轻轻落在牙齿上。洛，丽，塔。"他说。当他在花园里遇到任衣衫被花洒淋湿而依然翘起双脚看着画报的洛丽塔的时候。他知道，他的光，他的火，他的罪恶与灵魂，全部在那个瞬间复活了。

后来的情节，出乎意料却在情理之中。他被这个小妖女迷惑，无力自拔。所有的疼爱与妥协中，一个男人，用他的全部，来试图保有这份乱伦之爱。洛丽塔的娇媚，洛丽塔的孩子气的调皮，在画面上跳动跳动，呼之欲出。而终于，她要离开了。但就算在受过许多苦难后，她找到他却只是为了钱。当洛丽塔无情出走后，再次见面的他说，你一碰我，我就死了。面对怀孕的她，他心中的声音依旧是：我望着她，望完又望。一生一世，全心全意，我最爱的就是她，可以肯定，就像自己必死一样肯定。当日如花妖女，现在只剩下枯枝回乡，苍白、入俗、臃肿，腹中的骨肉是别人的。但我爱她，她可以褪色，可以萎谢，怎样都可以，但我只看她一眼，万般柔情，涌上心头。

这话令人心碎。整部影片，我从没有感受到丝毫罪恶，没有对Humbert的憎恨和唾弃。虽然，在道德观念上看，他的行为令人很难接受。而实际上，他只是去爱了美好的事物而已，而已。

就像看过《断背山》之后那种深沉而真实的感动一样。我在想的只是：每一份深刻的爱情都不是邪恶的，都不该被诅咒。

观众的下午

那是一个有好阳光的午后。我们的阳台上洒了淡绿的光芒。穿白裙的女孩，赤着双脚，就要飞起来。一只粉气球，一丝不被察觉的凉风。仿佛安静，仿佛呈现与消隐间的距离，她的姿态轻盈，游离于现世之外。

我站在这个午后的面前，很久很久。

那离地的双脚，投下瘦的浅影子。眼前，不是画家精心营造的幻象，而是，一整个不被真实容许的世界。

偌大展厅，不过三三两两的观众，细细地踱着步。一扇门，一栋建筑，轻易隔绝了尘世。一扇扇窗，被安放在白墙之上，等你的经过，等你停了脚步，伫立着凝视，把空荡荡的心用里边那个油彩的世界充满。

是这样的参观，我和小鹿，成为默默的观众。被色彩与光影，线条与明暗迷惑，又欺骗。进进出出一处处虚假的，却更接近真实的空间。

中国美术馆。一个不经意中就偷走一个下午的地方。

我想到很小的自己，一个做着画家梦的孩子。那时候，我手中握着彩笔，我的画纸上有最奇异美妙的图案。我背着大画夹，和另外许多孩子来到湖畔，来到春天，画远的近的亭台，画北海的白塔，颐和园的万寿山。不过是幼儿的涂抹，没有比例，没有透视，却是纯真可爱。便有倾斜的房子，粉红色的天空，飞翔的小白兔，在纸上成为真实。我知道自己在创造，并有了创造的快乐。

或许真的，每个孩子都曾是艺术家。是在时间的路途上，我们把那些最可宝贵的东西遗失一地，而全然不知。那些稚气天真的图画，被母亲一一收起，放在牛皮纸的袋子，保存在柜子里。它们几乎被忘记，只在搬家的时候被翻出浏览，然后，我知道了自己的失去。

当人们问起梦想，我再不会毫无犹豫地说出画家两字。

当人们问起梦想，我已经无言以对。

小学的第一堂美术课，老师教我们画蜗牛。那是一个星期二的下午，只有一节美术课。花白了头发的中年女老师，她容貌慈爱，身材瘦削。我画得很好，她给我了我全班唯一的五分加两个星星。我记得很清晰，爷爷接我放学的时候，她把画交给他，夸我有天赋，色彩感觉特别好，想推荐我参加区里的比赛。

那是从家里走入学校，走入集体的世界后，我第一次受到肯定和表扬。因这，幼小的我，竟将对于学校的恐惧一扫而光。我喜欢美术老师，她姓刘。她让我感觉亲切，没有对其他老师的紧张感。她对我很好，让我成为美术课代表，并和一个姐姐一起负责美术小组的活动。一次春游，我丢了带来的零用钱，她就拉着我的手，带我吃饭，又给我买冰淇淋和果汁。

后来，刘老师退休了。我时常想起她，却再也不曾见过。

那些比赛的获奖证书，也一并放在那个牛皮纸的袋子里。沉睡着，一个个春，一个个秋，并不知晓我的长大，和人间的失散。

你问我什么时候开始放下了画笔。

我说，是当我发现太多东西，我根本无力画出。

于是，我唯有向文字求助。我在文字里，寻找头脑中时隐时现的影像，色彩，气味。

图画与文字，于我，都不过是工具，来救一个淹没在内心世界的孩子。要将那片海水汪洋，倾泻在色块线条，流散在字里行间。

或许，我始终是生活的弱者。才在肉身的更深处，为自己保留了那么许多。

现在的我，被自己迷惑，无力自拔。在文字，在幻觉与错觉，在虚伪与真实，穿梭往返，而乐此不疲。看看镜子，看看日历，什么都不曾等待我们去明白。阳光在这一刻照着，蒙在我的脸上，光明到无法睁开眼睛。我总相信，那滋味就像幸福。

回程的公交车上，小鹿又靠着车窗睡去了。像每次的回程一样。

我在沉默里看拥挤的车厢里人们的沉默。夜幕又将落下，把我们的白天藏在地平线之下。我想到在美术馆遇见的午后：穿白裙的女孩，粉气球，徒劳却固执的一次起飞，淡绿的光线……

画的名字叫，阳台上的气球。不知为什么，我感觉莫名亲切。

也许，有曾入梦的夜晚，有不远的阳台，有自己，有尚存梦想的孩子。

是轻盈，是缺失重量的静，是不被容许的世界。

钢琴

有点失眠的晚上，反反复复听George Winston的《四季》。流水一样的钢琴。

对应着每个季节，唱片由不同的专辑选出，是一张精选。

《辞冬》《夏》《秋》《十二月》。最喜欢的，是《辞冬》这一张。

专辑的封面是一片明黄的花田，背后是远天的蔚蓝澄碧。

辞冬，英文的原文是Winter into spring。似乎是贴切的翻译。

从冬到春，大约是一年中最冷静的一段时光。要我们用守望和期待的心去慢慢体会，慢慢度过。

最早听这张唱片，是大一那年的冬天。

一月星，二月海，海浪，倒影，雨……美丽的曲名，让人未闻其声，已是浮想联翩。

在一个寒冷的冬天，躲在厚厚的棉被里，按动CD的播放键。让钢琴如水，灌注我的双耳，我的夜晚。

聆听那些手指触动下的叮咚，清越而不失温存。

好像，春天就这样在安静的乐声里绽开了。

一月的星星是冰凉的。

二月的海是沉默的。

很长时间，希望有一位会弹钢琴的朋友。

若是女孩子，该会有披肩的发，柔和的口吻。若是男生，便有嶙峋修长的一双手，温文尔雅的举止。

想和他们并肩坐着，让他们的手指抚过黑白的琴键，让我轻闭了眼睛。

喜欢会弹琴的女孩子。喜欢她们春风一样的微笑，带着音符的韵律。

更喜欢会弹琴的男生。喜欢那样的手，仿佛带着魔力的。

于是，有一段时间对李云迪颇有好感。因为他弹钢琴，又常常演奏李斯特，而且，模样也与我想象中的钢琴家比较符合。

该是有他那样的一双眼睛吧，有点犀利，却又是深情。

可惜我不是会弹琴的女孩子。更可悲的是手脚笨拙，协调能力极差。

我也没有长头发，没有足够柔和的口吻，足够温暖的微笑。

这个世界，在自剖的时候，总会惊异地发现自己如此多的缺憾。

但也许，这也才是我们每个人真实的生存状态。

期望着一种自己，接受着一种自己。

后一个自己似乎永远追不上前者的步伐。

对于自己的不满，是不是每个人都有的呢。

这大概是人本性中反叛自我的一种体现。

钢琴作为乐器是比较大的了。不方便携带。

于是，它成为了一种沉静的乐器。它总是坐在那里，不是么。

要让演奏者走过去，带着些庄重，坐下来演奏。

钢琴也是很骄傲的乐器。不像一支芦笛，一把提琴，可以随时奏响。

你总须安静下来，仔细去聆听。

有时候它是欢歌，有时候又是低泣的呜咽。

唱歌吗

不断地路过，不断地错失，幸福从无终点。

起风的时候，我躲在房间里。在安静中，听整个世界的战栗。

渐渐开始喜欢这样灰暗着脸色的天空，它容许我们去沉淀，去冷静，去勇敢地沉默，或者歌唱。

于是，会想起一些歌声，一些日子。那么恍惚迷离的，在头脑中闪念，仿佛一场旅行的浮光掠影。

所有青春的躁动与不安，还有那些属于时间的不舍和眷恋，在此刻全部化为灰烬，等候着灰飞烟灭。

《且听风吟》，朴树冰凉的声音。他说，灯火已隔世般阑珊。

这是一首属于冬天的歌。

也许，该混合着雪后的寒意，独自哼唱着，走过荒芜的原野。

看火车，看旅客们疲惫的眼睛。目睹一个懒懒的，百无聊赖，略显哀伤的冬天。

该有一个远行者的勇气和姿态，踏过时光，一路歌吟，一路洒泪。

歌声中，总是依稀的悲伤。属于冬天的歌，属于我们经过的路，属于奔波与流离的生命。

在城市的某处把自己隐藏，且听风吟，度过漫长的冬季，看雪花落下，又匆匆融化。

我想，许多人在相似的时刻，都曾听着这样的歌声。然后，在生活的缝隙里，被温热注满。

每个人，都是一件容器。我们讨论过这样的话题。

我说我愿意是白色的素瓷杯子。你说，你是玻璃瓶。

两个女孩的选择，一样的朴素无所伪饰，一样的单薄易碎。

我在自己的杯中注满清水。

另一些人，也许是甜酒，也许是汽水，也许只是空着，什么也不去放。

然而生命，总是需要我们有所选择。因它本身的空洞虚妄。

于是，有了歌声，有了为我们唱歌的人。

有了梦，有了诗，有了高高低低的声音，呻吟的，欢笑的，哭泣的。

世间的面貌也丰富起来。那么多的幸福和伤感，那么多的甜美和痛苦，被制造了，毁坏了，忘记了。

人在人间，一个无法自觉的存在，偶然到我们自己也感觉惊奇。

我是如何来到了这里，来到了你的面前。

起风了，北方的冬天临近了我们的城。

看街上瑟缩着走过的人，就明白，人终于还是这样微小。被自然的大手掌控着，被天地包裹着，与一粒种子无异。

那年，冬天的夜晚，和莫一起听奶茶的歌，《春光》，我们都喜欢的歌。

季节匆匆来去

生命不可思议

好好抓住片刻的欢喜

高中时代的CD随身听，盗版的音碟，那一首歌我们反复听了好久。期待着春天的心，在寒夜的深处悄然绽放。

你是否记得呢。莫。

很多的夜晚，因为歌声而无法湮没。很多的日子，属于大学的，总是有你，纯真的孩子气。

这个冬天，你对头的床铺空空的。请原谅田的缺席。

我们却依然会分享，那些深爱的歌声。

有时，我一个人唱歌。

有时，我却忘记了歌词，甚至旋律。

多少年前，你在电话的那一头，为我唱一首歌，遥远又苍凉的声音，令人痛彻心扉。

那些年少的轻狂和稚气，再也不回来。

奔波的人，奔波的年轻，相遇各自的未来，我们站在对岸，遥望彼此的火树银花。

然后，记忆中你的哭泣，也不再有心疼。

好像我曾说的，该结束的就狠狠地遗忘掉。好像你临别时的那场大雨，淋湿了所有的昨天，变得面目全非。

这是一种成全。

正如许多歌声，不必要深切而清晰地记得。只是在一些恰好的气氛里，忽然想起，再迅速忽略。

多少年前，我还不懂得。原来，遗忘是我们自我保护的方式。

落下的夜晚，好像灰尘，积满我安静的窗台。

风又在唱歌了。我坐在桌前，写我的诗，一句句的凌乱。

我是这样经过的么。每一个平凡的日月。我是这样，用一种近乎矫情的方式，来诠释，和接受生活。

文字，是田的歌声。

那是一杯清水，那是无须等候的幸福。

勇敢地沉默，或者歌唱。

爱

《忧郁的星期天》。一首仿佛充满了诅咒意味的音乐。据说，自其诞生之日起，有一百五十多人在听过这首曲子后自杀。

后来，作家创作出同名小说。后来，导演把它展现在银幕之上。

一个关于爱，尊严，与死亡的故事。

太多的故事，总是由一个女人的美丽开始。

风情万种的餐厅老板娘Llona，精明能干的犹太人老板Szabo，才华横溢的钢琴家Andras，还有，那个丧心病狂的纳粹军官Hans。

一个女人，与三个男人的命运纠缠。有无邪天真的爱情，还有情欲控制下的无耻占有。

　　三个人的情感能够称作爱情吗。当 Llona，与她的两个爱人同卧在河畔的草地，当两个男人在她肩臂的拥抱下，幸福地闭上双眼，你是否会对他们的感情产生疑惑和不解。爱情，怎么可能是这样的。爱情，怎么可能分享。

　　男人说，分成两半的 Llona 总比半个没有的好。她的箭已射出，一半是给她物质与安全的 Szabo，一半是给她精神与激情的 Andras。这好像是一个贪婪的女人。往往不可能同时享有的两种爱，她却在两个男人的身上同时占有了。也许，你又要羡慕她的幸运，有这样包容着她的贪婪的两个男人，分享着一个女人的爱情，而心甘情愿。

　　在一次醉酒后的早晨，两个男人说：我们需要你，你也需要我们，Llona，我们两个。

　　于是，在风雨飘摇的前夕，在短暂却令人醉心的时间里，三个人的爱情，自然而坦荡地发生了。

　　他们手挽着手上街去，他们共同经营着小小的餐厅。Szabo 的经商头脑，Andras 那一首瞬间里成名的钢琴曲，还有，Llona 那无可遏制的美丽，令这家犹太餐厅食客云集。直到那个昔日向 Llona 求婚遭到拒绝的德国人的到来。而今，他已经是一位显赫的纳粹军官。

　　我想，他也曾是善良的人，他也曾心无杂念地付出过炽热的爱情。不然，怎么会一脸羞怯地提出要为 Llona 拍照，怎么会在遭到拒绝后一心寻死，最后，又怎么会在自己八十岁生日那天，依旧要回到那家犹太餐厅庆祝。

然而，当他脱下为救Andras来向他求助的Llona的衣服时，一切曾付出的爱与真情，都已灰飞烟灭。

　　即将登上开往集中营列车的Andras，眼神中充满了对于Hans的期望，他知道，他能够救他，只需要一句话。但是，德国人眼见着自己的"老朋友"登上了死亡列车，而面无表情。那一刻，屏幕上光影流转的背后，分明有人性破碎的声音，如此惨烈。

　　Llona牺牲了肉体，却终于换不回她的爱人。

　　她知道那是唯一的希望了，于是，她奋不顾身地奉献出自己，即使，她清楚地明白，那个如愿的可能是多么微小。

　　Hans的爱，因爱而酿成罪恶，因爱而泯灭了良知。那么，这样的爱情，只令人感觉毛骨悚然。一把情欲的火，充斥着这个德国人的心，从他还年轻，到他终于有足够的权力来占有他人。

　　他所谓的爱，需要用占有的方式来宣告胜利，这是多么可笑又可悲的爱呢。

　　Hans，当他吃下他占有了，却永远不可能拥有的那个女人为他精心安排的生日晚宴，当他的心脏在那首充满了诅咒的音乐下骤然停止，会不会想到，那个不能忍受尊严遭到践踏，而自杀身亡的钢琴家；会不会记起，登上列车前，Andras那绝望而期许的眼神；会不会料想到，于他罪恶里出生的儿子，在他的死后，与母亲举杯庆祝。

　　那是一个伟大的女人，伟大的母亲，养育了自己与仇人的儿子，又在孤寂的岁月里策划了一场完美无比的复仇。影片在她老去的背影中结束。多少的爱，多少的恨，都湮没在布达佩斯灯火辉煌的夜色中。

　　许多的时光，许多的故事，就这样，残忍而美好地发生了，发生着。

关于爱情，却永远没有人真正懂得。它仿佛是天使，却又是魔鬼。

这就好像，一个女人的美丽，可能是一场灾难。

三个人的爱情，令人感觉高尚而纯洁，一个人对另一个人的爱情，却令我们感觉肮脏和龌龊。这样的反差，也许是每一个观众在观看前都始料未及的。没有人会去同情Hans的遭遇，是因为他伪善的外表，是因为他把爱情，单纯等同于肉体上的占有。但也许，他的选择，是一种时间与环境对于人的改变。他渴望的，自然也是拥有Llona最纯粹的爱情，然而，当那一切都不可得时，他唯有退而求其次。于是，他选择了以野蛮的占有方式，来完成自己的夙愿，来证明自己的胜利。可能，从头至尾，Hans的爱情都没有错。爱情从不会有错。错的只是，他没有懂得如何真正去爱一个人。

爱一个人，总该是以一种无功利的心去付出。虽然，在我们投入爱情的时候，必定是期望着对方爱的回报。

爱一个人，是尽可能完满对方的生命，甚至做出自我的牺牲。而这一过程，该是没有痛苦，却深感幸福的。大约，便如Andras为Llona所做的一切。为了她爱情的完满，他可以与他人分享一份爱情。这也许是一种极端的情况。更多的时候，爱情需要对等的付出，而非单方面的付出。只有两个人生命的完满，才是爱情最终的幸福。

爱情，从不该是一种煎熬，失恋者的痛苦，是来源于对于自己的爱。

于是有人说，爱情，归根到底是一种自恋。不然，人便不会有因为爱而不得而起的悲伤，不会有爱人移情的难过。爱情，便是一件简单的事情。正是那一句，我爱你，与你无关。只要默默地爱着，便心满意足了。因这世上有一个我深爱的你，而无比感恩。虽然，你并不爱我，甚至，你从不曾察觉，我的爱情。这样的爱情，或许是最纯粹的爱情，却也是最不符合现实的爱情，它好像一件精美的艺术品，而非日常人生活里的情感。它不食人间烟火的面貌，令占着世界大多数的凡夫俗子们望而却步。

爱一个人，可以不发一言吗。爱一个人，可以任由他经过你的生命，而不留下一丝痕迹吗。

你是否能够，在多年后回忆起某人，然后带着时光的苍茫，了无遗憾地说，我曾深爱过他。

虽然，那一个人，从不知道，那爱的存在。

所以，Hans的故事，并不是一个特例。我们总是要把自己塞到所爱的那个人的世界里，才心满意足。

爱，只是让我们去爱，而不会保障任何的结果。

爱或许从来是一件不计后果的事情。曾经想，若那一天，在爱一个人之前开始细心地计算利害，便是真正失去了爱的能力了。

但是，当决定了爱，便也是决定了承担——一切完满的，或者残缺的结局。爱情的终点，从来不是童话的结局，却永远是琐碎的开始。正如生活呈现给我们的模样，所有的情节，都终于是零零落落的碎片，一些如愿的，一些遗憾的，一些无可奈何的。爱情，是冲动的决定吗。一个甘愿了放弃自己，被对方囚禁的决定。看到过最温情的一句表白便是：在你给的囚笼里，我从未如此幸福，请不要打开那只锁吧。

把彼此锁在对方的生命中。这想法浪漫而形象。黄山上似乎出售这样的锁，相爱的人总会买下一把留在铁索上，以示爱情的恒久不变。但是，又有多少把锁，在真实的人生中锈蚀残损，甚至开裂。就好像，那些坚硬的钻戒一样，越坚硬，却越反衬出爱情的更变与无常。人们总是期望着恒久，却不知道，时间终究是宇宙间最虚妄的幻觉。我们始终在这里，从出生前，直到死后。什么都不曾改变，包括那些来来去去，起起落落的爱情。那是我们生命的简单相遇。像一粒尘埃与另一粒尘埃，像两条盲目前行的游鱼。在更大更大的世界里，爱情显得渺小而微不足道。它只是一种偶然，和其他许许多多的偶然一样。

而生命，终归也不过一种偶然的存在。

一个知觉而已。

那首乐曲时常响起。好像老去的Llona在清洗着令人心脏骤停的毒药瓶子时，轻轻哼唱的那样。这是一首被诅咒的音乐。许多人因它而死，他们说，他们受不了它的旋律，仿佛那就是自己葬礼上的丧歌。每个人都在清醒里做梦，或者，每个人都在梦里清醒。当人们割断手腕的动脉，当鲜红的血液奔流而出，那究竟是对于生命的一种亵渎，还是超越呢。曾经爱过的人，一张张鲜活的面孔，那一切，仿佛才是我们对于生命的全部眷恋。因我是一粒尘埃，因你是一粒尘埃，这相遇才因平常而显得珍贵。

多数时候，我们终究是个俗人，逃不出这天地布下的情空欲海。看不破人间因果，舍不得爱恨纠缠。紧握住一念之间的知觉，承受住生命，或重或轻。

然后，在平淡琐碎的日子里，努力爱得无邪而天真，心无杂念。

无奢求

给自己一颗糖果，来宠爱沉默的舌头。

也许，人从不该奢求生活。只应平静地观看，享用，或独自默饮。

像品一盏茶，一杯酒那样，用唇齿轻触，让或淡薄或浓烈的滋味，越过舌尖，滑过喉咙，坠入身体的深处，而无丝毫声响。

又好像，吃一只棒棒糖。要一口口，细心地舔过每一点甜蜜，却不能够一口吞下。

这全部过程，仿佛是一场孤独的行旅。

只是，我总是忘记了行李，一个人盲目上路。直至发现自己站在人来车往的站台，不知去向，才茫然失措。

却从未慌乱。

因为渐渐懂得，没有人不是这样经过着生活。一切平凡的，却波澜壮阔的日月。

看盛大的日出，安详的日落。听海浪漫过生命的沙滩，抚平凹凸的痕迹，留下年龄的光润。

我们被反复打磨，如一粒石子。我们在各自的期许和挣扎里，慢慢获得着智慧，足以拯救我们，或者毁灭我们的。

心是间空房子，装满了回声。跺一跺脚，抖落一路上的风尘仆仆，求一处安宁的处所，安放自己，这灵魂，这身躯。

我全部的工作和努力，原来只是去寻找这房间的钥匙。一枚晶亮的，插着翅膀的钥匙。

当我找到了，便推开那扇门。于是，之后的生涯，我不再是奔波的旅人，而是无言的草木。

自开自落，一场场春光，一年年秋风，听任自然的安排。让我心无杂念地盛开，再全无悲戚地谢落。

我的心中，是花瓣坠地的铿然，是年华流水，鸣如环佩。

天地在这里老去，时光在这里破碎，没有哀怨，只有寂静的轮回，绚烂如梦，开到荼蘼花逝。

人不该奢求生活。所拥有的，都该心怀感激。

因这世间，没有谁有一定要善待你的义务，也没有一种获得，是我们可以轻易领受，而心安理得。

没有什么，不是恩赐；没有什么，不是意外。

所以，忧伤是一张矫情的脸，面目可憎。既然选择活着，就必定有所承担。

那些无谓的情绪，怎么有资格出席生命的狂欢？

于是，田说，要主动地去感觉幸福，而不是徒劳等候着，幸福的事件来将我们袭击。

那些事件的发生概率太小了。

有时候，想寄一封信。收信人却是十年后的自己。问候天空，问候窗口，问候不失约的风季。

又想寄一支棒棒糖。告诉她，慢慢品尝吧，你的生活。

像舔一处无法愈合的伤口。

那滋味，一定是甜的。

闭上双眼，迎接一切

南风

南风知我意。如梦方醒。

阳光和暖的下午，推开紧闭了一冬的窗。

徐徐的南风吹来，叮叮咚咚敲打沉寂许久的风铃。泥土的气息，在饱含了温度的空气中，不再寒冷。

我坐在这里，知道风的奔波，是如何急迫得一日千里。

吹去封锁的阴霾，吹去暗淡无光的天色，一汪碧空，澄明如此，宛若清泉一泓，润泽草木的干涸。

春是希望，是天真的不安和期待。

春，万物都积蓄着盛开的力量，只待一个恰好的时刻，瞬间迸发。

一棵小草，一片新叶，都在春光里舒展着生命的欣喜。它们的神情是绿，是鹅黄，是草色遥看近却无的朦胧。

南风，经过多少寂寞或喧闹的城，抚去谁镜台上积落的尘埃，看红颜如花，看四季流转，来我的窗前，唱一日温煦的歌谣。

你从未失约，一个个大陆上的风季，你由海上来，你由南方来，退去北国的冰冷沉默。

这风是多情温婉，是水的造化，水作的骨肉。

南朝的女子在思念中轻轻唱起：

海水梦悠悠，君愁我亦愁。

南风知我意，吹梦到西洲。

多少爱恨离别，在这风丝缱绻之间了。

多少千古未了的哀愁，在你落花如粉的梦中了，在我零落一世的情怀间了。

我感受到风，我感受到时间未曾改变的气息。南风，大约自古便是如此的味道，清苦的土，柔润的水，缠绵于一处。

在这气味里，我们最早知晓了冬季的告别。让我有了一夜夜盛放了桃花的梦境。

风晴日暖的天气里，采桑陌上试春衣。灼灼的花朵，更映红了新擦了胭脂的面颊。

我好像是那片桃园的主人。溪水从我的柴门前流过，青山在我的屋后苍翠。

花在风中飘落，飘落，用尽整个繁华又寂寞的春天。

过路人，你何时经过我的门前，讨一碗井水，来解路途漫漫的饥渴。

过路人，你何年重到我的桃园，看如旧的春花摇曳生姿，写一首流芳的诗词，待我用一生默念。

在有花的梦里，我仿佛永是一个安静无言的形象，是日光里孤单的一条影，却怀着无限惆怅的深情。

那是我所喜爱的夜晚。

那是我所喜爱的梦境。如一首古诗的绵绵深意不绝，质朴洁白的人，赤子般的心。

南风敲打我的风铃，我痴痴听，就荒度一个下午的光阴。

清越的声响，飞越了千里冰封，那些曾被白雪覆盖的山原，那些荒蛮的田地和村庄。

叮叮咚咚，这其中有孩子手中风筝的快乐。

想和什么人，在倾斜的草坡上，放飞一只纸做的蝴蝶。

想看它五彩的翅羽在蓝空下的翩翩，想看一个春天，在风里上升，上升，载满了幸福的可能。

当它飞入云里，让我们并肩躺在初生的青草上，像两块不曾获得呼吸的泥土那样，任流云的影子抚过我们的双眼。

那时，世界离我们很近了，生命好像回归它本来的模样，恬淡如婴孩的睡眠。

南风渗入我们的发丝，我们的肌肤，我们的血液。

春天，是一夜间解冻的河水，破冰的湖，奔涌而来。

我站在原地，推开我的窗，闭上双眼，迎接一切。

无心

慵散的日子，平淡如常。

灿烂如许的春，摇摇曳曳地挤满窗外。那园子或许是这校园里最得风情的地方。

小池塘中已注入清水，的确是清水，尤可见池底地砖的纹路。就想起，初入大学的盛夏，想那池塘中零零散散的小莲。盈盈的身姿，看似娇弱，内骨却坚实而高洁。

有人倚着池边湖石而卧，读一本书，会是诗吗？我满心欢喜地猜想。

夏天，总是热烈明艳，在这园子，却也得清幽和风致。只不过是一塘的水罢了，竟就溶释了太多的浮躁。

冬天的时候，水便抽干，偶尔也见人站在业已无水的池子中打太极拳。我是没有如此的兴致，很少在园子逗留，觉那抽干的池塘，已成凹陷的深坑，虽然，它是那么浅的，浅到只可称之为池的。

直到这个春天，那晚上同小鹿偶然从园子走过，才惊见一池塘又已粼粼的水光。

不由得在池边站定许久。看一泓水泽将隔岸的灯火和树影都流溢成彩，成墨。

有人唱歌，拨动琴弦，听出些已淡漠的忧伤。

和小鹿说起各自的事，都是毫无条理的片段，并不清晰的心绪和过往，却觉真切动人。

临水的夜晚，不免寒意阵阵，而心却清醒。

好像这盈满的池水，在许多个干涸的日子后，又温存柔润起来。

春天，总会是重重的惊喜，是天地是本然，如甜蜜的糖果，待谁的素手将层层的花纸剥开。

后来才知，在临水的夜里，身后树丛间正有一株丁香在悄悄酝酿着盛放。

我没有发现她急切而小心的心，我也没有听见她小小花朵裂放时的轻笑。而次日的日光中，我终见得你细细小小间簇拥的喜悦。

澄澈的蓝空下，你毫不张扬地默默美丽着。

人说，找到五片花瓣的丁香便可得到真爱和幸福。我便情愿迷信这传说。丁香，却仍是本初的模样可爱。

有人曾花费漫长的一个下午在丁香树下寻那五瓣的花朵吗？

有谁曾找见，又将它轻手赠予他的爱人吗？

丁香曾为谁，而竭尽了气力长出五片花瓣吗？

周五的下午，班里组织到植物园赏花。

的确是繁花锦簇的世界。有一处叫丁香园的，栽满各品种的丁香。树身小小的牌子上标明它们的产地和血统。

本该是更觉美妙的时刻，却分明少了于小园中赏花的欣喜。

满园的繁华，原不如一枝的风姿令人动情。

我笑笑，由此观，我们本不必拥有许多的。幸福，是于疏落甚至寂寞中长成。

所想，只是如池塘一般将身躯用清水注满，只是如独自的丁香一般寂寞地美丽着。

不该再起贪念的春天。

来临的三月

面对，接受，学习着从容淡定。如一株沉默的花树。

北京被阴郁覆盖，雾色苍然。流动的灰云，潜伏在一汪无色的天空。

已是三月。我看日历上赫然的日期，才知道，季节又一次轻易地改变了。

想到湖上缱绻的柳色，想到愁怨的丁香花。三月，是时候让我们期待，这一切的温存和明丽。

春天。读它的名字，只容用轻而又轻的口吻。

好像，在恋人耳畔的细语。

我开始想望着，一个草长莺飞的日子。

让时间停止在开满紫色花朵的山坡。

植物的种子，在日光下飞行，散播着春光的秘密。

去年，我们在那里拍照留念。

青草漫过我的鞋子，风拂过一片片花瓣，吹乱我的发。

你不断按下快门。我总是来不及做好一个恰当的表情，就匆匆被定格在你的视窗。

那是一些自然的照片。仿佛自然而无矫饰的生活，一样是平淡，琐碎，略显仓皇。

我好像懂得了一些，始终被蒙蔽了的真相。

也许，影集里那些甜美而端正的笑容，不过是一场真假难分的表演。

纵使真实有一千一万种悲伤，面对镜头的那一刻，我们还是选择了幸福的模样。

因为，你知道，这一个时刻即将成为回忆的线索。

去年，我们翻越了那座开满紫色花朵的山坡。

我们站在山顶，看远处的湖水。风晴日暖的天气。

我说，我想睡，想沉醉在青草连绵的绿。

你笑了。你没有言语。四处安静。

去年，我还有足够的力气，去登上一座小山。

我还能够，与你并肩，看湖水的波涛，与岸纠缠。

又将是春。我一半惊慌，一半期待地等候。

写信给小鹿。说起楼后的那株海棠。洁白的花，缀满挺拔的枝条，几乎遮蔽了小园的天空。

我从未见过，如此高大，如此盛丽的花树。

我们抬头仰望，望得神思焕然，痴心一片。

没有雨，它便默立在那里，筛选着阳光，投下斑斑点点的影子，婆娑婀娜。

落雨的天，它是低泣的诗人，一树的碧色，唱着沙沙作响的悲歌。

那是一株美丽的花树。那是一颗多情的心。

我撑伞走过它的身旁，看到淋湿的一路落花，无瑕的身子依偎在泥土，等候着轮回。

你相信轮回吗？你相信人的前生和今世吗？

我拾起一朵萎落的生命，安放在手心。也许，植物懂得这世间的一切奥秘，却从不说出只字片语。

它们只是兀自地生长，开花，兀自地生与灭，信守着天地的约定，淡定从容。

若真有来世，我愿做这样一株花树，默默地开放，守住几尺泥土，不断地向上，去触摸流云和星空。

树比我们更了解宇宙和生命。

你的前生，是否也曾是这样一株花树。那么，我便是另一个春天里走过树下的女子。

我想，前生里，我或许不曾读书，不曾写下日记和诗歌。

我只是粗布荆钗的女子，在你的树影下盼一封烽火里的家书，在你的落花里，缝一件寒衣，寄去边关，又识得流年偷换。

有时，我倚住你的身躯哭泣。有时，我把絮絮的心事讲给你听。

我想，那是一个寂寞的前生。一个女子和她的花树，几十年的时光沉默。

所以，当今生遇到这一株海棠时，我才会亲切莫名。

我相信这些看似荒诞无稽的前世与今生。虽然，它们虚无缥缈，无从验证与捕捉。

来生，我愿做你门前的花树，默守一世的深情。

拉开窗帘，没有阳光刺入。灰暗的天，仿佛酿着雨。

我从种种想象里抽身而出，站在窗前。三环路上，依然车如流水，马如龙。

我小小的房间，在这偌大的城，不过一方窗口的灯光，不及萤火虫在黑夜的明亮。

这窗口，总好像沉入深海的渔火，一撒手，便是稀落，便是无可寻觅。

我们都是躲在这样微弱的光芒中，阅读着人间，在纷繁里修行。

还有许多的问题没有解答。还有许多的危险，没有被消减。

没有人不是如履薄冰地行进。

我感受着世界的冷暖，世界也体会着我的悲欢。

我这样想着，撕下了一页日历。原来，每一个日子，都是独一无二的。

三月。

春天。

我读这些名字，轻声细语，如一句句情话。

瞭望

我想着，许多个春天的风晴日暖，用花朵点缀着季节的苍凉流变。想着，许多的你们，微笑或者忧伤，我们携手走过湖岸，看落英缤纷的四月。

母亲在花树下，用温柔的双眼望春水荡漾的碧波。天空清亮，像从黑暗中苏醒的蓝水晶。用力呼吸这空气，吸入我的心肺，润滑着骨肉血脉。我们在这湖岸上漫步，迎着眼前一团浓似一团，一片幻如一片的粉红的云霞，在树梢，在枝头。

仿佛所有的四月，都是这样明亮。像低低哼唱的一段歌谣，荡过山尖，荡过波纹，在人的心海里投下一颗糖果似的石子，并不再索回。于是会有甜蜜的涟漪，一圈圈，画着圆满的弧线，在记忆里留下完美无瑕的轨迹，可堪思念。

四月，读着，便知道它的美好。可以脱去冬衣，穿上布格裙子，可以抱一本诗集，徜徉，或者静坐，默读，或者发呆。在毫无吝啬的阳光里，一切的时光的流逝都可以忽略不计，一切浪费都是最好的珍惜。就让四月无所事事，游手好闲。把每个晶亮的日期空掷入无言的沉醉，不只是春风，柳絮，不只是桃树，花枝，踏向春野的脚步声，已足够愉悦从冬天融化的双耳。

我们总是在四月，到那湖岸上去，载着欢笑，拍下照片。我说，我最爱那长长的堤，爱那杏花不胜凉风的娇羞。时间给我们一个充分的借口，来爱惜花开的时节。有时，我们走累了，就坐在湖边的石凳子上。然后，远山成了水墨中的风景，船上的歌声，把我们的思绪带离，飞去比山更远的天地，不知去向。

我感谢，我是一个四月的孩子。母亲在终于温暖起来的日子把我从她的生命唤醒。于是，我在万物复苏的节气，清明这一天降生，成为春天的孩子。我的生命从一种复苏里开始，我感觉我生命的节律是与大地同一的。很快，第二十个年份便将来临，一霎时，我感觉自己的微小，是多么美妙的一种存在。

母亲总会在生日那天为我点燃生日蜡烛。我总会满心期许与希望，将它们全部吹灭。我总记得那烛光，和烛光摇晃里的母亲，她的目光，她含笑的嘴角。她的小女孩长大了，在一年年的愿望里。那些愿望，忘记了是否终得实现。所有的生日，却成为永恒的记号，烙印在平凡的岁月，母亲的皮肤，我的心上。在这样的四月，我是在迎接一岁的重生，更是在不断告别。

我像是永远走在湖岸之上。夹岸的花朵，正向季节的深处凋零。而母亲是湖，是围绕拥抱着所有的柔波。春天的气息，透过皮肤，渗透入我的筋骨，我的血脉。遗忘所有的冬季，我可以安心地闭上眼，轻靠在花树挺拔娇美的身上。

天空清亮，像从黑暗中苏醒的蓝水晶。季节离开了，而我们依然在这里。湖岸，我最温柔的寄托，在许多个春天复活。用四月，祝福崭新的生活，要你擦拭净眼睛。面向阳光，就看不到身后忧伤的影子。

为了幸福，人必须勇敢。

风沙

独行在季节的边缘，三月的雪花从天而降。

苍白的日光，预示着风沙，预示着我的回忆，被抛入深渊，像落在深井，捞不起的月亮。要用多少的热情，才足够把我们的岁月填满，永不枯竭。风沙将至，从春风未识的塞外，从飞沙走石的山岭，从湮没帝国与美人的荒漠，日夜兼程，一路奔赴。

我动身回北方四处打听

她身世飘零

那时间的幽灵穿越爱情

听哀号的声音

梁朝伟用他并不美妙的歌声沉沉唱起。我曾在身上落满黄沙的春天街头，反复聆听这首叫《风沙》的歌。它让我想到遥远杳无的那些时代，想到旅人脸上的沧桑迷惘，想到那千年前的一句悲叹：饮马长城窟，水寒伤马骨。后来，自然又加入Jay的那曲《娘子》，便更有江南的烟雨如愁，折柳的娘子迟暮。

一道道关卡，早已不是简单的一种人文或地理分界，而是情感的天堑。高墙的那一头，是大漠孤烟的凄荒悲壮，是戍客思归的夜夜，群山的这一边，是长安的月光如练，是零落无望的年年。远方的人，有琵琶哀怨，有埋骨蓬蒿，关内的人，默泣在春风沉醉的故园，一季季枯竭着风华，随那小塘的荷花，固执地问着问着：何日平胡虏，良人罢远征。

断肠人在天涯，在爱人的视线无法触及的风雪。分别时，嘱咐着努力加饭餐，却明知，这之后已是永世的不见。你会在世界的某处执意等待，我们终于可以在未知的一种天地间相遇，做来世的比翼之鸟。——他们的相信，他们用勇敢和眼泪书写美到失真的童话。

那些可以执手相看泪眼的年代，随着旧时安谧多情的月色，一并灰飞烟灭。

风沙却从高墙的那一头，飞行到我们的城市。取代了曾经的锦书鸿雁。它们遮蔽了日光，用黄沙覆盖目光所及，落入你的发，你的眼，你的回忆。风沙无情，风沙多情，用近乎严酷灰暗的表情，哭诉大地的伤害。它是复仇者，正义的复仇者。

　　　　风沙要带我去哪

　　　　是她我一生挣扎

　　　　爱恨都放不下

　　　　风沙在断枝折花

　　　　天涯踩在我脚下

　　　　我一路在牵挂

　　他的歌声继续。旅人的马瘦了，一片孤城，万仞高山。千古同一，人是情感的动物。男人用苍凉与雄浑，女人用悲戚与哀怨，见证那些时光带走的回忆，像那些不再的时代，遥远杳无，灰飞烟灭。英雄与红颜，连一具形骸也不见于历史，人的微小，被一次次有力而冰冷地证实。那么，我们还有什么是值得争夺不休的。

　　只让你相信，来生，我们可以做比翼的小鸟。纵使，你喝了孟婆汤，纵使，我们再也辨认不出对方曾经的模样，我也会飞到你的枝头，唱一支涕血的挽歌。

　　愿那些远方的风沙，落在你年轻的肩膀。愿你记得这座城的春天，记得一个尚未凋谢的我，无论那将是痛苦，还是幸福。

　　独行在季节的边缘，三月的天空，飞雪迎面。

　　风沙还没有来临，我没有恐惧。只是漫天的雪花，让我感觉生活的虚假。午后，竟有了明蓝的一角天空。大风把阴霾吹破，阳光蒙在我的脸孔，微寒的天气里，我开始想念你的手掌。感谢你赠予的全部温暖，在整个的冬季。

　　而回忆，永远是落入深井的月光。

那些沙尘，和所有的晴朗一样，被我们锁在日期的柜中，封存入永恒的无限。

你可以遗忘，你可以享用。

春山

春山如笑，因为有花烂漫。

杏花在微风里怯生生地开了，缀满一树枝条。

我总是难免感动于如此的春光。

看远天的云朵在嶙峋的山腰飘浮，看原野尽头那一列萌发的树木在晴空下舞蹈。

仿佛是时光的纪念册中最光明的一页，被一支彩笔涂画得清婉动人。

每一个春天，这样似曾相识地经过着，如一只缓慢的爬虫，漫不经心却又万分谨慎。

看去年拍的照片，一瓣落花停留在你宽厚的手掌。

这使我想到每个人的经过。想到许多出现了，又渐渐消失的人。

由陌生到熟悉，再由熟悉回归到陌生。有多少人，是以这样的方式交错入彼此的生命。

后来的陌生，是一种顺理成章的遗忘。

某一个人，在某一个时刻，成为了一个模糊的剪影，一个恍惚的名字。

某一段经过，在某一天，幻化为一个遥远的故事，一串真假不辨的对白和动作。

如那一瓣落花，曾经年少的温柔，坠入谁的往事如烟。

如那一双手掌，从前年少的晴朗，捧起谁的昨日，再轻轻放下。

那是我们所无从预见的明天。

好像当初的你我，无从知道今日的离别与陌生。

人与人的交错，纯属意外。人与人的失散，又如梦幻一场，惊恐中醒来，已失向来烟霞。

来不及挥手道别，昔人已远。

乘风万里，远走高飞，遗忘的终于被丢失干净，记住的终于也一丝丝消磨殆尽。

如果没有记日记的习惯，我大约不会有这样好的记性，不会有闲心去记住一场雨，一个荒废的下午，一张忧郁的侧脸。

那样多散碎的细节，会被我毫不留情地抹去。抹去了，也便如没有发生过一般。

好像，我在许多人的世界所遭遇的那样。也许，会有同学在看毕业照时，竟叫不出我的姓名。

当然，如今的我，在翻看那些旧照片时，也会对一些面孔哑然。而且，这些面孔的数量明显有逐年增多的趋势。

没有人不会被遗忘。没有人能够霸占谁的记忆，赖着不走。

如花的年纪，自然也该有落花的姿态。是这样轻地，离开了，满怀深情与不舍，却又伪饰得仿佛淡定从容。

这一切，原来都是时光的把戏。

这一切，莫非是我们辗转奔波中的真相？

亲爱的朋友，如果明天我们便要失散，我该用些什么去保管今日的欢乐，用什么去封存不多的青春。

如果你将远行，如果你后来的故事里不再有我的出现，你是否也会有所留恋。

这些，是我不该去问，也无须去问的。

这一路上，谁不是匆忙仓皇的过客。

我们从未停留。我们不忍停留。

我唯有感谢，全部曾有的懂得与珍爱。

这些年少的温柔与晴朗，是你我不灭的春天。

绿

生命里，许多个不经意的时刻，你站在绿色背景下，莞尔一笑。那些并不起眼的时刻，默默中流转流转，向岁月的极暗处奔流而去。而你，也长大，犹如身后已挺拔向天的树。我于是时常想起，那许多的时刻。脸色单纯的女孩，穿一件素白的衬衫，立于春日的末尾。

看照片中定格于原地的自己，感觉这时光之潜流，竟是清晰可触的。我轻轻抚摩你，多么美妙。那几乎已不可辨认的自己，依旧是笑，绿色的时刻却被拖得长了，又长了。

又是安静的春。泡一杯绿茶，看叶片悠悠舒展开来。倚窗而坐，庭院里已是葱茏一片。难得的下午，日暖风轻，天地被日光拥抱着。

这种时候，我总是铺开一张纸，忍不住把满心的思绪注满文字。而此刻的心头，只是绿。儿时家中墙面的颜色。

淡淡的绿，有好听的名字：风铃彩，是父亲挑选的。

正是在那间房子，爱穿花裙子的小女孩长大，剪去心爱的长发。是在那个小小庭院，祖母栽植上杨树和槐，是在那里，夏的午后浓郁成饱满的翠。不睡午觉的你，坐在漆成绿色的房间，屋外，是凉椅上昏昏睡去的祖父轻轻打着鼾，大大的蒲扇已滑落在地。是宁静与安闲如此的时刻。小女孩躲在那个角落，偷吃哥哥的冰淇淋，然后像被施了魔法一般，疯狂改变，不再穿花布裙子，留齐耳的短发。是你吗？那个男孩子一样的你，站在屋前的茉莉花丛中。是十二岁吗？是马上要被拆掉的老屋前，你的最后留影。

很远了，环绕上重重烟雾，浓起，又浓起。就成一处不可企及的小洲。绿起的树枝蔓蓝空，横着些身子，伸向澄碧的水面。我只是彼岸的人了，不见谁立于船头，挥一条绢帕。没有告别，没有哭泣，我绿色的庭院被大楼掩埋，连最后倒塌的呻吟也没有发出。只是漫天的扬沙扑面而来，来不及躲避，已经灰尘满身。是这偌大的城，吞噬了所有。

总是在下雨的日子，想起人在江南的日子。灰瓦，白墙，木窗，芭蕉。一样是落雨的天，却多了润泽的诗，多了清丽的声。是十六岁吗？与母亲一同听雨的午后。记得穿浅蓝布衫的自己，说回去要在窗下栽一株芭蕉。因喜那碧色的叶，同雨共奏一曲，同操一歌。怎么知道，北方的城，哪里容得这般植物？那绿，便成遗憾，亦成江南。后来的自己，渐渐喜欢雨天。喜欢歪在窗边想念，遥远的小镇，想屋檐下的一抹绿。可成诗，成乐的绿。十六岁，你站在阴暗中，窗外湿成流溢的水彩。翠叶一般清新的孩子。

我的绿色，生命里转瞬而逝的一寸寸光华，闪烁闪烁，在天地岑寂如蒙雪的夜里。这样的夜，对头而眠的莫总是悄悄和我说起话。谈过往，梦，和长短不一的期待。我安静地听，好像她很远很远，好像她藏在我的身体中一般。莫说，这世界，当你于繁华种种中望去，是如此热闹，而当你把心缩成一小团，才发现，自己的生命并不丰茂。是的，好像禅师所言，这生，不过呼吸这一瞬。此一吸前，已成旧迹，此一呼之后，却为虚妄。生命，并不丰茂，许多个片刻连缀拼接。好像一株树零散的叶片，它大概也会落下，会腐朽，只是我们都不知何时何地。只知道，此一刻，是鲜嫩，是绿。回忆总成汪洋，淹没你我，明日又如潮，起落无定。和莫说，大概我们每一天所做，不过是耕种，心中的田。那本是一片荒芜，只等你去播种，栽植，才会浓起绿色，盛放花朵。是这样的吗？十几年的日子，已成长如树，浓郁醉人。那些遗憾和想念，那些失去和离别，是时光的礼物，开成紫色的蔷薇。

学着，看守自己的绿。即使绿影之下的自己莫名失踪，我还是莞尔一笑，亦如当日。播种自己的田，于平和的心境中，望它成园成林，成丰茂的一片，我便了无遗憾。这世界虽无原本的纯净，只要心依旧灵慧，不蒙尘埃便好。

我的时刻，于色的背景中流转流转，悄无声息。站在原地，或此时，都同样美妙。茶已舒展，绿成如玉的水泽。轻轻品味，是清苦中的淡然甘味。是绿的滋味，清明润泽。我见杯中，已俨然成林的叶片，丰茂非常。

天地本小，而心田无涯。珍惜，珍重着，我自己的绿。

春已深了。

四月·湖

四月，在一个浮着灰云朵的阴天，敲开我日期的窗扇。

西堤的春柳正婀娜缱绻，随温煦的季风，悠悠斜飞在游人陶醉的视线。观柳，是最宜在这般境况与时节。

春风的剪刀，妆成的碧树，灰云缝隙里犹疑不定的洁白日光，水天一色的湖。造就了一处浑然天成的幻境，在四月，未名真假的温暖里，把渺小的生命，投入宇宙的无限。

天空与水面，只相隔那纤细精巧的一段堤岸，浅绿的，点缀着杏桃矜持羞涩的花朵的堤岸。如佳人细腰间轻绾的裙带，美而不妖，是日暮倚修竹般的凄清，是自开自落的年月，是寂寞的孤傲。我于是爱那堤岸的神情，几分的倦怠，几分的随意，却是维系了天水间的沟通，用不着痕迹的一笔。如姑娘脸上涌起的一抹红晕那样，不是刻意的胭脂，却比胭脂的美更摄人魂魄。

我以为，这天空是另一汪大湖，在人的头顶，在尘世的高处，凌空俯望着一幕幕悲喜。而人，终不过这细细裙带上的花纹，我们站在上边，被上下的湖水包围，感觉着被环绕的幸福与安全，或者，恐惧着被围困的痛苦与惊慌。而我们，终于是在这里了，无可逃遁，无可拒绝。在一个水的世界，仰头，又俯身，看天湖上的落雨，将人间的湖注满。人间，天上，两处湖水，一样的无言，一样的神秘未知。

四月，我在这裙带似的堤岸上徜徉，是起风的日子，我的发也斜飞，像所有萌发着希望与季节的树木一样。湖水被激起风浪，拍打那护岸的巨石，汩汩作响，陪伴着耳畔寂寞的风声，一片天籁交响。

来游湖的，多是老人，他们坐在湖畔的石椅，并肩相靠，并不言语，只望着渺茫无际的湖，和那若隐若现的远山的影。是多少并肩的岁月，成就了此刻风轻云淡的守望。

看他们的背影，我无法获知那些风雨浮沉，是怎样把彼此的心灵打磨，终成一块浑圆整洁的石子。或许，那便是女娲补天时候，最后缺失的那一块，它从不曾存在于物质的世界，你不可以触摸与把握，只能够在人心的深处获得。

你知道他在那里了，岁月在那里了，于是，那一块石头在那里了。天空是完整的，不因女娲的牺牲，而是因人的多情。

你会和谁，在后来的堤岸上，并肩相靠，补全天空的裂缝？

你们是不是也会终于安静下来，不言语，不说笑，只听着风浪，听着柳色，洞悉一生的奥义，将对方褶皱的手掌，紧紧握着。

有一块石子，在岁月的尽头等待，在青春躁动的梦里，调着邈远的色彩，如远山之清。

我仿佛一只素白的瓷器，未着丝毫纹绘。

我知道，人是如这样的器皿，等待着叫作灵魂的液体来注满，来成为有所感，有所情的生灵。

生命，会像眼前的湖泊，天上的，人间的，涌起浓白或银灰的云朵，荡漾温柔或凶猛的水波。湖，在我们的眼前，湖，在我们的心田，在最近，也最远的空间。

让一个个风季，吹进所有的春天，让万物复活，或者新生，像上帝最初造出人类那样，让泥土有了呼吸。我听到，那些呼吸，急促的，小心的，如爱人睡眠里微微的鼻息，那么精巧，在明亮的清晨，在无光的暗夜，萌发着生动的爱意。

那爱，在泥土中，在我们的身体，无限扩大，盈满生命的湖水，像许多个夏天的雨水那样，注满干涸，映着云朵——那些游弋在天湖的点点白帆。

万象皆宾客，我终于了解。生命是短暂的降临，浮光掠影。

小小的器皿，等那水的蒸发，便终归于空。而人的相遇与多情，则是最虚无的美景。

湖光山色，是我们蓄意的留恋，是你眼底的水色，纠缠着我的前生今世。

你不见，我的眼睛，含着湖水，一汪天青色的泪。因为珍惜，我用三生三世，来期许一块石子的浑圆整洁。

我以为，天地的大美，是需存着无尽的善心与大爱，来赞美与热爱。只从小小的指尖，让我体会温暖，懂得一只瓷器，懂得湖水的动静，和那水面下无所不在的游鱼的沉默与欢乐。

四月，在这湖上开始。湖的主人，那权倾一时的帝王早已灰飞烟灭。而春是依旧，柳是依旧。在永远含混不清的时间上，我们是点刻之上的微尘。只有多情的岁月，是永恒的归属，只有这人间天上的湖水，暗示着宇宙的真相，将我们的空瓶注满，将人的肉体充盈。

我愿意，有一种等待。我愿意，在时光的对岸，在远山的缥缈间，有谁舟楫泛于无尽的未知。

会有一双手掌，紧紧相握。会有你，在明亮的清晨，在无光的暗夜，把一块石子交付，向天地有所感激，有所眷恋。

我在湖上，我在你的湖上，我在人间天上，沉默里微笑，幸福中哀伤。

话语·碎片

这是一场甜美到繁复的春季。带着光亮的柳絮飞行，从城的这一端，到城的那一边，经过女孩子的窗口，经过不识春风的夜晚，充满这喧哗又寂寞的世界。

我立在无力的风中，绿树的灰影子在我的脚下婆娑。想着一些很远，一些很近的幸福，所有在坚强里挣扎的喘息。我的视野，被温暖的日光包围。找出压在衣柜底层的布裙子，翻弄冬天厚重的衣服，沉沉的，在手心的重量，正如一整个灰暗的季节。我们，是从那里穿越和跋涉，迎来眼前的满目光明，有晴空，有引人沉迷的希望。

就这样，我们告别着，许多含混不清的情绪，在春风的怀抱。

海棠花涂着淡粉红的胭脂，谦卑地向蓝空致意，一园的桃红柳绿，让人的身体松软下来，想在午后做几场昏天黑地的美梦，而不急着醒来。这温暖，让你觉得，春天一定是幻觉，要么，便是完美的阴谋。

一切的完满明丽，总会感觉不真，好像世间所有近在咫尺的幸福，总好像虚妄得空无一物。

我伸出手，并不能够触摸你。时间漫过你我的皮肤，你的侧脸茫然。因为不可以感知与干预的变迁，我缺乏基本的安全感。仿佛平静似水的湖上，之下却万般波涛暗涌。

生命的动荡，永远存在，永远无可排除和消亡。

人大概不可以迷信些什么，人大概又不得不迷信些什么。那些，并不能够轻易描述的需要和相信，是简单的，赖以生存的食粮。

我看到春天，于是慌乱得语无伦次。在我的心底，是相信和依赖着许多，是深深依靠着一些什么，它们如草木般生长，等候着雨露。我迷信着，又执着万分。

你无法听见，我的呼吸，我的微笑。你无从明白，我的梦境，我的呓语。

所有的日子，都细如烟丝，抽离，又兀自消散。我只可以陪伴你，望人间的事实，却不能够和你们诉说，另外的一处，永无疆界的世界——属于我的王国。

我不会像诗人那样宣布，我是国王。我只是，那水彩绘成的城堡的小小女奴，每一天擦拭玻璃和地板，每一天修剪花木，整理书籍。

我想这王国是自由的，快乐的，不需要任何人打搅的，却也是寥落的，寂寞的，毫无着落的空中楼阁。

而日子，是城前不息的河水，保护着城堡的纯净和决绝，也围困着它自己。

人，总要住在自己建筑的城里，有的宽敞，有的狭小，有的夜夜笙歌，有的寂寞清冷。热闹的，也许在黎明后发觉繁华的空无；无声的，也许在沉思里懂得孤独的神圣。

生活教我们没有理由和权利来评价别人的选择，人们住在各自的城里，自得其乐，也自饮苦酒。

小小的女奴，我守着自己一半荒芜，一半茂盛的城堡，度过时节的流变，一年年的悲喜。跳自己的舞蹈，记录昨夜的梦话，踏着星辉月露，有时遗忘，有时想念。

这围困自我的城，成全着绝对的自由，也决定了真实的疏离。而我，终究不可以登城瞭望，不可以期待遥远的马蹄声声逼近。因为，我的城堡，是不可到达的海岛，是不存在的天地。

我在漂流，随着命运的洪流，我无法让你听见，我的呼吸，我的微笑，无从令你明白，我的梦境，我的呓语。

它们，都是最美的，最真切的谎言。我在希望里沉沦，望穿秋水，我在你看不到的地方，独自享用一场悲怆感伤，又一场火树银花。

我想说，让我们安放好自己。我想问你，明天的晴雨。

我知道，眼前的快乐，稍纵即逝。

去年的日记上端正地书写着，"这是不该再起贪念的春天。"

而人心，却从不会就此罢手。那也是我们自己的魔，苦痛的根。

这是困难的事，在繁盛中学习放弃。而穿越的过程，正是人的自我完满，用挣扎，用勇气，用智慧。

我只是立在风中的孩子，谦卑的，固守城堡的小小女奴。呼吸，微笑，在透出明亮的一切缝隙。这一场春季，落在我的目光，如柳絮的无端飞行。

辛夷

四月。一切美与光明，归入崭新的希望。

一个四月的晴天，一个日光充沛的早上，无声息地由黑夜中绽开，袒露着无邪的心。

我在安静里看春的发生。

铁路旁的杂草丛已是绿意茸茸，孩子们在南风里追逐一只气球，老火车缓缓从盈满了欢笑的背景中驰过。

远天是涤洗一新的蓝空。

一些似曾相识，又全然陌生的画面，在我的窗口显现。

我透过玻璃窗，满心的惊奇和欣喜。

四月。在日历上标注痕迹。一场绵绵的雨水，一日骤起的风沙，一屋明媚的光线。

它是这样多变。忽而风，忽而雨，忽而晴。

一刻是满脸淋漓的泪水，一刻却又是天真顽皮的笑。

四月，永远是长不大的孩子，是站在青草丛里穿着花裙子的小姑娘。

母亲说，楼前的玉兰花开了。我却不愿去看。

我知道那几株玉兰。总是零落消瘦的模样，在春光里，疲惫地开出几朵惨白色的花，却又摇摇欲坠。

那情景，令人疼惜。不知今年，它们的神色有没有改变，或许已是繁花满树。我却仍不愿去看。

记忆里的玉兰花，开在幼儿园的院子里。一样是四月，一样明朗的天。

那是两株高大的树，洁白的花朵缀满枝条。每一年春天，母亲总把我抱上椅子，让我站在上面，来和它们合影。

那一张张属于四月的照片，有玉兰花的纯明，有戴着粉色毛线帽的我，有刚刚脱落了乳牙的口腔，毫无遮拦地笑。

那些照片，被母亲插入一本本相册，又放入抽屉。它们就沉睡下去，在时光的彼端，把今日的我等待。

从前的四月里，躺在睡眠室小木床上的我，也曾面对窗帘上忽明忽暗的云影发呆，也曾想象，十年，二十年后的自己。

我想，当我二十岁，该有了一双晶亮的高跟鞋，像所有走起路来声声作响的阿姨一样。

我想，当我二十岁，就可以留一肩长发，再学着公主的模样，穿一袭白纱。

我并不懂得未来。我只是知道，那些遥远的，远到不辨真假的渴望，终于会在某天变得清晰无比。

像一首轻轻哼唱的摇篮曲，渐渐熄灭了声响，却在梦境里真实起来。

二十岁，我曾在四月的天光里想象，二十岁，我如何能够到达的世界，却在这一个瞬间里成为此刻。

二十岁，又将成为不再的符号。是谁在我的生命刻下这样许多刻度，来把光阴丈量?

二十一岁，我望着即将到来的生日，一时间，竟茫然若失。

想回去幼儿园，看看那两棵玉兰。

两年前的夏天，和苏经过那里，透过粉刷一新的栏杆，看到孤单的秋千，在浓密的树影里摇晃。

还是那一架秋千。还是被称为娃娃城堡的乐园。

只是，架子的油漆不知厚了多少层。只是，曾经高大的城堡，在我眼中已如玩具。

开着粉红绒花的合欢树把枝条伸向更远的天空。

还会有孩子在树下争抢一朵小花吧，还会有谁握住它在午后的阳光里甜甜入睡吧。

笑声仿佛尚在耳际，阳光也如旧时温煦，却已无可触摸。

我站在那栏杆外，眺望教室的窗口。有钢琴声传来，然后，是孩子们高高低低的歌唱。

我的记忆，好像与他们的今日重叠。

有一天，他们中的某人，是不是也会站在这栏杆外，痴痴地如我般，想起些什么。

玉兰树该是依旧茁壮。它是否能记得那个戴粉红色毛线帽子的小女孩？

是否记得她脱落了乳牙的笑，还有，她一年年拍下那些照片的年轻母亲。

多么远了，又多么贴近的春天。

柳絮在飞，幻化了一座城，幻化了我们的昨天，雾失楼台般，如烟如尘。

十七岁的春天，去看颐和园的玉兰。

那一天，我们绕着湖水走了很远。解冻的春水，撞击着石垒的堤岸。

花瓣在斜飞，柳丝在斜飞。

我仰头看那几株惊人的花树。成千上万的花朵密布在我的视线。

也许，这便是所谓皇家园林的气派，连玉兰树，也如此惊天动地。

数不清的花朵，如星辰在夜空的散落。原来，花开可以是一朵的孤芳自赏，也可以是盛宴般的炫目。

而我，并不喜欢后者的热闹。仿佛宁可是孤芳自赏，也要觅得安静。

一场过于华丽的盛放，只令我在惊叹之余无所适从。

玉兰不是艳丽的芍药，不是惹人的牡丹。玉兰是着素衣的女子，回眸轻笑，凌波而去。

在植物园，有一处木兰园，总是从园门经过，却从未进入。我不知道木兰是怎样一种花。

想象里，大约是低矮的草本花卉，且不免大红大紫的色泽。

直到读到李商隐的《木兰花》，才恍然，原来木兰便是玉兰。

洞庭波冷晓侵云，日日征帆送远人。

几度木兰舟上望，不知元是此花身。

这一首诗，更是有美丽的身世和传说。据宋人笔记记载，竟传是由玉溪生的鬼魂所做。

在南方那一片充满传奇的湖上，在茫茫的烟波里，小小的木兰舟，荡漾其上。

木兰舟，同桂舟一般，都是诗人眼中美妙的载渡工具。很多时候，或许它已不只是一架小船，而是一种诗化了的象征。

这令我对玉兰有了更深的好感。

又再读书间得知，紫玉兰还有另外的名字，辛夷。

王维辋川别墅中建有辛夷坞，那一首诗，更是充满了花开空山的禅意。

木末芙蓉花，山中发红萼。

涧户寂无人，纷纷开且落。

木芙蓉，这清澈如水的名字，原来一样是指玉兰。

玉兰，多么平凡的花，却原又这样多不凡。

看它的花开，在还显坚硬的风里，在我斑驳散碎的记忆，在一首首芬芳的辞章。

玉兰，属于这个四月，属于每一个四月。

辛夷花，我愿意读你古老的名字，愿意听你空山里，静静地开放和陨落。

那一切的发生，都一如春光，美得悄无声息。

五月

醒过来的午后，轻轻哼着歌。

是五月了吗，看那窗外的世界，繁华一片。日光刺眼，我们的春天，是老去了。生生地老了。我们的城也老了。只有我似乎年轻，是么。这一个午后，昏沉地想。很多，很多，并无关紧要的错觉和妄想，就酿成幸福的蜜，琥珀色的花蜜，最透明的甜。

北京，在飞絮。

白色的毛毛，穿越新绿的树荫。好几个下午，我站在主楼的台阶上看，看飞絮的飞行，带着日光的光明。会觉得那就是自由，只是飞，纯白白地飞去。你却不喜欢，你说要把飘絮的树都砍掉才好。而飞，有什么错呢，那是使命和职责。

是春天的事了。那些喜欢与厌恶。这一刻，只是初夏的莫名倦意。

沏杯茶，看舒展的碧色清新若此。

我深深俯首，向新生的喜悦，向四月，告别。

末尾的周末，回去高中。依旧的路途，走出异样的滋味。是陌生吗，还是过分的熟识。

见到苏，干净的孩子，亲切的笑。我飘忽的朋友，我好像并不了解，她和她的一切，而又分明的，我们彼此那么熟悉。

其实，很多时候想，和苏的一次深入交谈，无关学校和琐事的。

我知道，她的世界辽阔，我的世界辽阔。而我们，都没有推开那扇门。

想象，穿素白长裙的苏，指尖滑过琴键。她会教我弹琴，在下起雨的夏日午后。

苏，在我的世界，已澄净坦诚为一杯清水。

她是纤细而纯粹的。

想苏的琴声，好像想坏的吉他。好久，不再这么叫他。却是个好名字。坏，不是不善良。相反，他是极善良的人。

坏有他的梦，又执着非常。他脆弱，他坚强。他有时是男人，有时，又是婴孩。坏的吉他，从未听过，大概是有许多人听过的，唯独少了我。只有他的歌声，淡淡苍凉和忧伤的声音，我还记得。

坏，现在是幸福的。

他还会弹吉他吧，还会为了梦想把钱都花光，还会有些暴力倾向地暴躁吧。是真性情的人。

坏总以为我是灰色的。这个傻瓜。

整个上午，陪静去拜佛。烟雾缭绕的雍和宫，香火很旺。

我们一个殿一个殿地走，她逐个地拜。我远远看着她，虔诚的样子，跪下又站起。手中的香，熊熊地燃着，好像不会熄灭的希望。

我们心中的火与烟，神与佛呀。

苏会去教堂，静会去寺庙。而我呢，我的信仰，如何祈祷，如何凭吊？只是守住自己的心。

静求了护身符，是给镇江的同学的。同学的父亲遭遇事故，成为植物人，已四年。

静，悲悯的心。世事无常，感激此刻所有吧。

明晚，我将去扬州，莫发来短信：

明天你要带着心旅行。

带着心旅行，我会的，一如既往地。

小鹿还躺在床上啃着"小天使"面包。我们的日子悠长缓慢。小鹿说，她体会到：云上的日子。已经岑寂的深夜，我想着你们。

身边，这么许多可爱的人。

五月，不肯缺席的夏天。我轻轻哼着歌。

自由吗，飞去。

山想

如果可以，我愿意住在山脚。

就在山不远的地方，被丛生的植物和花朵环抱。门前，会精心用红砖砌了花坛，会种了蔷薇，小菊和硕大的葵花。我亲手油漆的木门，是清澈的天青色。

一处不需要很大的家园，却要充溢主人的爱意和快乐。

养一只通体雪白的小狗，一只眼神温柔的老牛。或许还会有一群小鸭。有一小块荒芜了许久的土地，待我播种开垦，期许着又一场繁茂葱茏。

安静的时间洒满园地，在荒草堆间，我栽植希望，一架葫芦，几株番茄，一小块青菜。屋檐下，种一片茉莉，等着它萌芽，抽叶，长成一夜夜幽雅的芬芳。

夏夜里，我会坐在墙角的秋千，哼飘向夜空无穷的一段轻歌，想念远方的朋友，会赤了双脚，在我的园地里踱步，踩那落了一地的星光的碎片。

四周是漆黑，是漫无际涯的空洞，远山是虚无，天地是虚无，宇宙亦成虚无。

只有，我小小的屋，亮着灯火，明黄的一盏影影绰绰。只有，我小小的屋，是真实，是梦境的码头，等我在大千世界的归来。

我将独居，或者，有一位爱人。

我会在挂了纱帐的床上斜倚着读一两本久远的书籍，念一两首久远的诗歌。会怀了如诗经般纯稚天真的心，歆享平常无奇的岁岁年年。

看三五之夜月出东山，听秋窗风雨的夕暮，想窗外遍野的桃树红了美人如瓷面颊。

风吹四季，吹在山林，吹向四野，吹向大荒。我默守自己的家园，安于无声无息的生活，煮一锅碧色的青菜，独坐花下，每一寸枝叶都是佳肴甘美。

每天，走去山涧的泉眼打水，途中为自己采一把笑在日光中的草花。偶尔，就坐在山溪边，听它的歌唱，想起索德格朗的诗：

> 山中的夏天纯朴
>
> 牧场上的花
>
> 古老的庭院微笑
>
> 山溪幽暗的喃喃声　讲起找到的幸福

或许，就这么坐着，一直就到了太阳坠下去，也没有知觉，忘却了知觉。等天色都暗淡才踏着一路黄昏的橘红，回去我小小的屋。

独居的女子如此，并无空谷佳人式的清绝和怅惘。我是简单如清水的快乐和安然。

假若，我有一位爱人。他会陪伴着我，住在小小的屋。

他会是安静的爱人，当这世界需要安静的时刻。

我会喜欢默默看他在园中浇灌着花朵，呵护一棵青菜，看他纯真如孩童般同老牛说话。老牛，温柔地望着他，望我们恬淡的生活。他温柔地望着我，望我眼底清澄的幸福。

会温一壶酒，在突然落雪的冬，守在窗子里，陪我的爱人共饮一炉，会为他缝补了寒衣，为他系好手织的围巾，一同去山坳深处寻一树红梅绚烂。

他不会像姜夔，为梅谱一曲流芳的歌词，他却会微笑，会讲他的童年，他的快乐，会把欢笑洒满沿途的路。我们的脚印会在身后延伸，延伸，我们会在路旁一起堆起雪人，一个风雪中依旧笑靥如花的雪人，那么纯洁，那么天真。

在山脚下，我的门前会开满迷醉的花朵，你只有穿过那团团的花丛，才能到达我天青色的门前。请轻声敲门，或唤我的名字，我将居住在那，在生命赐予的或长或短的年华。

我将独居，或有一位爱人。会是同样的快乐和幸福吗？

如果可以，我愿意住在山脚。有我小小的园地，小小的屋。

森林里

我在森林里，藏着好多好多的秘密。有些秘密我也记不得了……

我看到我遗失的梦，在黑暗中微微发着光……

属于森林的秘密。孩子们都做过这样柔光依稀的梦吧。有毛毛兔，有树木，有浮动在背景的洁白纱帘。我喜欢，几米的这个绘本。不用缤纷的色彩，只是黑白，一切，淡淡的，却安静而可爱。真的好像一种梦境，虚无的，无声的，却也最令我们着迷。

喜欢森林，虽然我没有真正到达过，却也正是因为它只存在于我的想象，而愈加美丽。那里，该有野芳连天，该有小矮人们的小木屋，该有迷路的旅人，该有维尼和伙伴们的快乐故事。

有红色的气球飞过蓝空的空阔，那是属于朴树的歌声中的，《旅途》，他唱：昨天飞走了心爱的气球／你可曾找到请告诉我／那只气球／飞到遥远的遥远的那座山后／老爷爷把它系在屋顶上／等着爸爸他带你去寻找……总会有一些轻而又轻的快乐和忧伤，被我们藏在了自己心中的小小森林。我们可以奔跑，可以飞翔，可以爬到最高的大树上，筑一间小巢，和五彩羽毛的鸟儿做邻居。会在起雾的清晨，采一把紫色的草花，插在木窗子上的玻璃瓶。或许，在暖洋洋的下午，可以穿过溪水的欢歌，到白雪公主家喝杯下午茶。只是手扶着树干，照着温柔的太阳，就可以满足，就足够幸福。

我想着这样的森林。想着从不存在的一处世界，却执迷地相信了。森林，该是那样的，在几重山的背后，还会有住着天鹅的湖泊，会有长着透明翅膀的仙女，在夜空中放着光芒，飞来飞去。毛毛兔在傍晚敲我的门，送来新鲜的胡萝卜，做成晚餐。它的眼睛很大，充满了善良和天真。

我就如，那飞离的红气球一样，在山岭和山岭间飞越，在云朵与云朵里穿梭。我是自由的，比空气更纯粹，比风更深情。这么想着，嘴角就绽放出两朵微笑的小花。因为可以在想象中肆意，可以在没人发觉的时刻钻进另外的天地，我感觉快乐。

几米的图画和简短的文字，是有这样的魔力。让我更容易在现实的纷繁里找到那扇通向心灵异域的门。

　　看他最早的一本书，是《照相本子》。记住的，是最后的那张图。两个人并肩平卧，在鲜绿的草间。后来，草长高了，而我们依旧平卧，像睡着了一样，表情幸福而恬淡。他写：后来，我们甚至不再说话了。不再睁开眼睛。不再在乎对方在做什么，想什么？后来我们甚至睡着了，幸福地不知不觉地睡着了。后来，我们在彼此的梦中，幸福地慢慢醒来……读这本书，是在十七岁的夏天，深深地喜欢上了这些话。那个夏天，是水蓝的，很远很远了，我世界的草，也已经在几场滂沱之后长得很高，淹没了我曾经的容颜与笑貌。后来，读到一首诗歌，"现在，我只想安静地躺在一个人身边，让流云的影子，千年如一日地浮过我们的脸……"是一样的境地吧。我愿意，平卧在爱人身旁，没有声响，只等待青草生长，覆盖你我的爱，和年华。那将是无悔而坚决的，那将是值得长久被回忆折磨着纪念的。只想，许多年以后，我将在你深夜的梦境里，无端端地醒来。让你想念，又落下泪来。

　　那便是我的全部阴谋，和奢望。

　　我把秘密藏在风衣的口袋，和糖果们放在一起。等着，落下雪来的早上，与你一同品尝。

　　那天，我会在学校的小树林里，堆一个洁白无瑕的雪人。我想象着，他拥有生命，他会听懂雪花的舞蹈，会明白孩子们的快乐，和忧伤。我将是幸福的，因为，是在接近了梦境的树林，虽然，它那么小，那么小，一点也不像森林，却足以埋藏，许多许多花蜜样的日子。

　　毛毛兔没跟我说再见就离开了。

　　没有梦的城市，好寂寞。

星期四的下午，风在吹，

白色的窗帘，轻轻地飘了起来。

是谁在窗外吹口哨呼唤我？

我想再做一个梦。

我喜欢，是迷失在森林的孩子。飞行在柔光依稀的下午。

世界都飘了起来。

六月的琐碎生活

生活的真相，是一种琐碎。

所有的片段，像海浪的细沫，汹涌过潮汐，静止在沙土的痕迹。我总是赤脚走过的孩子，踩下深的、浅的足印，捡拾遗落的贝壳。

在六月，这真相直逼每个人的身体。

热起来的城市，湿润中显露出压抑沉闷。天空灰白色，绿树在暧昧的光线里婆娑。

课堂上，聊斋的故事还在讲，窗扇上又掠过轻捷的鸟影。

万物都沉睡了似的，如小园里，落落开着的莲，等候路过的目光，等候微雨的午后。

我们经过小桥，经过美艳得毫无遮掩的月季花丛，看世界的天真烂漫，在季节里展开。想着，年华的美好，往昔的凋败，全然是小女子的闲愁与矫情。

而这细微入肌骨的体悟，是青春的馈赠。不该被嘲笑，反应被赞美和珍爱。

这一天，我们还有心情和气力，来关心一朵花的枯荣。这一天，我们还能对着满园的繁华，一场悲喜无端。

生活，在我们的眼底，是通体的洁白，是美，是爱，是希望。

儿童节的时候，我们互发短信祝福。超龄儿童，恬不知耻地欢度着节日。记得去年，我还收到了一颗水果糖，凤梨口味，晶亮的明黄色。我把它放在口袋，装满了甜美一样，满足地走进洒满阳光的大路上。

今年，我没有一颗糖果，口袋空空，心却富足美好。因为，淡如清水的日子，因为无滋味，而成全然的滋味。

六月，在睡前读童话，在早晨读古诗。听着Keren Ann的歌，一路奔向教室，在主南门口，争抢着买到包子，幸福地吃下去。

这些隐藏在生活里不值一提的小事，细细想起，也在嘴边泛起笑意。

我的生活，在琐碎还原了真实，带着尚存的善良和天真，平凡地继续下去，并用文字记录。然后想象自己老去的模样，想象那个老太太，一脸笑纹地读她的少女时光。

小鹿拍下她的墙壁，她的水果，她的清洁用品，她的侧面，她生活的一切琐碎。

我留言：自恋是一种积极的生活态度。

女孩子，总是喜欢用另外的眼睛，发现自己的美丽。因为，女子是最喜欢被赞美的动物。

从另外眼中发觉的美丽，有神奇的魔力。让我们的平凡，也显得特别伟大。

而全部的琐碎，好像操场边攀生的蔷薇。纠缠而迷醉。

潦草

这个多雨的夏天，总是在半夜被雷电惊醒。于是便怅怅地醒在黑暗中，看闪电的光焰照亮四壁。

世界沉静，只有雷声浮在空中，宿命的压迫一样，沉沉落入黑夜的未知。

时间，在这样的时刻显得无力而缓慢，像雨后墙壁上的蜗牛，向前移动。多少个夜晚，我们能够这样静处于独自安静的角落，在风雨飘摇中，无视于动荡的威胁。这仿佛人生的隐喻，多少个日子，我们能够用善良和平静，安放好心魂的躁动不安。

人总需要这样一些与天地对峙的时刻。你要询问她，一切不可解的奥妙。你要等候花开叶落的许多季节，看岁月如梦，繁花锦簇，又在转瞬里，凋芜腐朽。人存在于微小的呼吸之间，投身在自然不变的轮回中，如夏花，如秋叶。所有的安排，该是早已写定，只等一个纯白的孩子，一天天长大，把命运一字一句地读出。

我愿意雨打湿我的窗口。我愿意在雨声的掩盖下，辨认夜晚里火车的呼啸。长长的铁轨，从这高楼的不远处伸展向北方更广漠的原野。

火车在雷雨中穿越，车上的人是睡着，还是如我一般，清醒在深夜？

火车兀自奔驰，带着机械世界的莽撞和力量，它显得倔强，不顾一切。旅客们，被带去更远的北方，他们将经过飞沙走石的山岗，穿行漫长的隧道，他们将在一处处陌生的小站停留，下车吸一支烟，看月台边的大杨树，在夏天瓦蓝的日光下，绿影婆娑。

我想象着那一切，美妙的，或略带忧伤的情景。想一个远行者路途上的寂寞与悲怆，想他背负着年轻的激动，举起手中的相机，拍摄一路的匆忙风景。会有一个吹口琴的姑娘，站在古城的废墟上，以安静的姿态，闯入他的镜头，以及记忆。

我在车轮与铁轨的撞击声里，将思绪引向无限。

雷雨渐渐停歇，一团凉风推开我的窗帘，充满了小小的房间。我把身上的单子重新盖好。

因为有火车从家的不远处经过，我总带着旅客一样的情怀，来度过简单的生活。每个人，是这逆旅之上的小小过客。像所有的远行者一样，在命运的途上日夜跋涉。是这样充满风景的经过，是这样多精美的诱惑，在前方陌生的月台上，寂寞地等候。我想，这是多完满的安排。让我们的脚步孤独，却永远有所期待，有所希望，在不息的分秒流转之间。

而时间好像一张巨大的网，把我们的爱恨捕捞。那些打捞上来的物品，有晶亮的玻璃瓶，有做工粗糙的塑料手镯，也有遗落的胶片，它们被一一晾晒在有阳光的院落中央，像一件件珍贵的藏品，闪闪发光。

后来，我在玻璃瓶中插上淡紫色龙胆花，后来，我把手镯戴在细弱的右手，后来，胶片被装入名叫记忆的黑盒子，尘封保存，它再也洗不出一张，当时的画面。

倘若忽略时间，世间许多的疑难也便迎刃而解。而时间，确实是这样一张，无所遗漏的网。网住我们全部的幸福，也网住我们一切不堪。

这个多雨的夏天，滋润着北方干渴的土地。一夜夜滂沱，注满城外曲折的河流，在河床上孕育着青草和蘑菇。我有时醒着，有时昏睡，生命清澈，让我可以望见它最底层，那安放整齐的美丽石子。我好像一个赤脚的孩子，就踏在那些石子上，涉水而过，向着对岸缓慢移动。我没有火车的倔强，我是这样轻轻唱着一首被遗忘的歌曲，听着水花的绽放，没有喜悦，亦没有恐惧地走去。

这所有，是安排好的情节，我认真地一字一句读出。

莲

午睡醒来，夏风穿堂而过，吹响风铃，叮叮当当的一阵清脆。坐在桌前，一粒粒剥开碧绿的莲子，细细咀嚼。

洁白的身子，包裹着苦味的莲心。

莲子，在唇齿间留下难以名状的滋味，丝丝扣扣，渗入无言的午后，散化在安静的房间，由我独自体尝。

郊外的一处荷塘，每年的夏天，总要造访。那是移居北方的一家南方人，他们在郊外租下小小的一块田产，盖起几间简陋的矮房，在夏天种植荷花，出卖莲蓬和鲜藕。

男主人是精瘦黝黑的小伙，赤膊坐在路旁，将荷花插在大的塑胶桶中，与莲蓬和鲜藕并列着一字排开。在他不远的身后，是风荷的舞蹈起落。昨夜的露水，安睡在翠碧的荷叶上，点点的晶亮。他拿了莲子要我们品尝，又解说着红莲子与白莲子口味的差别。他并不知道，每年的夏天，父母总会来这里看他家的荷花，再买回去几节鲜藕，几捧莲子。

母亲拉着我的手，走在荷塘中央的田垄上。其实市区中有许多公园都栽植荷花，规模也不小。钟情着这样一块朴素的荷塘，只因爱它的不着修饰。在西山之下，在都市的边缘上，纯粹的泥土里开放出的花朵，保持着自然的天真。

这山野中的荷花，不收取门票，不巧取名目迎合人们的喜恶，它们只自顾自地奉献着生命的能量，兀自开放，凋芜，产出莲子和鲜藕。

种荷人的小屋前，晾晒着洗净的被单和衣裤，在平静的生活里招展，喜悦而满足的神情。

回家的路上，对母亲说，以后我们也住到郊外去吧。她笑了，好呀。

我们的车子，经过雨水过后草木疯长的田野，经过涨满水的小河，又回到熟悉的市区。然后，人群挤满了视线，然后，生活退入原有的轨迹。在高楼上，在被切割的天空下，远离着泥土和植物。

这样的时候，总难免觉得，人仿佛被自然抛弃了，囚禁在隔绝的孤岛之上，盲目而不知所向地生存着。度过那么许多，不属于自己的日月。

而现实，是我们注定在不断去接受。种荷人的快乐，在我们的眼中，却并不一定真实存在于他们的生活。子非鱼的辩驳，是不休的未知。

幸福，从来只是我们的主观感受。没有一把尺，可以度量它的长短，没有一只秤，能够称量它的轻重。正如时间，是我们永远无从触摸与计算的秘密。

许多时候，感觉幸福总在别人身上。好像站在田垄上，想象那一家人的生活。但真相，是我不可能了解的。

与痛苦一般，幸福同样无法做到感同身受。我们只有去经历去体验，所有细小的，幸福感觉。

幸福是主动的事。

被疾病困顿在这漫长的苦夏。

思绪慢慢沉淀，落入生命中最脆弱，也最坚强的底层。有一些力量，在那里滋生。这过程，仿佛一颗莲子，在泥土中的觉醒与挣扎。

洁白的身子，包裹着苦味的莲心。

哪一次黑暗的穿越，不是奇伟与壮丽，不是落着眼泪，浇灌了希望的萌芽。

七夕

一声喟叹之后，谁知，又是多少的此去经年。

美丽的节日，七夕，在神话的光辉里，照耀星光迷人。而今天，我在一个净白如瓷的早晨醒来，望见的，是窗口的浓雾一片。一片浓白的世界，模糊了轮廓的楼宇，虚无了姿态的树木，像烟的扩散和弥漫，像晕湿的一幅水彩。

有雾的日子，让人感觉生命的不真。似乎就没有什么是不可以幻化的，一切的一切，你无法抓牢，它们和你的眼睛开玩笑，全部可以一个瞬息就莫名走失。在那些你还未及了解的时刻。

即使如此，我仍怀着极甜美的心境来度过这样一个美丽的节日。

我静卧着，轻闭了双眼，想象自己的身体被包裹在华丽的糖纸中，于是，有了蜜，从心房和心室的小缝隙间流出来，一丝丝卷着小浪花，随着血液，向我肢体的最末端奔腾。

我便获得了幸福，在小小的一个时刻里，我成了拥有甜蜜的孩子，或者，我本身就是甜蜜……

没有睡去，我只是用这样的方式，使自己合乎于这节日的欢乐气氛，不至于将它浪费。毕竟，如此美丽的节日是缺少的。

难免要提及爱情，一个说起来难免糊涂的词。

我不懂得爱情。我没有找到爱，也不曾遇见谁。我是匆忙地像花草一样兀自长大了。无休止地想念和回忆。我不拥有爱情，但我想象它的模样。

苏童写道："有时候爱情是一种致命的疾病。"那一篇短文中，讲述了一对恩爱的老夫妻的故事。或许许多人都听闻过这样的传奇，相伴一生的两人，一方死去，不久一方也离奇死去。多数后者是无疾而终，表情平静而幸福。"我从此迷信爱情的年轮，假如有永恒的爱情，它一定是非常苍老的。"

我喜欢苍老这两个字，尤其用在爱情上。爱情，是苍老的，是相爱那天起就甘愿承受的疾病。这让我动容。

人们喜欢永恒，一切美丽的永恒。而美丽总是力不从心地老去了，变丑，锈蚀。若爱情可以苍老，那便是世间少有的美丽的永恒。因苍老而愈加美丽，愈加动人心魄的美丽。

而我，终究是不懂得爱情。

我参不透爱情的来世和今生，看不破劫数和命定。于是，我听不懂你的誓言，想不通拥有的所在。我没有找到爱，也不曾遇见谁。今天，这节日，似乎本与我不相干。

我却悄悄期盼和想望着，凝望爱人的老去，用我并不富足的光阴。我不知道自己，是否相信爱情，我却明白，我是崇拜爱情的。

爱情是圣洁的。

虽然，这世界太多时候，已经将它世俗化，太多时候，爱情几近成为物质的奴隶。我没有放弃信仰，爱情，应该是洁白的。好像这一个雾起的早晨。你可以不太清晰，可以不辨方向和远近，但爱情，一定是光洁而明亮的。

我在臆断爱情的模样。

而我，只有疾病，没有爱情。

天黑下来，天上的星星就亮起来。织女依旧，牛郎依旧，星光依旧，许多年。

我们仰望，想是哪一阵悲欢的歌声凋谢成银河。我们或甜蜜或悲戚地畅想，我们的日月，和爱人，想自己的一条河，想彼岸的虚无，时空的无限。

很多，在白日里无法想见的，都一并地盛开了，成就一座花园。繁茂地生长，蔓延，混合着芬芳和光芒，让新生的藤，触了你最温柔敏感的那一寸肌肤，触了你平日里麻木不仁的心魂。因为美丽的节日，因为美丽的神话，许多个不相识的自己——苏醒，醒在陌生的花草间，迷惘又惊奇。

因此，这一个我，也开始莫名地说起爱情。

所以，在一个不相干的节日，我刻意迎合着气氛。

于是，甜美的心境中，升起灰蒙的烟，像焚烧着什么一样，发出刺鼻的气味。哦，是回忆吗，还是，爱情？

而我，不曾找到爱，不曾遇见谁。

我固执如此地坚定着。

我不懂得爱情。

我便无须追问爱情的去向和源流。便不需要想念和回忆。我焚烧，焚烧不知如何命名的东西。它光洁，它美丽，它没来得及苍老，它匆匆死去。

我依旧躺着，时钟嘀嗒里，光阴就这么荒废。窗口，是早已熟识了漠然了的景色，雾没有退去。我的蜜，在身体各处散播着快乐，而我清醒地明白了，我没有华丽的外衣，没有甜蜜的心。这是件残酷的事情，残酷在于，我竟然在真实的白日里醒着。如此赤裸地醒了。

另外的许多个自己，在那个瞬间里，倒下去。没了踪影。

爱一个人，小鹿会甘愿溺死在他眼窝的湖水里。

爱一个人，是无须思考和丈量的执意妄为。

可以很勇敢地去懂得爱情吗。我却终究是不懂得爱情，我只是迷恋它苍老的模样。

那会是一张简单到乏味的面孔，却是美丽，却是无染的圣洁。

你可以明白吗，爱情不需治疗和药物，爱情不施粉黛。

要用多少次的告别，才教你学会。

知谁，误了多少春风月华，多少红烛良宵。全付一声喟叹。是任我乘浮槎游弋天河，也无法相逢吗。多少的离情别恨，只化了沉吟两处的各自心绪。

星光，依旧是星光，照在你的河上，也照在我的河上。而夏雨的几次滂沱，又如何注满干涸。似乎，是全然的徒劳。万事是幻化的，如雾这般。

没有睡去，我迎合着节日的甜美。而我，无非是空空地生活着。

因为空，所以有用，可以簪一朵小花？

美丽的节日，七夕。又被我浪费掉了。

谁叫，我不懂得爱情呢……

夏末纪念

二〇〇六年，八月二十三日，节气处暑。处者，去也。

终于，可以向炎炎苦夏道别。风里已有了秋的意味，而终究不是秋天。

夏天的尾巴，托住长长的一个季节，依旧在正午的日影下故意顽抗。

我看到，我们洁白的时光在楼下的树丛间婆娑。天空透出湖光的碧蓝，云朵的神情，是浅浅的。

在这一天，和莫见面。一个纤弱的女孩子，向我一路奔跑。还是老样子，白皙的面孔，不加掩饰的单纯模样。

一起去超市，每人一只购物篮，散漫悠闲，俨然已为人妇的闺中密友。这想法，让我觉得可笑。而这情景，又不禁令我联想，许多年以后的我们。当我们告别了年少，当此刻的单纯浸染了年华的沧桑，是不是还有你，有我，挎着胳膊，在偌大的超市里停留或离去。

那时，我们的话题，还将是文学和电影吗，还是男人、孩子，和生活呢。我无从知道。

想起和小鹿在东门外的小店吃米线的下午。玻璃窗外，三五个超市发的员工围桌而坐，都是体态开始衰老的中年妇女。她们大口咀嚼，笑容满溢地高谈阔论，也不时撇撇嘴、摇摇头。我们却听不到任何谈话的内容。

小鹿说，有时，她会害怕，有一天自己变成那个样子，但也许有些事是由不得此刻的我们担心的。

每个老太太，都曾是小姑娘。每个被生活麻木的妇女，也都有过她爱做梦的少女时代。

时间的力量，把人们推向不可预测的境况。另外的自己，在那里等待，不发一言地看你一步步走近。而这，大约也并不是可怕的事件。

只要，后来的那个自己，是你对于生命的选择，只要，后来的生活，是你愿意接受并全心享用的。

衰老，将是残忍却甜美的，如果，能够被心爱的人用一生见证。

莫不知道，在我们散漫的步子里，我藏了这样多心思。或许莫，也在想着同样的事情，而没有多说一句。我喜欢类似的沉默。让我们隐秘起一些话语，在默契中。

夏末。去年的今日，我拍下雨后的操场，拍下自己的新鞋子。良背对着我站立，白色的上衣，蓝色的挎包。那个瘦高的背影，印记在夏天陌生却温存的角落，被我永久地封存。

在日记本上留下记号，于是，我能够记得，我们相遇的日期。

从那一点上，许多的故事发生了改变，许多的记忆有了另外的可能。我们似乎走了很远的路，我们的旅途，从那里开始，延伸向远处。

一年后，我们喜欢坐在一起回忆，喜欢说起小小的细节，不厌其烦。

良，总是安静温和地对待，总是笑。手掌里，是明亮亮的，希望和暖。

那天，在被推倒的十一楼前默立许久。然后，日期从我们的耳侧飞逝。

在这个夏末，我们的大小零碎，都搬进了新建成的十一楼。

站在空荡无人的走廊，只听到自己清晰的足音，一声声，仿佛分秒的越过。

尽头的窗口，照进日光，把长长的走廊，拉得更长，更长。

你会感觉恐惧吗。生活的改变，总是如此，恍如隔世般猝不及防。

这一刻，夜晚把深蓝的空气注满我的房间。

突然很想念学校里的长椅，想一个人坐在那里，等待一颗不期而遇的流星。像去年冬天一样。

只是，这一次，我会虔诚许下最单纯甜美的愿望。

而那，是不可以告诉你的秘密。

短记

我在八月。我在清醒与迷失的临界处徘徊。

夏天很深了。

夜风把露水涂在草尖，作为季节的馈赠，在晨早的浓白中闪烁。

蜻蜓，飞过我的窗口，飞过你的梦境，停在花丛，记忆起许多个被雨水打湿的日期，氤氲淡绿的气息，扑面而来。

我想到一个遥远的孩子，撑着红伞，走过灰蒙的小街。

那是多少个八月中，平常无奇的一天。暑假里的合唱队活动，每个孩子都领到新的歌谱。他们坐在音乐教室高高的椅子上，挺直了腰板，把嘴巴张得大大的。外边，断断续续地下着雨。是一个同样多雨的年份。

校园里的几棵小槐树，在前夜的暴雨里，竟被刮倒。休息时，孩子们举起雨伞拥出教室，去看那安静躺着的树。它的枝叶在一片灰暗里，是如此鲜美明亮的绿。原本平整的操场，也塌陷下一大块。

大家很兴奋。小时候，我们总是那么容易快乐。小小的变故，足以令枯燥的合唱队活动变得充满乐趣。卷发的音乐老师，把孩子们召回教室，于是歌声继续。

雨声沙沙间，童年稚嫩的嗓音，混合了时间的魔药，渗透入泥土，在后来的日子，长成此刻纠缠的藤蔓。

我不知道，我将在哪里停步。

那个遥远的孩子，是拖着雨鞋的足音，一路跟随着时间，从一个夏天，走进又一个夏天。而所有的经过，又不容挽留地被封锁，被销毁，如泪水，在枕上的浅浅湿迹，经不过阳光下的风干。

我们的夏天，总像是幻觉，在树的顶端，随着光影的浮动，流转变换。谁会在另一处长长的小街背后，想起你的八月。谁会在有星星的晚上，捡拾起光阴的碎片，拼成我们年轻的模样。

我会在这里，在醒着，睡了的一个个昼夜，整理散失的气味和声音。尽管，去年的一句喟叹，已成镜花水月中的一笔流水账。

我想，我将是飞过你窗口的蜻蜓，飞过你，最真实，也最虚无的梦境。

那里会开放着，洁白的苹果花，淡淡的甜味，落进我们的时光。

却那么慌张，那么匆忙。

秋分日

我想，这是恰好的时刻，安放我们自己，如安放一片熟睡的叶子。

这一天，日夜平分。这一天，我望着窗口的天光亮起，开始安静的生活。

在唱机上播放秋天的钢琴。房间被明亮的音符充满，属于原野的金黄色由远方赶来，伴随它们起舞，拂动我的白窗纱，告别着我的夏天，这长长的、色泽暗淡的夏天。

没有更多的踟蹰和等候，季节飞跑向时光的深渊。

谁还在回忆呢。那些被歌唱过的幸福或悲伤。被年少的我们丢弃吧，要学着无情和决绝。我总是坐在这里自言自语的孩子。在所有人的视线之外。写着时而甜美，时而感伤的句子。正如我这个人，偶尔的明媚，偶尔的忧郁。

在心里囚着不可驯服的心魔，像只幼小却凶猛固执的小兽，把自己反复折磨。如何降服其心，永远是每个人不可避免的课业与遭受。

安静的时刻，却终于到来。在秋天里，在秋天之后，我们有了借口和理由，安抚心的躁动，选一个阳光晴好的早晨，决定一种安静的生活。仿佛今日，此刻，当日夜被齐整地切分，有理由相信，我尚有气力来迎接和安排更从容的生命。

怀着爱意和敬畏，看树木脱下繁华的衣裳，看天地冷却下来，在枝头奉献一枚枚果实。收获，在农人粗糙的手掌；收获，在老僧静静扫过的石阶；收获，在一叶知秋的目光深处。想在一处山谷，枕着松涛，伴着枯灯，读一卷经书。像千年前夜读的欧阳子，听那秋声在树间的纵纵铮铮，金铁皆鸣。这一夜，依旧是星月皎洁，明河在天。这一夜，我与山谷和秋虫静对，洁白的月亮，升起在东山，又落入桂花零落的芬芳。

多少个簌簌的秋天，任西风吹过边塞，也吹过江南；多少次木叶萧萧，在湘夫人的湖上，也在凡人的梦里。听谁在岸上唱送别的离歌，见爱人的身影消失在烟树重重，山川变迁，日月轮转，唯有不息的流水，仿佛家人的温情，万里送行舟。属于秋天的故事，总是凉凉的，婉转着清寒的滋味。这是个告别的季节，适合在独自的夜晚，沉沉地，轻轻思念。从远到近，从现实到虚妄，我喜欢这一切的秋天。

在冬天之前，在河水冻结之前，让我们去水上，划着船。陪着我，折好一只只纸船，再把蜡烛点燃。看我们的船，荡漾在被夜色染成流彩的水面，看小小的光亮，漂流向远处，载着你我虔诚的愿望和祝福。仿佛是一点点希望，被点燃在暗黑的夜里。在秋天的夜晚，我依着船舷，萌生着许多幸福的妄想。我听到人们的歌声，我见到邻船人燃放的焰火。没有星光，只有人间的快乐，在深暗的水上，随时光流去。你开船，于是我说，船长，我们向前去。清凉的风，从耳际飞过，马达响起了，掩住了流水的声音。又有多少时候，我们能够忽略它的声音呢。我们向前去，放下一只只载着蜡烛的纸船，身后，是起落的水波，一圈圈围起，再散去。

你问我快乐吗。我已经没有理由，给一个否定的回答。

想起春天的花树，落在你肩头的花瓣。想起丁香树下的留影，午后斑驳摇晃的树荫。我愿意坐在这里回忆，任季节飞跑过我的门前，一路嬉笑，或者悲歌。我不忍丢弃，我总是学不会无情和决绝。才痴心一片地，握住一支笔，不停地写下句子，时而甜美，时而感伤。这一天，日夜平分。我看着日光从你的指缝间熄灭，开始深情的生活。

再见了，我的夏天。

散漫

十月的日光，神情散漫，如目光暖昧的女郎。我们被温暖的光明包围着，被宠爱得懒洋洋。

这样的十月，令人迷醉，就甘心沉溺，在我们还没认清风向的时刻里。

小鹿在回程的公交车上浅浅睡了过去，耳朵里，还塞着Faye的靡靡之音，"不爱我的我不爱，不要我的我不要"，是一贯不着气力的瑰丽声线。那么，我想，我们都是深爱了秋的孩子，因为，它爱我们。

我拍下小鹿被夕阳照着的侧脸，她幸福而满足的模样，我拍下她斜挎在身上的龙猫，觉得日子是富足盈实的。

虽然，我们总是习惯于飞与漂浮的，却终于，只能够被平凡的快乐而填充。我们是被爱的，这有多么好。

若干小时前，我们在通明的街上踏过去，又钻进一条条错乱的胡同里。

老屋排列两侧，屋顶生了丛丛黄草，被瓦蓝的天映衬着，一派明媚地随风而倒。

我们遇见青灰的，被孩子们图画了的砖墙；遇见被主人送到门外，沐浴着阳光的大棉被；遇见因孤单而胆小的小黑狗，它的影子很瘦很长。

有半掩房门的院落，有坐在墙根晒太阳的老太太，有另一条胡同里母亲教训孩子的大嗓门。

我们信步向前，心情松散。也会蹑着手脚，溜进人家的院子，拍下伏在屋檐底下无忧生长的紫色豆角。我们好像走在别人生活的边缘，在一个晴好的天里，抚摩了他们世俗却晴好的生活。

我们拜访鲁迅。看他在北京最后的居所被粉刷修葺得光鲜。

那是一座齐整的小院落，书房后边有袖珍的花园。

北房门前，日影穿过主人亲栽的白海棠，铺散一地。我仰头望了许久，树是瘦小并不壮美的，大概却也如鲁迅，是倔强而坚实。叶片，在响晴里，都幻化成翡翠一般的璀璨。

我们绕到后院，看他小小的花园，中央寂落地躺着一眼井，解说员讲，那是苦水井，不能够饮用，只用来浇花的。我突然觉得它很可怜，被白色的木栅栏包围着，这不知是谁的主意了。

扒在书房的后窗向里看，书桌和藤椅如旧，却是动荡了的一个世界，猛士离席，再没有人会在秋夜里，点一支烟，写下热血。

鲁迅会不会料想，多年后，会有如我的小女孩，站在他家的石阶上，向他的书房望一望呢？若他知道，也应快乐的吧。

有人在参观者留言簿上写下：鲁迅同志，我没有看错你。这一句虽不够认真，却总比解说员喊的，要学习鲁迅的什么什么的那一大通空洞的口号和废话，要真实而可爱许多。

令人愉快的是，我们在宋庆龄家里，找到了两架秋千。

这后海北沿的家，原是王府，再向上溯去，大学士明珠竟也住过。明珠，并不值得兴奋，令我兴奋的，是他的儿子，纳兰性德。

静好的庭院，有王府的气派，几处山石上建着玲珑的小亭。有人在亭里仰面睡了，而那，的确是午睡的好地方，心里艳羡了一阵。我们难得的悠闲下午，就在曲折的回廊里消磨吧，为了时光的无情，或者温柔。

我说，我要飞起来，把秋千悠得很高。我是打秋千的高手，我对小鹿笑谈。她说，她会觉得晕。我以为自己真的可以飞到天上了，当双脚离了地面的支持，我们就有了飞翔的勇气。

我喜欢，在飞着，或者漂浮，虽然，是那么危险无依的事情。

后海边，有在拍婚纱照的男女。新娘一例是雪白的纱裙，模样不见得漂亮，却是幸福得妩媚。

看他们相依着，微笑甜美，被摄影师拍下。

柳丝情意缱绻，水波温情，一个明亮亮的午后，有那么多快乐的人，快乐的面孔。

后海，是充溢着爱情的地方。

有拉着手骑车而过的情侣，我掏出相机，追在他们身后，却终于是没能捕捉到，那令我动容的片刻，在快门按下的一瞬，那两只手竟松开了。

有多少时刻，是如此的呢，让我热烈中奋不顾身地去追寻，却冷冷地接受一场空欢喜，和遗憾。

奔跑中停下的我，呼呼喘气，回身看早已落在后边的小鹿，她笑出声来：我发现，你跑得挺快。

是的，我会是奋不顾身的孩子。变成不可思议的自己。

这个散漫的十月，我们拥有了爱，和阳光。就不该再生贪念。

回程的公交车上，Faye懒懒地唱："爱你的微笑，爱到担当不起。"一个简单的日子，又从我的头顶调皮地逃跑了。我靠在椅背上，想着我们的生活，它也是晴好的。

因为许多许多的幸福。

我喜欢，被宠爱着。

秋树

秋天的早上，路过空荡的操场，看见那一排不知名的树，在水蓝蓝的天空下默默站立着。好像只是一瞬息的忽视，它们已成一树树明黄，已是飘飞起翩翩似蝶儿的叶。

不禁惊诧，是什么时候，是在哪一寸的光阴里，一切就都猝然改变了。

从郁郁的浓荫到此刻近乎挥霍的灿烂，如此仓促。但，似乎，又是我错过了你们，错过你们变幻的时刻。

时光如是，看似淡定恒久，实则短暂而无常。

喜欢那一树树的灿烂，明黄的，衬在水蓝的背景下。宁静而安详的样子。可以隐约嗅到空气里渐渐弥漫开秋天独特的气味，带着肃杀的意味，却轻快而温暖。

叶子，淡褐色的叶子，已经落了一地，因为干枯失去水分而变得脆薄易碎。

踩在上边，就是一响响微微的脆声，脚下，已成碎片无数。

觉得行走在这样铺满落叶的路上，是一种残忍。

然而却竟是喜欢上那一种脆声，好像生命里少有的清脆呼喊，只属于孩子的呼喊。那是单纯无杂质的。

于是，常常是走在这样的路上，从很小的时候开始。总是在走过之后，回过头，看身后碎了一地的叶。

风会吹去一切，只留下空白白的地面，等着在春天开出花来。叶子的碎片，会飞在空中，看着这个来来去去，起起伏伏的世界。

琴说，在她的家乡是看不到这样灿烂的秋树的。那里的寒冷来得太快，它们来不及。

来不及在最后的告别前，将所剩不多的能量挥霍。

我于是好庆幸，自己生活在这个拥有美丽秋天的城市。虽然，她有那么一点严肃，有那么一点匆忙。

树的这一种挥霍，灿烂得令人窒息。因这灿烂的咄咄逼人，我梦见它们好几次。

都是在黑暗的屋子里，有一些阴湿的气味。我径自走到一扇老旧的木门前。轻推开门，便是那一树树明黄，便是一整个干燥温暖的秋天。

我喃喃自语，这样的日子真好。

不知道自己是在梦里。在睡着的当时，想必嘴角一定挂着微笑的。同样的梦境，在这些天反反复复，好几夜。

推开门，是一整个秋天，明黄黄的灿烂。

总是觉得你们是要对我诉说什么，才夜夜来到梦里，才教我一次次在经过时驻足凝望。

是么？是这样的么？

你诉说着的，又是什么。

当我幼小的双脚踏在落叶上的时候，你是否已经记得了我，并在什么地方默默地将我凝视观望。

也许，你觉得，我是有可能读懂你的孩子；也许，在许多年以前，我们早已一同许下了什么愿望，只是我忘却了。

我看见你们默默站立，心里就生出许多难以名状的滋味，酸涩的，甜蜜的，一涌而上。我读你的心思，读了好久。

树是在诉说，叶是在告别。秋天来得突然。

我依旧走过铺满落叶的路，依旧听那一声声脆响。

并不觉悲伤。

想世间万物皆是智慧的。只有我们参不透天地玄机种种呀，兀自烦恼，兀自伤感。

看那一树灿烂，好像挥霍，又像是礼赞。当世界从繁华转向平静，当时光的灰影在墙上一寸寸拉长，是无须落泪的。

因为智慧，树没有悲伤，只是灿烂，即使是在告别的时刻。

那纷飞如蝶儿的，是笑着，是诉说着最深奥却又最浅显的道理：这一刻，便是永生，便是美丽。无须感伤。即使，一切的一切，看似淡定恒久，实则短暂而无常。

十一月的胡言

在一处安谧的晨早，你透过结了冰花的玻璃窗，说一句，多好的冬天啊。雪花就落下来，像日子的纷飞，冰凉无声。一朵，停在你幼小的指尖，祖母说，那是上天给孩子们的礼物。许多的花朵，青空上的，窗子上的，在怒放，在微笑。

十一月，还没有寒冷。特别是今年的冬天，温暖到好几个午后，竟有了阳春的幻觉。十一月，我看着燃烧起来的法桐，高大的枝干，灿烂的秋叶。我喜欢，它们的挺拔，把手臂伸上无限的苍穿，把根茎钻进土地的更深。树，用它们一成不变的姿态站立，在高处俯瞰，匆匆的，繁华似锦，又苍凉如寒梦的人间。看你，抱了满怀的书本，从教室的窗口望出去，望见树，望见树身上的热情，和火焰。人与树，在这样温和的秋天，默默里仿佛一同演奏一曲，清水漫过月色一样的钢琴。

对莫说，我不再喜欢回忆。

而在季节的缝隙里，当感觉到冬天的意味从发丝间渗出，又如何不去想起。那些，曾经如秋叶一般燃烧了，又落下的世界。想念夏天，母亲在睡前摇着扇子讲起的，小兔子的故事。想念小学的同桌，将橡皮切了两块，约定长大后以此相认的伙伴。小兔子的故事，没有结局，母亲总是在没有讲完时就昏昏睡去，只留下我，洞张着黑眼睛醒在有小虫子歌唱的黑夜。橡皮早已丢失，在夏天的几场滂沱之后，我们也都各自消失掉了，为什么会有那样的约定呢，莫非，在那么幼小的时候，我们已经懂得，离别是不可以逃避与拒绝的。离别，让我的伙伴，永远是八九岁的模样，这也许是幸福的。

我却不再喜欢回忆。虽然，它们总是美不胜收，让人留恋。它们燃烧，飞舞，好像这个秋天，那么光明灿烂，把世界都照得透明晶亮。而我自己，永远在那些快乐或小难过中褪色了，我想说，我爱你们，我却不可以太爱。

傍晚时候，和良走在校园，法桐的落叶布满了街道。是一个阴湿的天，铅灰的云压在树尖，天色渐渐暗淡了。穿着红色外套的小女孩，从我们身边经过，手中握满比她的手掌更大几倍的叶子。她一脸无邪的天真喜悦，继续向前，拾起更多的落叶。叶子是美丽的，有血脉流淌。叶子，安静躺在地上，会不会想到一个小女孩的来临呢，它们有没有惊喜，有没有快乐。穿红衣的小天使，仿佛从天而降，叶子们会相信，她是上帝派来的使者。我回头望着那女孩的身影，她的背上，似乎真的生长出一对翅膀，如雪的白色。

十一月，不写诗，也不唱歌。只坐在落叶旋转的光芒里，听着风诉说的消息。让寒冷来吧，在没有言语，没有声响的时刻，把全年的生活梳理。一些无可奈何的心绪，一些迟到的结局，都在这里，被装进时间的气球，一并飘去，离开人间，飞向宇宙的未知。我就可以无所牵挂地躺在床上，享受午夜的思念，给值得去爱恋的人们，给不忍忘却的回忆。我等待着日子的告别，等待十二月，一场漫天席卷的风雪。让我喝一杯热开水，甜美地笑，满足在年末的疏落和枯燥。因为知道，冬天的花朵正开着，开着，肆无忌惮地幸福。

我不知说着什么，十一月，正告别。你也在想念吗。

我多想，在一个结了冰花的晨早，醒在你洁白的梦里。我们都是，留恋人间的天使。

阳光

它是会微笑的花。在阳光里，收获最饱满的果实。

这个午后，我被阳光包裹住，像一枚糖果，被五彩的糖纸拥抱着，密不可分。

白纱窗上，映着花朵们明亮的影子。这些纤弱的生命，在难得的晴天里欣欣向荣。

我只是坐着，喝一杯蜂蜜水，与蜜蜂们分享花蜜的甜美。

充满光线的房间，让我有机会去细微感觉，温度抚摸过肌肤的每寸。

翻开旧日记，看深蓝的墨迹，在一个个冬天之后，被记忆悄然冷却。

还要写下去么。记录光的变换，雨水的气味，还有，那些经过着，告别着的面孔。

在青春期之后，写作大约已不是一种单纯的冲动。

为了更好地记得，或者忘却，我只有不断书写。

在我还不会写字的时候，阳光却已经照在我的头顶。

那时，一家人住在北屋里。一样是充满光线的房间。

我是表情丰富，爱哭的小女孩。一把稀疏的发，被母亲轻轻拢起，用红丝线细心扎好。

那是被人们称作童年的时光。

周日的午后，我总是被迫躺在床上睡午觉。全无睡意的我，望着窗子上斑驳的树影子，摇摇晃晃，阳光很好。

院子里，是洗衣机的轰鸣，弥漫在空气里，就变成洗衣剂的香味。

然后，一件件衣服被晾起来了，在风里微微拂动，让阳光照得透明而通亮。

从窗口，我看着母亲忙碌的身影。

当她来"检查"时，我便佯装着闭上眼。午睡，是最难熬的时间。

风里的衣服，像一个个被抽空了身体的人，吊挂在铁丝上。

我总是这样莫名地想象着。然后自己又感觉恐怖，便迅速把被子拉起来，盖上眼睛。

却依旧是无法入睡。

那些衣服在阳光里飘拂，等待着水分的离开，像等待着时间过去的我一样，迫不及待。

时间，却终于以我所惊愕的速度离开了。

母亲再不会要求我睡午觉。我的睡眠却多起来。困倦，好像成为生活的一部分。

于是，现在的我，常常感觉是游走在梦里。

现实与我的睡眠这样近了。一个不睡午觉的孩子，竟长成了时刻在睡觉的人。

阳光里的午睡，让自己懒懒的，像一只猫。

我开始后悔，小时候没有充分享用，那么多个，充满阳光的午后。

我眷恋着光线。

如果这世界没有光，眼睛便无法知觉一切美的存在。

也许，人会像深海的鱼类，长出带发光体的鳞片。

我只可以通过触摸，来感知，来体会。

于是，在创世的第一天，神便说，要有光。

我喜欢在耀眼的光里站立。喜欢看逆光的池塘里，盛放的荷花。她们硕大的花朵，好像贵妇的花冠。

那是一些夏天。那是我用相机拍下的，属于七月的光。

有了光，便有影子。

你说，你喜欢看自己的影子，好像被画出的灵魂。

据说，鬼是没有影子的。那么，我想，影子不该是灵魂，灵魂应该如鬼一般透明。

只有肉身会挡住阳光。也许灵魂便是光，是明亮而无重量的。所以能够飞。

光影，被我们追逐着，却找不到来源和去向。

黑夜临近了。乌云生起了。

光没有时刻照耀在我们的身上。于是，人需要在黑暗中穿越，在阴天里，学会隐忍和坚定。

为了有阳光的日子。

很多时候，梦想着一间建在山腰的房子。门前种满会微笑的葵花。

那也是一间北屋，和从前的家一样，有大而晶亮的玻璃窗，有一屋子，满满的阳光。

我会勤奋地写作，然后，懒懒地睡午觉。

在花园里种菜，种花，养一只爱撒娇的小猫。要在阳光里晒晒棉被，拍一拍，看空气里跳舞的尘埃。

这一切，都要有阳光。

这一切，看似简单，却无比困难。那是我的一种彼岸。平淡却富足而宁静的生活。

和植物们对话，和小动物交谈，没有奢求的世界，没有争斗的世界，如此安详。

蜜蜂们不知道我在分享花蜜的甜美。

阳光的快乐，却同时感染着万物。来源于光的能量，滋养着每一种生物。

就这样，心存感激地生活吧。在光的爱抚中，体会平静和满足。

我想，我是如一枚糖果了。

被含在阳光的舌头里。在这个午后悄悄融化。

谁望着我在午后安然入睡，谁擦拭着天空，呈现出明蓝。

细细数，我的无数个晴天。

大雪这天

今天的节气，大雪。没有玉花飘零，只有寒冷，拨拉过树梢，叹息在蓝到虚假的天空。

新闻播报说，烟台遭遇了雪灾。雪的突骤，成为了暴虐和灾难。而看着电视画面上满世界的纯洁，就有了想买张车票，坐上南下的火车，到那半岛的边缘去的冲动。看大海的落雪，看冬天无声息的冷静清寒。让我一个人去，不带行李，站在空寂的海滩，把尚存余温的双脚踩在松散凉滑的沙。想白鸥的不知去向，想温暖终于是瞬间的安慰，长久的，似乎不是夏天里的人声喧哗，而是我自己站立中的海岸。我仿佛看见，艳阳里，穿红色游泳衣的小女孩跑进浅滩的浪花中间，仿佛听见欢笑，在并没有远离的记忆，沉浮游走，迷失在退去潮水的沙滩。让我一个人去，看大海的落雪。在十二月里，默声的丝丝难过，忽而近了，又忽而远。

而北京的此刻，是全无纯洁的。我坐在如春的房间，看电视上的雪花。并不以为那是灾难。

我并不如去年，在干硬的空气里热望一场雪的降临。即使，我愿意，在某天未知的夜晚，雪就这么，一朵朵开放在我们的屋顶，我们的树上，我们的十字路口，我们的街灯。那么，在梦里的你我，也会有了洁白的触觉，有凉丝丝的融化。然而，我终究是不会再去热切。不会了。因为那是不可以预约的幸福吧，只有突骤，才足够绚美感动。虽然，那也许将是暴虐，将成灾难。

如果，清晨醒来，雪封住我们的木门。如果我们只能够相拥着，在小小的房间，出不得门去。就烧一炉火热，让我们静坐，诵一段久远的诗歌，或者，读着你曾寄来的信笺。请你放下心来，陪我，听着雪花撞上窗玻璃的声音，回想我们的相遇，人海茫茫里，我们的灵魂是怎样懂得了彼此。如果，真的有这样一场雪，存封了我们此时的幸福，我将无怨于生命的匆忙。花会开吧，在不远的春天，你笑着，恬淡如旧。我们去哪里呢。不要着急，这些时光，是值得静静相对的。雪在积攒，那是一整个春天，那是，我们无尽的希望，和欢喜。困于风雪，又何尝不是幸运。

这个头脑里充溢异想的下午，陪小鹿去买衣服。她说，田是会选衣服的。我很荣幸。

最后，买了粉色的甜美毛衫，和红布格子的小裙子，非常女孩，非常甜美的装扮。她穿上，在我们面前轻轻转个圆圈。在那几步之间，青春的光彩照亮我的脸庞。女孩子都有粉色情结，曾有谁这么说。小鹿看样子也是很喜欢，在镜子间摆弄着，笑如花蜜。她把我们的大头贴贴在紫色的纸上，配上文字，又装进雪白的信封，放在我手心。她写：2005.12.07为了准备小鹿的演讲服，田与小鹿逃文学史一节，前往五道口"大棚"淘衣，战果显赫，兴尽之时，立此存照，照毕，两人喜悟，美是太瞬间的事，自恋有理！照片上的两人，装可爱，却是实在的澄澈天真。

自恋，我曾说，这是一种积极的人生态度。因为瞬间，因为不久固的美好，我们懂得融化和春天，我们好像雪花。干净的，有点落寞，却绝无苍白。看着鲜活的我们，我相信了小鹿无意中的那句：女人是如草莓的，鲜美，却短暂。在洁白的信封上，她用深蓝的墨水写，我们都是水灵的草莓。两颗草莓，好的冬天，坚硬的冬天，一起向镜头微笑，灿烂。

今天的节气，大雪。

我发觉一些深埋的，如化石的真实。我双手冰凉。

雪终于会落下来的。那一刻，你不要流眼泪。

细处

一直喜欢"细"这个字。喜欢细的态度，细的心境。是全心去生活，是并不匆忙的从容与超然。可以静下心，去细听，去细品，去细微入一丝一毫。会是怎样的幸福呢。

我是尚无缘于此一种幸福的，却清楚地知道：

也许，正是在细微处，存在着生的情味。最真挚朴素，却也是最耐人寻味的情味。

许多的时候，我都是一个人默默地坐着。我本不是安静的人。却享受着一种陷于清净的滋味。淡如清水，寒若冰雪。就能够在孤寂的时刻，豁然洞见许多繁华与喧嚣掩盖下的精美细处来。就可以把心沉得很深很深，而顿觉轻松。

我坐在夜雪初积的窗前，想北风的雄健，北风的悲伤，想夏夜里的流萤漫天，想百年前积萤火之光夜读的孩子。是一样的夜晚呀，可以清寒如此，也可以用点点的微光创造出一个芳香的天地来。当我轻轻按动电灯开关的一瞬，可曾想起那一个孩子，他的欣喜，他的怅惘？当明黄的灯亮起，我可是在想念那一个孩子，那一个夜晚，那一种影影绰绰的芳香？

滋味，在时光很细微的缝隙间，从清净的通道涌来。我总是细细地咀嚼。透过一扇又一扇忘记关闭的窗，像一束沾满尘埃的光，铺洒在不知远近的白墙上。墙上，于是可以有雕花的影子，可以有梅傲骨的风姿。

仔细地走路，抚摩落在地上的光影重叠。

我喜欢看树的影子。特别是在盛夏的午后。当太阳光灿灿地升在天的中央，当蝉的曲子一次次不厌其烦地奏起，等祖父的蒲扇从手间滑落在地上，等全世界都终于在一片热烈中沉寂，看那一棵树碧绿的浓荫，看它的婆娑，它的舞蹈。我用赤着的双脚抚摩你们，你们于是沙沙地笑。

属于细的滋味，简单得太过粗陋，却丰美得令人惊叹。这一种细，足以令贫穷的人拥有整个城市，令一棵树也未曾拥抱的我，拥有整座森林。

我的发丝很细。总是在无事时，静静梳理。那么纤弱的发呀，每一丝如此分明地生长。我会心生爱怜，好像那不是我的发一般。如同见一株细而无力的草，一朵小而娇弱的花，心总会清晰地流出爱与怜的淡淡滋味来。我梳理自己的发，静静地，万物就停歇了。

我说，我是爱这生活的人。我太爱它，所以愿意去体察无关重轻的丝毫。并不拥有"细"的那一种从容与超然，却是仔细地活。

于细微处，情味盎然。要细细地读，才能体会深味。

由企鹅想到的一些事

那是一个被冰雪覆盖的世界，有狂暴的风，冷冻的海水，和漫长的极夜；那也是一片婴儿般纯洁天真的大陆，有如诗如幻的极光，有飞行的雪花，洁白的峰峦，还有帝企鹅此起彼落的歌声。

它们说，企鹅就一定要会唱歌，不会唱歌的怎么算是企鹅？而它，偏偏是一只不会唱歌的小企鹅。

故事就这样开始，关于一个被命运捉弄的小可怜虫的传奇。

它不会唱歌，却有一双会跳舞的大脚。这却并没有给它带来好运，反而被视为是一种奇怪的行为，而遭到禁止。

小企鹅只有在无人的角落里，偷偷做自己喜欢的事情，一个人孤独地跳舞。

有多少人是如它一般，不被自己所在的环境所理解的呢？

没有人看到小企鹅身上的特殊才华，因为所有人都认为，只有唱歌，才是一个企鹅该去做的事情。但是，帝企鹅们不知道，就在它们生活的不远处，另一个种群的企鹅却恰是以舞蹈作为衡量能力的标准。

当因不会唱歌而被同学们冷落的小企鹅来到它们面前的时候，当它迈起自己的大脚，欢快起舞的时候，没有人不为之赞叹。

它们认为眼前的小企鹅一定是个万人迷，却不会相信，它竟然会在自己的族群受到漠视和排挤。

不一样的评价标准，使小企鹅遭遇到两种截然不同的眼光。

企鹅的故事是人类想象的一个寓言。人们渴望在它的身上，找回自己世界的失落。一样多的误解，一样多的非议。

企鹅真实的世界里大概会简单许多，单纯许多。它们在寒风里站立，紧紧怀抱住蛋，把全部的温暖都留给即将降生的孩子。

那一种执着，那一种期待，在漫无边际的寒冷和黑暗中发出令人动容的光芒。

企鹅是这样一种貌似笨拙，实则坚韧无比的动物啊。

看到它们那逆风挺立的姿态，我的心被缩得紧紧的。就在这个星球上，就在海的那一岸，生存着这样一群勇敢的生物，在与冰冻的世界抗争中生生不息。

动物园中从未见过冰原的企鹅不会懂得生存的欢乐，不会懂得一条鲜鱼的美味。它们生来便在这人造的"家园"中了，看惯了壁画上的冰川和白雪，却从未感受过一丝寒风的气息。

企鹅们无知无觉地度过着并无惊奇的生活，吃下饲养员投下的食物。

它们衣食无忧的生活，却正是人类制造的巨大悲剧。

于是，常常觉得动物园是一个悲伤的地方。

不愿看到疲惫的北极熊趴在夏日的艳阳里，不愿见仙风道骨的丹顶鹤在肮脏的铁笼中狼狈地悲鸣。

只是为了人们的取乐，只是为了周末的安排多一种选择，就要牺牲这样多的动物离开自己的家园，和天然的生存方式，以囚禁的方式被展出。

在动物园里，我只感觉到难过，没有丝毫的快乐。

这个世界的许多不幸都是因为把一种意志强加于他人之上而造成的。

比如不会唱歌的小企鹅，比如动物园里混沌度日的动物们。

用一种简单的标准去量化个人的价值和能力，所以造成太多个性的磨灭。以自己的兴趣和愿望出发，去粗暴地干涉他人的生活，所以使很多处于弱势的人群陷于无奈的困境。

从动物与人的身上，我们看到更多的是自己。

人却不是无知的动物，人有敏锐而发达的神经，于是，人有更多的悲伤和痛苦。对于命运和人生的捉弄有着更加深刻的痛感。

你是否也曾是一只会跳舞的小企鹅呢？你是否和它一样遵循着

自己的心灵，踏出坚定而欢乐的足音呢？

还是，你早已放弃了那毫无用处的特长，而去苦苦研习唱歌的技巧，并最终成为了一名平平的歌者呢。

人们赞叹你的刻苦，你的努力，而你，原本是可以成为一个杰出的舞者的。可是，到这个时候，连你自己也忘了，自己曾多么迷恋那足底的节奏，你认为做一个三流的歌者已经很好了，毕竟，你没有什么才华。

许多上帝赐给的礼物，就这样被轻易地遗忘和丢弃了。因为这个世界的衡量标准，因为别人的眼光。

人好像总要活在一种基本的肯定里，才会感觉安全。能够特立独行的人，敢于特立独行的人，是绝对的勇士。

如果没有足够的勇气，那么就至少做一只懂得自我欣赏的企鹅吧。不要放弃真正的自己。

因为据说，是金子总会发光的。

企鹅和人，都要坚定地相信。

雪天

北京终于漫天飞雪。

清寒的早上，浓白的空气，用雪花的舞蹈将我围绕。就有微寒的凉意，小心滴落在皮肤，又在无声里化开。

许多的落雪，纷纷如此，令人心醉沉迷。只为那相遇的片刻，渗入冬日的中心，用一处雪白的天地，纯净了所有的恐惧和不安。仿佛，一声不刻意的安慰，一只温热的手掌，从我们的耳边滑落，在我们的肌肤融化。

整个冬季，我都在等候，这样的时刻，从天而降。

二〇〇五年的末尾，雪在睡梦里飞进阳台。二〇〇六年的一月，雪在我拉开窗帘的上午，撒满世界。

每一次，我都心怀感激地站立在雪中。一年里，你只拥有这样几个日子，来触摸雪花的盛开。

Faye唱，还没好好地感受，雪花绽放的气候。

它们，是如碎玉一样，零落在生活的时间。难过的是，我们总是一再错失。来不及，在雪的包围下，放肆地哭泣和狂奔一次，来不及，把一只红色的气球抛向天空，完满童年的美梦。

雪总会在你我未经意的缝隙里，悄然融化，悄然消亡，不见了冰清玉洁的模样。

雪，像是上帝的礼物，又恍若迷题。

你无法预知它到来的准确时间，你无法掌握，它的开放，和凋败。

雪中的我，幸福莫名。又似乎在隐隐的地方，藏着无尽凄恻苍凉。雪的洁白，令我想到一切美好，又预感到一切美好的脆弱。

对于种种热望，我不知，究竟该用怎样的神态来期待。许多时候，越是急迫，越是换来失望的空无。而往往，又恰恰是在那一种空无里，闪现了热望的结果，点燃整个天穹的光明。

而我们拥有的，却永远多不过等候的过程。用折磨与挣扎，构建自以为是的甜美。

这一切，正如雪，你不可以计算着日期，来把它期望，只能够装作无所用心。

雪喜欢给你惊喜，而不是信守约定。

或许，这也正是许多美好的意义所在。它们不曾约定，也就无须履行。

这样，等候是人自愿的束缚，雪没有错误，痛苦，是人自己的选择。

于是人，是不可以奢求太多的。

他们说，最令人中毒的东西总是，手握时有，一撒手无。

雪花，在我的手心一丝丝死去。鲜花的尸身，是萎黄不堪。而雪花的尸身，却是澄净的清水。

这与生命同源的液体，同样存在于你我的肉身。于是，我想，在一定的温度下，我的血液是否也会结晶成花朵，开满骨骼与经络间呢。

葬身雪山的攀登者，永久地睡在纤尘未染的圣洁，他们大概会知道答案。

堆一个雪人，然后教她微笑，教她如何与路人合影留念。

雪孩子，在冬天的路边，一脸天真无邪。你看到她，会觉得自己用双手创造了一个生命。你知道，雪孩子会懂得，她认得你，她正感谢你。

想起小时候看的动画片，一个关于雪孩子的故事。结尾，她冲入火海救出别人，自己却融化不见。记得那时候，每当看到这，我总会难过得掉眼泪。而之后，对雪人就总怀了异样的感情，把她们当成真的孩子，真的人，有善良而勇敢的心。

人，是无法如雪的，那么干净。人却能毁坏雪，不几日，雪已是面目全非。看到一些雪原的照片，不禁悲叹。人的双脚，人的车轮，本不足以破坏她的圣洁，而千万的双脚，千万的车轮，却足够把雪的美丽在瞬间化为乌有。

这城市，创造无数传奇和财富，这城市，又扼杀多少天真和烂漫。在更远更古的时代，当这世上还没有那么多的人，当人还在虔诚仰望自然的神秘，是不是，就没有一夜之后，满目的肮脏泥泞？

他的诗歌在流传：君不见，高堂明镜悲白发，朝如青丝暮成雪。

在如白驹过隙的日月，我们可堪固守的，又有多少，又值得几分价值。陷落于城市的红尘霓虹，你我连对星空的目睹，也渐成想象。

哪一处，还能注满你灵魂的空杯子，像雪的融化。

充斥了恐惧与不安的世界。我看到，你们争夺撕杀，不露声色，却比野兽更残忍凶狠。

只有，在雪花绽放的片刻；只有，在寒冷锁了人间的房门。我才稍微安宁，从另外的窗口，洞见一个真的人间。

北京终于漫天飞雪。

整个冬季，我仿佛都用来等候，这样的时刻，从天而降。

一年就这么过去，来不及整理。

宴会后的芜杂感受

生活总是仓促，来不及细细咀嚼细枝末节的滋味，便已是风流云散。

一月，我读着日期的名字，语气轻轻。

昨日的烟霞，却已苍茫如梦。

总是一场场喧哗欢聚的筵席，又一场场人去楼空后的寂寞。

谁陪伴谁，倚住怎样一副肩膀，默默看日升月落，流水落花。

玻璃窗上是满布的雾气，用手指画一朵小花。想很多年前的自己，一样的窗口，一样的双手。

画着同样的图案，却怀着别样的心。

告诫自己，不要敏感于时间的痛感。而那一把无形的刀刃，依旧切割着，我难以把握的知觉。

听到分秒的呼唤，在钟表上发出。就这样，我们不断地跋涉在无边际的世界。

它是如此辽阔。又如此狭小。

我只拥有，这呼吸的片刻。比秋叶的飘落更为安静的一生。

被水雾模糊的小花，像那些渐渐模糊的面孔一般，沉入这个冬天的最深。

如冰下暗中穿梭的游鱼。是自由，又是百般迷惘。

有时，也想在一个冬天，潜泳入湖水的深处。做一只从不会声响的鱼。

你只须想象，却永远也无法捕捉我真实的行迹。

我要躲起来。

在所有人的视线之外，在所有故事的记忆之外。

于是，我可以是无所牵挂的人了。

像一个云游的行者，观看世间的风景，嘴角隐着恬淡的笑。

让我时不时停下来，低头默想，如有所思。

让我偶然路过桃花灼灼的村落，看山泉泻落，如九天银河。

生活，应该是无哀伤的一首诗。

是与爱人并肩而坐，数远天的云朵，夜晚的星辉。

是独自迎着如豆的灯火，读着，写着，让思想盛开成一座花园。

它却总是仓促。

你刚刚举起这一杯温热的酒，手间便已消散了温度。

我们的日日与年年，从这一端注入生命的容器，却又悄悄从另一端流失散尽。

"今日良宴会，欢乐难具陈。"

遥远的一桌筵席之上，诗人唱起人生寄一世的哀叹。

而原本这都是不足以我们去为之神伤感怀的。

宴会之上，推杯换盏的醉意，是人间的繁华演出。

真正的世界，在醉意蒙眬的眼前，早已寂然落幕。

有谁不是生命的饮者，有谁不是醉这一场春秋大梦。

所以，喜欢这一句：醉笑陪君三万场，不诉离伤。

一月，我走失在自己的人间。

无端

岁月静好，时间如常，变更着季节与人世，淡定如流年偷换，总在明月窥人，暗香浮动的夜晚。

当我们睡着，当凡尘的身体，在夜色的掩盖下，隐没了形迹，当呼吸和脉搏，随子夜的秒针，指向平缓的节律，生命在宇宙中得到回归。

那一处无知无觉，无妄想，亦无恐怖的世界，如此到来，在有梦的时候，在无梦的时候，永恒的，散碎无依的混沌。

那是真切的生命吗。睡梦与死亡。它们如此相似。于是，身体是一种累赘。在长久的时空里，没有什么比身体的存在更显虚假脆弱。

庄子说，人之生，气之聚也。这赖以存放灵魂的容器，原不过如云，如雾。我们的来处，同盛夏中的一场滂沱，本无差异。身体，在精气聚集的几十年时间中，收容了我们的灵魂，让它得以安身，有所知觉和思想。而睡梦与死亡，是我们的灵魂回归万象自然的时刻。

我想，每一次睡眠，同死亡本无差别，是一次重生和穿越。只是，睡眠的那一端是新的日月，死亡的那一端，却无从知晓。或许，是彼岸花树，枝繁叶茂。或许，是雷电交加，暗无天日。那都是活人的想象。

唯一可信的可能是，我们将回去夜夜相伴的那个无知无觉，无妄想，亦无恐怖的世界。在我们存在于这世上之前，在我们离开这里以后，所有的事情都与痛苦或幸福毫无关联。

于是，在星光很好的晚上，我们的生命也如一颗小小的星了，在宇宙的茫然若失中，发着光热，度过着无来由的时间。

呼吸是一种幻觉，视线是一种幻觉。我们是从哪里，被什么声音唤醒了，就无端端躺在了温柔的襁褓。我们是被谁召唤着，在母亲的身体中，萌发了生的可能，如一粒种子悄悄发芽。母亲造就了你的身体，你盛放灵魂的容器。而灵魂，又从何而来呢。一切的无解答，在我们意识到存在的时刻开始，便成为永久的叩问。人是这样不容置疑地降生了，有了呼吸，和视线，懂得了欢乐和悲伤，微笑和哭泣。然后，痛苦与幸福同我们产生了关系，将我们折磨或滋润。

可以触摸到的就是真实吗。阳光无法触摸，而它的热，它的光，成全了生命的所有可能。如果没有光，我们从来不会去思想，不会从一个简单的细胞分裂成现在的身体。那么，睡梦与死亡也不复存在。世界是没有过的，宇宙是没有过的。即使时空依旧存在，但因为不曾有人的意识，而无所谓存在。原来，存在的，从来都是偶然。这人间是一种偶然，我们每个人是一种偶然，所有的命运，也无非一种偶然。这偶然，让一切的发生有了宿命的意味，你不得不承受，这样的，那样的，美好的，灾难的，种种偶然。生命也是因为有所承受，而获得了重量和意义。即使命运带给我们的是不幸不公，也不能够成为你怨恨它的理由。存在的偶然性，注定了我们不能够奢求只去获得满意的答案。

我知道，人生中总有一些路途，是要在黑暗中蛰伏与穿行。这些过程，是我无可回避的残忍。那些如夜晚，不见五指的时间，总如汪洋之上的暴风，没有一盏灯塔能够真正指引向安全，风浪怒涛，要航行中的船员独自面对艰险。在睡眠里，在生死的思索里，生命是手心轻握的热气。这温度，在一个个夜晚与天地对话。在沉沉的睡梦中，我望见血液，从心脏流出，如洪流进涌，向肢体的各处，那景象，好像岁月与时间的流转，平和安详，不露声色。我以为，我们的身体，毛发是森林，血液是河流，呼吸是风雨。

宇宙承载了天地，天地承载了万象，万象承载了容器，容器承载了灵魂。我们无端端地来，终于也将无端端地离去。一切的悲伤和幸福，在这里生长。那些不舍，那些奢望，那些恐怖，只因知觉，只因妄想。

跋

蝶儿飞走

梁晓声

田维同学给我留下的印象是很深的。而且，也是很好的。

她曾是我所开的选修课的学生。每次上课她都提前几分钟来到教室，从没迟到过，也从没在教室里吃过东西，或在我讲课时伏于桌上。更没在我讲课时睡着过……

分明地，她和同宿舍的一名女生很要好。往常是，她们双双走入教室，每并坐第一排或第二排。

她不是那类人在课堂，心不在焉的学生。

有次课间，我问她俩："你们形影不离似的，是不是互相之间很友爱啊？"

她俩对视一眼，都微微一笑。

和田维同宿舍的那一名女生说："是啊！"

田维，却什么也没说，目光沉静地看着那一位女同学，表情欣慰。

大约就是在那一堂课后，我在自己的教师信箱里发现了田维写给我的一封信。她的字，写得是别提多么的认真了。笔画工整，接近着仿宋体。两页半笔记本纸的一封信，竟无一处勾改过。她对标点符号之运用，像对写字一样认真。即使在我们中文系的学生中，对汉字书写及标点符号如许认真者，是不多的。仅就此点而言，她也是一名应该选择汉语言文学专业的学生。

那封信使我了解到，她不幸患着一种接近是血癌的疾病。自此，我再见到她，心情每一沉郁。然而，我眼中的她，一如以往是一名文文静静的小女生。我觉得她的内心，似乎是波澜不惊的。在那一班女生中，她也确乎是看起来小的。不仅指她的身个儿，还指她给我的特殊印象——在我看来，她仿佛仍怀有一颗洁净的初中女生的心。俗世染人，现而今，有那样一颗洁净心的初中女生，大约也是不多的吧。

后来，我曾单独和与她同宿舍的那一名女生谈过一次话，嘱咐她："既然你们是好朋友，更要关爱我们的田维，若有什么情况，及时向老师通告。"

她责无旁贷地回答："我会的。"

于是，我对那一名女生也印象很深了。

某一节课上，我要求几名同学到黑板前，面向大家，发表对一部电影的看法。也请田维到黑板前，对记名同学的评说给出分数，并陈述她自己的给分原则。那几名同学有些像参赛选手，而田维如同评委主席。

没想到田维给出的分数竟极为服众。她的陈述言简意赅，同样令大家满意。我想，一个事实肯定是，那一堂课上，她的中文能力表现良好，又加深了我对她的印象……

其后她缺了好多堂课，我暗问她的室友，得到的回答是——

"田维又住院了。"

一个"又"字，使我沉默无语。

田维又出现在课堂上时，我什么都没有问她，若无其事似的。但讲课时，总会情不自禁地看着她。在我眼里，她不仅是大学女生，还是女孩儿。我没法不格外关注我班上的这一个女孩。

学期考试时，田维早早地就到教室里了。那一天她很反常，坐到了最后一排去。

考题是散文或评论，任选一篇，没有任何一名同学预先知道考题。

我不明白田维为什么要坐到最后一排去。我猜测也许是她的一种下意识使然——比如毫无准备的现场写作格外感到压力，比如那一天觉得自己身体状态不好。所以，作为监考老师，我又不由得经常将目光望向她，在内心里对她说：田维，只要你写够了两千字，哪怕愧对"写作"二字，老师也会给你及格的……

她却始终在埋头写着。止笔沉思之际，也并不抬起头来。

在五十余份考卷中，出乎我意料的是——田维的卷面状态最佳。字迹更工整了，行段清晰，一目了然，标点符号也标得分明，规范，正确。

那是五十余份考卷中唯一一份考生自己一处也未勾改过的考卷，一如她曾写给我的信。

那也是五十余份考卷中唯一一份我一处都未改错的考卷；肯定的，那种情况对于任何一位判中文考卷的老师都是不多见的。

散文题有两则——《雪》或《雨》，可写景，可叙事。田维选择了《雪》，叙事写法。写到了自己的童年，写到了奶奶对她的爱。我至今仍记得她写到的某些细节——冬天放学回家，奶奶一见到她，立刻解开衣襟，将她那双冻得通红的小手紧夹在奶奶温暖的腋下……感冒从小对她就是一件严重的事情，奶奶在冬季来临之前，为她做了一身厚厚的棉衣裤，使她穿上了像小熊猫，自己觉得好笑，奶奶却极有成就感……

在大学中文学子们的写作中，内容自恋的现象多，时髦写作的现象多，无病呻吟的现象多，真情写作却是不怎么多的。

田维落在考卷上的那些文字，情真意切。

我给了她99分，抑或100分。

我记不清了，总之是全班最高分。

我不认为我给她的分数是有失标准的。

我只承认，我给予田维的分数，具有主张的性质。

排开我自己的想法不谈，即使由别位老师来判，在那五十余份考卷中，田维的分数也必然将是最高的，只不过别位老师，也许不会像我一样重视她的考卷所体现出的示范意义……

她竟悄悄地走了，我心怅然。

她竟在假期里悄悄地走了，老师们和同学们都没能一起送她走，这使我们更加难过。

田维是一名热爱中文的女学子。

也是一名极适合学中文的女学子。

我们教的中文，是主张从良好情怀的心里发芽的中文。

这样的一颗心，田维无疑是有的。

现在我终于明白了，她目光里那一种超乎她年龄的沉静，对于我们都意味着些什么了。

经常与死神波澜不惊地对视的人，是了不起的人。

田维作为中文女学子，之所以对汉字心怀庄重，我以为也许还是基于这样的想法——要写，就认认真真地写。而且，当成一次宝贵的机会来对待。

这令我不但怃然，亦以肃然，遂起敬。

蝶儿飞走了……

让我们用哀思低唱一曲《咏蝶》……

图书在版编目 (CIP) 数据

花田半亩 / 田维著. — 北京：北京十月文艺出版
社，2022.1（2024.11重印）
ISBN 978-7-5302-2156-3

Ⅰ. ①花… Ⅱ. ①田… Ⅲ. ①散文集—中国—当代
Ⅳ. ①I267

中国版本图书馆 CIP 数据核字 (2021) 第 117357 号

花田半亩
HUATIAN BANMU
　田维　著

出　　版　北 京 出 版 集 团
　　　　　北京十月文艺出版社
地　　址　北京北三环中路6号
邮　　编　100120
网　　址　www.bph.com.cn
发　　行　新经典发行有限公司
　　　　　电话 010-68423599
经　　销　新华书店
印　　刷　北京盛通印刷股份有限公司
版　　次　2022 年 1 月第 1 版
印　　次　2024 年 11 月第 3 次印刷
开　　本　850 毫米 ×1168 毫米 1/32
印　　张　11.25
字　　数　260 千字
书　　号　ISBN 978-7-5302-2156-3
定　　价　49.80 元
质量监督电话　010-58572393
如有印装质量问题，由本社负责调换。